果然我的
青春戀愛喜劇
搞錯了。⑭
My youth romantic comedy is
wrong as I expected.
渡 航【Wataru WATARI】
繪者／ponkan⑧
U0013387
日本小學館正式授權繁體中文版

果然我的青春戀愛喜劇搞錯了

My youth romantic comedy is wrong as I expected.

登場人物【character】

比企谷八幡……本書主角。高中二年級，性格相當彆扭。

雪之下雪乃……侍奉社社長，完美主義者。

由比濱結衣……八幡的同班同學，總是看人臉色過日子。

戶塚彩加……隸屬網球社，非常可愛的男孩子。

川崎沙希……八幡的同班同學，有點像不良少女。

葉山隼人……八幡的同班同學，非常受歡迎，隸屬足球社。

三浦優美子……八幡的同班同學，地位居於女生中的頂點。

海老名姬菜……八幡的同班同學，隸屬三浦集團，是個腐女。

一色伊呂波……足球社的經理，高中一年級。當選為學生會長。

材木座義輝……御宅族，夢想成為輕小說作家。

折本佳織……八幡的國中同學。目前就讀海濱幕張綜合高中。

平塚靜……國文老師，亦身為導師。

雪之下陽乃……雪乃的姐姐，大學生。

比企谷小町……八幡的妹妹，國中三年級。

design:numata rina

Prelude 1

短短一句話。

只是要傳達短短一句話，卻花了如此漫長的時間。

我投身於站前的人潮中，在猶豫的期間，原本溫暖的夕陽沉入海平線，裸露在外的手指都凍僵了。

緊握在雙手中的手機，螢幕上的時間若是正確的，我離開學校後，已經過了一小時又十五分。

視線明明一直盯著螢幕，等我回過神時才發現，時鐘的數字不斷改變，每確認一次時間，口中都會傳出微弱的嘆息。

街燈和店家也在不知不覺間亮起光輝，街上本來有許多穿制服的學生，如今已不見蹤跡，換成零散出現的西裝上班族。

我緩慢移動遲鈍的手指，在還用不習慣的訊息軟體上打下一個又一個字，反覆檢查了好幾遍。

最後用微弱到難以察覺的力道，輕點紙飛機圖示傳送。心裡同時祈禱這段訊息傳不出去。

然而，自己打出來的文字，很快就顯示於畫面上。

方便見個面嗎？

就這麼幾個字。

這簡短的幾個字沒有意義。儘管如此，她一定會察覺到什麼吧。

我緊盯著終於傳出去的訊息。

本以為已經過了一、兩分鐘，時鐘顯示的數字卻沒有變化，停在同樣的時刻。

我想起她之前說過，發出去的訊息可以收回，指尖便下意識地移動，但卻沒碰到螢幕。

她好像還說，對方也會知道訊息被收回。她看見我收回訊息，肯定會主動聯絡我。既然如此，結果還是一樣。

想著想著，「已讀」兩字突然浮現。

過了幾秒，她回覆了。沒有問理由，也沒有問地點，只回了「我馬上過去」。反映出她的開朗個性的文字，使我不自覺地笑出來。

我告訴她目前的所在地後，便收起手機。

她的家離這裡不遠。照理說很快就會到。

等待她的期間，我靜靜閉上眼睛，豎耳傾聽。

風拂過樹梢的聲音、電車發車的鈴聲、汽車引擎聲、居酒屋的攬客聲、購物中心的音樂、身旁人們的交談、行人紅綠燈演奏的旋律。

不時混進許多聲音中的，顫抖著的吐息。

接著，我聽見她的腳步聲。原本像波卡舞曲般輕快的聲響，轉為宛如華爾滋的平靜，不久後停了下來。

好了，要從何講起呢。我緩緩睜開眼，看著站在正前方的她。

她穿著厚風衣外套、露肩針織衫、褲管反摺的牛仔褲，是很適合她活潑個性的休閒風。不過，鬆鬆地圍在脖子上的圍巾，隱約散發出女孩的柔和氣質。

真的是個可愛，惹人憐愛的人。

「妳好。」

我向她問好，她揚起嘴角微笑，晃著綁成丸子頭的淡粉色褐髮點頭。

她大概是一路跑過來的，現在還在喘氣，然後應了一聲，聲音卻不構成完整的話語。她輕輕用手往臉上搧風，俐落地拿掉圍巾。

看到那副模樣，我明白這個季節就要結束了。

1 儘管如此，比企谷八幡的日常依然持續著。

滑過臉頰的水珠落入水面，蕩起小小的漣漪。

早晨寒冷的空氣中，只聽得見滴滴答答的水聲。

我微微睜開沾著水的眼睛。在模糊的視線中，看見曙光從窗戶照進來，使水面閃閃發亮。

洗面臺裡的水，映出我再熟悉不過的陰沉死魚眼。

拔開塞子，在水面搖晃的人影便隨著帶了點乳白色的水慢慢流掉。

我抓起毛巾，有點粗魯地擦乾臉，大嘆一口氣。鼻子吸進的空氣參雜著洗面乳的薄荷香。

望向正面的鏡子，整個人還是一樣沒精神。不過多虧洗面乳的清涼感，總覺得比平常清爽了些。

至少比昨天好多了。

或許一件事落下帷幕時，比我想像中還來得乾脆。

持續近一年的侍奉社的比賽，昨天以我的敗北告終。

隔著嘴邊的毛巾輕輕吐出的氣息，不帶著死心之情，反而更接近安心。

這樣就結束了。

之後只要實現她最後託付給我的願望——不對，只要履行她最後留下的契約即可。

雪之下雪乃的願望，是實現由比濱結衣的願望。

那是我唯一做得到的事。

為了打起幹勁，我將妮維雅的化妝水拍在臉上，迅速洗好手。

隨著日子經過，自來水不再那麼冰冷，起床洗臉終於不是什麼苦差事。

可是，指尖依然冷冰冰的。

我拿毛巾仔細擦乾，以溫暖手指，走出洗手間。

不怎麼大的家中彷彿還被睡意籠罩著，鴉雀無聲。我慢慢走在走廊上，免得打破這陣靜寂。

客廳沒人在，壁鐘的指針移動聲清晰可聞。

若是平常，這個時間我也還在夢鄉。

雙親不曉得是還沒起床，還是因為季末的忙碌期，已經去上班了。無論何者，都不會影響到我。

我繞到廚房，打開電熱水壺。

等待熱水燒好的期間，我拿起即溶咖啡的瓶子在馬克杯裡灑了一、兩下。這時，忽然傳來「咚──」一聲巨響，客廳的門開了。

「唔喔……嚇死我……」

我嚇得抖了一下，喃喃自語，調整呼吸。

我戰戰兢兢往那邊瞄，愛貓小雪在門前張大嘴巴打哈欠，得意地伸了個懶腰。我家的貓不知何時學會跳起來撲門把，掛在上面往下拉的暴力開門法，半夜來這招真的會嚇死人。

我將視線移回手邊，馬克杯裡出現一座咖啡粉的小山。看來我因為受到驚嚇，不小心倒太多了。

「慢慢進來好嗎……如果這是面試，你已經出局了……」

小雪當然不可能聽進去，牠自顧自地洗起臉來。

我擺出臭臉，這時，穿睡衣的小町從小雪後面走來。她看見我，揉著眼睛邊打哈欠邊說：

「啊，哥哥早安。」

「喔，早。」

她點頭回應我的問候，小步走到冰箱前拿牛奶。我從吊櫃裡拿出杯子，默默遞給她。

小町接過杯子，口齒不清地道謝，一副還沒睡醒似的，搖搖晃晃走向暖桌。小雪邊叫邊跟在後面，跟她討牛奶喝。小町抬腳敷衍地撸了幾下用頭蹭她的小雪，把牛奶倒進杯子，一飲而盡。

她喝光牛奶，吐出一口氣，似乎因此徹底清醒了。小町睜大眼睛，回頭望向我這裡。

「咦？好早！哥哥起得好早！」

「咦……不會吧……妳發現得好慢……」

小町目瞪口呆，嘴邊還沾著牛奶。

「怎麼了？今天有什麼事嗎？」

「不，沒有。就是莫名清醒……」

我拿出第二個馬克杯，將堆成山的咖啡粉分一半過去，注入電熱水壺裡的熱水。從散發咖啡香的蒸氣中，看起來苦到不行的黑色粉末並未徹底溶化，在杯中打轉。分成兩杯還是有點太濃，不過只要加入大量的牛奶跟砂糖就行。我拿著馬克杯走向暖桌。

小町也鑽進暖桌，把叫個不停的小雪放到大腿上，帶著牛奶鬍凝視我。

「嗯……」

那彷彿在觀察什麼，或者說在感慨什麼的視線害我有點難為情。我把手伸向衛生紙，抽了兩、三張給小町。

「妳長鬍子了。」

「啊，糟糕。」

在小町擦嘴巴的期間，我拿來暖桌上的牛奶，倒入杯中，泡好兩杯咖啡歐蕾，將其中一杯推給她。

小町愣了下，接著露出笑容，恭敬地接過。

「謝謝。」

我點頭回應她的道謝，握住馬克杯溫暖手指，然後稍微吹涼咖啡，小口啜飲。小町也雙手捧著杯子，一邊吹氣，一邊往這邊瞄。我跟她對上視線時，她點了一下頭。

「……嗯。看起來不像整晚沒睡……不過哥哥總是雙眼無神，很難判斷就是了。」

小町在最後補上一句玩笑話。看來她是因為我太難得早起，而在擔心是不是哪裡有毛病。天啊小町妹妹好溫柔……為了感謝她的關心，我故意露出得意的笑容。因為人家會害羞嘛！不好意思直接道謝！誰叫我是要傳達謝意呢（註1）！

「笨蛋，我睡得可熟了。這可是我這輩子經歷過最清爽的早晨。看看我星爆的眼神。」

我將眼睛睜到最大，彷彿要使出星爆氣流斬的眼神。比起銳利，還是用星爆形

註1「謝意」日文為「Shai」，與「害羞（Shy）」同音。

容更貼切。（註2）

小町則跟我相反，瞇起眼睛，一臉疑惑輕撫下巴，歪頭陷入沉思。

「……『星爆』是什麼意思？」

這尷尬的反應害我也尷尬起來……在我支支吾吾時，小町忽然笑了。

「算了，哥哥有精神就好。」

「別擔心。我有睡啦，雖然睡不久。」

事實上，睡眠品質也不錯。不曉得是因為總算從最近的忙碌解放，還是疲勞所致，整個人放鬆下來，一覺直接到天亮。

昨晚我睡得很沉，甚至沒作夢。

只不過，花了很長一段時間才睡著。

因為回到家之後，我在床上翻來覆去，一直盯著手機看，思考該不該把事情經過告訴由比濱。我試過打簡訊，結果不小心寫太長，或是太簡短，不停刪了又寫，寫了又刪。

最後我又想到，深夜打擾人家也不太好，這種事應該改天直接當面講清楚。想著想著，眼皮就變重了，意識到此中斷。

回想起最後看到的時間，粗略計算一下，我睡了三小時左右。

註2《刀劍神域》的主角桐人的招式，新譯為星光連流擊。眼神銳利的形容詞「Kiriito」與「桐人（Kirito）」音近。

根據一種說法，人類的睡眠由消除腦部疲勞的快速動眼期睡眠，以及消除身體疲勞的非快速動眼期睡眠構成，約九十分鐘為一個循環。若要迎接清爽的早晨，配合淺眠的快速動眼期睡眠結束的時間起床即可。

只要掌握這種睡眠法，保證能在進入職場後，快速成為具備安心、安全、便宜三要素的優秀社畜。一天只要睡一個半小時，就能毫不間斷地工作喔！嗚嗚嗚……這樣會死掉啦……

好吧，人總有一天會死，但不是現在。不如說我現在跟平常比起來，還算有活力的。

跟我一起生活的小町似乎也這麼覺得。她喝著略苦的咖啡歐蕾，輕聲說道：

「哦……是啦。哥哥看起來滿神清氣爽的。」

「因為工作順利完成了。」

我按住肩膀扭動脖子，發出響亮的喀喀聲。小町聽見這句話，歪頭用視線問我「什麼工作？」。

「之前不是跟妳提過舞會嗎？確定辦得成了。」

「啊——確實說過。要辦舞會了呀。真是期待！」

小町笑咪咪地說。

如果舞會成了固定活動，考上總武高中的小町，畢業時也能參加舞會。大概是我之前提到舞會的時候，勾起她的期待。想到這裡，便覺得她挺可愛的。

「現在就在想畢業的事，妳未免太急了……先想開學典禮吧。啊，不對，是國中的畢業典禮先。」

「嗯，下禮拜。」

我忽然想到，小町輕描淡寫地回答。

「咦，真的假的，好快！在哪裡，幾點開始？有招待畢業生家屬嗎？」

「不不不，哥哥怎麼會想來啊。又沒人請你來，你要上課吧。」

小町一臉認真，揮揮手一口氣講完。

我被駁得完全說不出話，只能發出「嗚咕」的聲音。

沒接到邀請就不能參加。這是理所當然的。

即使是同學會，或單純的朋友聚會也一樣。沒受到邀請的人厚著臉皮出現的話，氣氛肯定開始尷尬，甚至直接僵掉。不只如此，散會後不論在現實對話還是社群網站上，絕對會有人發難「那傢伙幹麼來啊？」底下跟著砲聲隆隆。

也是啦。跟朋友玩得正高興的時候被外人攪局，任誰都不會有好臉色。那種不請自來的傢伙，未免太不識相。例如截稿日。這傢伙真的完全不會看人臉色，老是在那邊「喂，我是截稿日……我現在在你的背後喔……」你一回頭就被嚇個半死。比恐怖片還要恐怖，已經是超自然現象，近似於幽靈或妖怪……所以說，截稿日其實不是實際存在的事物？

儘管冒出這樣的念頭，根據以往的經驗，截稿日和交期之類的東西確實存在。

不存在的只有我參加小町畢業典禮的可能性。

我呻吟著觀察小町的臉色。她雙臂環胸，不悅地嘆氣。看見她緊皺的眉頭，實在不好繼續誇口「放心啦！哥哥無論何時何地都不會有人約，沒問題的！就算被白眼也不介意！哥哥早已習慣了！」

「……知道了啦。我不會去啦。開玩笑的啦。」

我哀哀叫了一陣子後，這麼說道。小町無奈地短嘆一口氣，閉上眼睛，點頭表示「你總算懂了」。

「知道就好……哎，小町大概會哭，被哥哥看見很難為情耶。」

小町默默移開視線，咕噥道。以哥哥的角度來說，我早已看習慣妹妹的眼淚，所以不會有什麼感覺。不過對小町這個青春期少女而言，並非如此吧——不，等等。仔細一想，其實不會沒感覺，根本超可愛的！不如說根本用不著哭，小町時時刻刻都可愛得要命。

就像現在，故意清喉嚨轉換話題的樣子好可愛，為了掩飾害羞露出的燦爛笑容也好可愛。張開嘴巴的樣子也好可愛！

「所以，哥哥的畢業祝賀改天再說！」

「是啊……得好好幫妳慶祝。妳的慶生會也還沒辦。」

最近忙得不可開交，一堆事情不得不延後處理。尤其是沒能盛大地幫小町慶生，令人扼腕。基於這股愧疚感，我帶著淡淡的苦笑說道。小町輕輕搖頭。

「沒關係啦，不用勉強。而且有舞會要辦，大家都還在忙吧？」

這肯定是小町的無心之言。

不過，我瞬間語塞。

「……喔。嗯，對啊……可是我超閒的。是有要做的事啦，但沒有什麼特定的時程。」

我快速補充一句，聳聳肩蒙混過去。

然而，情急之下擠出的理由對小町不可能管用。我們在同一個屋簷下當了十五年兄妹，她對我的習慣跟個性瞭若指掌。即使我剛才說話不唐突，她大概仍然察覺到了什麼。

小町懷疑地盯著我，有點難以啟齒地說道：

「那個……」

不過，她隨即把話吞回去，改拿起馬克杯，沾一口咖啡歐蕾，彷彿是利用這個時機思考該不該說出口。

不必特地回問，我也大概猜得到小町想說什麼。我跟著喝一口涼掉的咖啡歐蕾，等待她說下去。

看到我一語不發，只用視線回應，小町放下杯子，像在觀察我的反應般，小心翼翼地問：

「哥哥，是不是發生了什麼事？」

以前她也問過類似的問題。印象中是晚秋還是初冬，畢業旅行剛結束的時候，我也聽過類似的話。

那時小町也是裝出開玩笑的態度打趣地問，這次卻有點不同。她也記得當時演變成了久違的兄妹吵架，這次才會猶豫該不該問吧。

儘管如此，她還是按捺不住。不是基於單純的好奇或有趣，而是知道這個問題可能會引發爭執，依然勇於問出口。她的體貼及溫柔，使我不禁揚起嘴角。

「……嗯。對。」

這句話脫口而出。

小町張大嘴巴，對我直接的回答感到意外。她眨了兩、三下大眼，帶著驚訝的表情回問：

「是嗎？」

我苦笑著回應錯愕的小町。

「對……真的發生了很多事。」

不自覺地，我的語氣產生一絲柔和，彷彿在緬懷回不去的時間。說著，我深深體會到，那段時光確實結束了。

「發生了很多事嗎？」

「嗯。」

我的語氣比想像中還要鎮定。不帶迷惘也沒有遲疑，直盯著小町。

「這樣呀。」

小町用天真無邪的語氣說道，沉吟一聲，接著便陷入沉默。她凝視著我的臉，像在思考什麼。

「咦？怎麼了？」

我忍受不了那樣的視線，於是開口。小町連眉毛都沒動一下，輕描淡寫地回答：

「沒事，只是因為哥哥太老實，感覺好不習慣。」

「咦……是妳自己問我的耶？」

聽到這句話，我差點虛脫。小町則是噘起嘴巴。

「小町沒想到哥哥會老實回答嘛。」

「喔，是喔……嗯，是啦。也對。」

見我嘴上抱怨，但也表示理解，小町用力點頭。的確如此。

我大可隨便唬弄過去，或跟之前一樣，用帶刺的話語及態度暗示小町不要過問。不過，我沒有這麼做，而是在笑中順口說出那句話。

在小町看來，這個舉動似乎很不尋常。她到現在都還不安地看著我。

「……可以問，發生了什麼事嗎？」

小町謹慎地挑選措辭，抬起視線觀察我的反應。

我做出沉思的模樣，望向時鐘。小町也回頭看了一眼。但她很快就把頭轉回來，咬緊下脣，等待我回答。

現在離出門上學還有些時間，但仍然不夠我交代清楚。而且，這不是一大早該聊的話題。更重要的是，我還有該做的事。在這樣的狀況下，講什麼都不清不楚，不知所以然吧。

目前我能說的不多，所以只先告訴她唯一確定的事。

「等一切都告一段落，我會跟妳解釋明白。」

這句話肯定毫無虛假。等一切結束後，我遲早會一五一十地告訴小町吧。

但不是現在，而是無法確定時間的遙遠未來。

「……嗯，知道了。」

小町沉默半晌，才微笑著乖乖回答。

我明白不去多問是小町的溫柔。只是白白接受她的溫柔，讓人有些愧疚。因此我又補充道：

「……抱歉。現在是這種狀況，所以想要大家聚在一起幫妳慶祝，可能有點難。」

前陣子小町生日時，她對我提出小小的要求。然而，那恐怕無法實現了。關於這件事，我想先知會她。我很清楚這只是自我滿足，但什麼都不講也不太老實。

這麼模稜兩可又極度簡略的說法，哪可能聽得出什麼。小町凝視我的雙眼中，卻帶著近似無奈的溫柔。

「是嗎……嗯，那也沒辦法。」

小町帶著笑意回答。語氣雖然開朗，微笑卻帶有淡淡的寂寥。

不過，那也僅只一瞬間。

小町嘆了口氣，朝我用力伸出手指，不斷繞著圈，誠懇地對我說：

「小町不是說過嗎？最壞的情況，只要有哥哥在就好。」

「是、是嗎……」

我被她的氣勢震懾住，有點畏縮。她進而把手指戳進我的臉頰。

「不如說，小町打算趁慶生時準備驚喜，送哥哥什麼禮物，所以這樣反而剛好！被其他人看見太害羞了！」

話一說完，小町就尖叫著遮住臉，表現出害羞的模樣。

「咦咦……什麼驚喜啊……就算事先知道還是會感動耶……」

我配合小町那像在說笑的態度，她得意地挺起胸膛。

「對吧？這句話的分數很高吧！」

「是啊……對我來說難度倒是挺高的……我能演得很驚訝嗎……」

小町無視不安的我，露出十分嚴肅的表情，鄭重其事地說：

「哎，這次就只找家人參加，低調地舉辦吧。」

「哪門子的講法？聽起來像是辦喪禮……」

我碎碎念道，小町漾起笑容。

「好了……來吃早餐吧。」

小町站起來，哼著歌走向廚房。

小雪也跟著從暖桌裡爬出來。牠的早餐時間好像也到了。大概是因為餓很久吧，平常收在肉球裡的爪子隱約露了出來，抓得地板喀吱喀吱響。喂，別抓了，會刮傷地板。

我懷著一家之主的心情聽著小雪的腳步聲，心想「該幫牠剪指甲了」，懷著飼主的心情看著牠。這時，聲音忽然停住。

轉頭一看，小雪回頭望著這邊，小聲喵了一下，彷彿在催促什麼。

「啊，哥哥，幫小雪把肉泥拿出來。」

聽見貓叫聲的小町從開放式廚房後面微微踮腳，探出頭。

「好喔——」

我「嘿咻」一聲站起來，小雪一面呼嚕，一面用頭頂我的腳。看來這隻貓知道小町沒空，跑來催我了。討厭，我家的孩子怎麼這麼聰明……

我瞄向時鐘，比平常吃早餐的時間早一些。

也罷。難得早起一次。今天就久違地疼愛一下我家的愛貓吧。

× × ×

我在午後的教室盯著自己的指尖。

今天一早便晴空萬里，氣溫隨著太陽高度而提升。風雖然強勁，空氣中帶有南方的溼暖。

到了有暖氣的教室內，溫度更加舒適。再加上睡眠不足的關係，到學校後睡意不斷襲來，導致我一直趴在桌上打盹。

現在，我剛從舒服的午覺醒來。只不過由於我拿手臂當枕頭，在不自然的姿勢下睡著，導致指尖被壓迫，而異常冰冷。

儘管這兩天很溫暖，明後天起八成又會變冷。每隔兩三天就會變冷，回暖，如此反覆，逐漸迎來春天。

上學途中看到的河岸櫻花，還沒有發芽的跡象，枝葉依然稀稀落落。不過再等一個月，就會成為不負花見川名號的絢爛櫻花吧。

到時候，小町也已經走上那條上學路了啊——我在腦中描繪出未來的情景，並且打了小哈欠。

隔著打哈欠時流出的些許淚水望向時鐘，離下課還剩幾分鐘。或許因為是第六節課，包含我在內，大家注意力都分散了，教室裡瀰漫懶洋洋的氣氛。

更何況，現在上的還是數學。像我這種準備報考私立文科大學的人，三年級之後不會有數學課。因為考試不用考，學了也沒用。

我轉頭觀察其他人，以打發時間。有人在打盹，有人在桌子下玩手機，有人看著外面發呆，大家都在用自己的方式排解無聊。

另一方面，可能是期末考將至，也有人選擇看其他科目的書而不聽課。如果在外面多加一本數學課本假裝一下，還有睜一隻眼閉一隻眼的餘地。偏偏有人一副「有問題嗎？我可是在念書耶」的態度，大剌剌地在桌上堆滿參考書，隱約還看得見遮答案用的紅色透明板，旁若無人。我不會明講是誰，不過相模南就是這樣的類型。

然而，與其說她真的在為未來的大考做準備，更像是為了表現自己很用功。否則她也不會在下課時間假惺惺地喊著「完了啦，沒有我能念的大學！之前模擬考只拿到C，絕對考不上啦——」，要朋友安慰她「不會啦！」現在這個時代，能拿到C的話，基本上報考什麼學校都沒問題，甚至可以選擇更好的學校。

這位南小妹妹在家也是這副德行嗎……她的弟弟真是辛苦。對了，川什麼的也有弟弟吧？我像鄰居阿姨似的，望向教室前方的靠窗座位。

黑中帶藍的馬尾女孩微微駝背，好像在織東西。看來是真的在做其他事……只有川什麼的身邊瀰漫一股昭和風情……

當然也有認真上課的人。不如說，大部分的人都屬於這類。其中一位坐在我斜後方，穿運動服的學生，上課態度非常可愛。

無須隱瞞，那名學生是我的朋友，戶塚彩加……再說一次好了。我的朋友，戶塚彩加。

戶塚盯著黑板頻頻點頭，同時用自動鉛筆寫筆記，接著又突然停下手沉思，用筆頂著嘴脣。

這時，戶塚發現我在看他，朝這邊揮了揮鉛筆。從窗外射入的陽光，照亮宛如絹絲的頭髮，他的微笑彷彿在閃耀光芒。討厭，怎麼這麼可愛，在夜空中閃耀的神祕月光（註3）？太星光閃亮了吧……

被戶塚發現到，害我有點不好意思，輕輕點頭致意，將臉轉回前方。

快下課了。我翻開擱在桌上的筆記，姑且抄了些黑板上的字。再繼續東瞄西瞄，會被當成怪人。雖然我已經被當成怪人了。

在我沙沙寫字的途中，下課鐘聲響起。緊接著，只是簡短告知事項的班會也結束了。

放學後的計畫只有一個。

跟由比濱說明昨天的事，詢問她的願望。

我聽著教室裡的喧囂聲，慢慢開始收拾東西。不過，我也沒有多少東西。穿上外套，圍好圍巾，大概就這樣。

接下來就是……我假裝在想事情，將什麼都沒裝的書包又開又關，藉機偷看教

註3《星光閃亮☆光之美少女》中香久矢圓的變身臺詞。香久矢圓與戶塚彩加的聲優同為小松未可子。

室後方的由比濱。

同學們三五成群地走出教室。角落的窗邊，採光佳的地方，聚集著那群老班底。以坐在自己的座位上，翹著修長美腿的三浦優美子為中心，穿大衣的由比濱和海老名借來附近的椅子坐著，天南地北地閒聊。葉山隼人在一旁看著，面帶成熟的微笑附和，加上負責擴展話題的戶部大岡大和三傻，構成再熟悉不過的畫面。

他們仍然散發出外人難以接近的高檔氣息。而且現在似乎聊得正愉快。

這樣一來，更難去找由比濱了。

不久前也有過類似的狀況。當時我勉強成功跟她搭話，之後卻被要求「不能用正常的方式叫我嗎」……正常是最難的耶。

因此，要換個角度想。只要利用人類的智慧，用不著開口也能搞定。紫式部前輩也說過，即使是難以啟齒的話，寫成信就能傳達給對方！

我默默拿出手機，開啟簡訊功能。下一秒，打到一半的簡訊映入眼簾。

標題及內文都是空白的，只有收件人有填上。

昨天明明一直在打這封簡訊，到了半夜還是不知道該打什麼，最後也沒傳出去，以草稿的形式留存。

我在內文欄簡短敲出「今天有空嗎？」按下傳送鍵。

簡訊似乎很快就傳到了，由比濱將手伸進外套的口袋。她拿出手機，一面跟三浦等人聊天，一面望向螢幕。

然後，轉頭瞥了我一眼。我點頭回應，由比濱略顯疲憊地嘆了口氣。

「啊，我離開一下。」

她不多說什麼，笑咪咪地表示要暫時離開後，往我這邊走過來。可是每走一步，她的表情就越顯不滿。走到座位旁邊時，臉頰已經鼓起來了。

「就叫你用正常的方式找我了！」

大概是因為周遭還有其他人，由比濱壓低音量，但她的語氣根本是在說教。

「……呃，我只是選擇了最妥當的方式。」

「哪有人會在這麼近的距離傳簡訊！」

「沒有距離就是簡訊的優點。」

再害羞的人，只要透過網路都會忍不住爆粗口。畢竟最近連走開朗路線的人，都會在網路上大鬧特鬧……

我隨便扯了一個理由，由比濱瞇起眼睛，冷冷俯視我。我假裝清喉嚨，逃避那冰冷的視線。

那好，這次就正常地問她吧。

「……妳今天有空嗎？」

「今天……？」

由比濱重複我的問題，身體僵了一瞬間，右手對丸子頭又拉又捏，不曉得是不是下意識的行為。由於我的邀約太過突然，她很困惑的樣子。看這個反應，今天似乎不太方便。

「嗯……」

她像在思考般陷入沉默，瞄了三浦那裡一眼，然後露出淡淡的苦笑。

「可能沒空耶。可能會跟優美子他們去玩。」

可能……妳講了兩次，未免太不確定了吧？會講那麼多次可能的，可能只有鴨川海洋世界的廣告（註4）……

隨便的玩笑話差點又脫口而出，我努力將它吞回去。

事實上，由比濱應該還沒決定今天的行程。根據她們先前的聊天內容，說不定會在回家路上繞去其他地方玩。既然如此，我也不好意思打擾人家。

我不用特地選在今天也沒關係。總有一天肯定能告訴她，這樣就好。就算今天不方便，之後絕對要找時間講清楚——我是這麼決定的。

我看向手機上的行事曆，一片空白。

那麼，應該由行程比較鬆的我配合由比濱。

「不一定要今天啦。明天後天大後天大大後天也行。」

「太多選擇了吧！你到底多閒啊……」

由比濱既驚訝又驚恐。然而，我必須說，她這樣想有點不正確。我神情嚴肅地糾正她。

註4「可能」日文與「鴨子」同音。

「不對。我並不閒。要做的事有很多。」

例如看錄好的動畫，堆積許久的書，玩開拓完第一座島就丟到一邊的創世小玩家，做喜孜孜地買了蛋白粉卻撐不到三天的重訓，用動畫平臺舉辦一個人的偶活全季上映會，總之太多事了，一輩子都做不完。甚至光是不斷重看偶活，這輩子就結束了。啊啊~如果人生有五次就好了！那我要把五次人生都拿來看偶活。

本想這樣回應，由比濱卻先發出有點佩服的感嘆聲，害我錯失時機。

「哦，你有什麼事要做？」

由比濱歪過頭，一雙大眼盯著我，眼中充滿好奇。看來她問這個問題，單純只是基於興趣。她用如此純真的眼神看我，我實在講不出剛才那串鬼話。

「……就、就，很多事啊。真的超多的喔？不過……隨時都能做。」

我移開視線，支支吾吾地說，結束這個話題，還順便咳幾聲恢復平靜。接著，我重新看向由比濱。

「所以，我能配合妳的時間。之後再告訴我哪天方便吧。」

由比濱抱著胳膊開始思考，臉上浮現淡淡的陰鬱。

最後，她浮現一抹微笑，不久後點了下頭。

「嗯——那就今天吧。」

「可以嗎？」

我望向三浦她們，帶著「不是跟他們約好了」的意思詢問。由比濱輕笑著回答。

「嗯。還沒約好，所以沒關係的。」

「這樣啊。不好意思。」

我稍微低頭致歉，由比濱輕輕搖頭，表示不用在意。

「那我去拿東西。」

她一說完，立刻小跑步回三浦那裡，大概是要收拾和道別吧。

我則先到走廊上。被其他人看見我跟由比濱一起離開教室，太難為情了。

教室裡面開著暖氣，所以大門緊閉。我拉開門，反手關上。

手指放開門把的瞬間。

冰冷的觸感令我嚇了一跳。

指尖彷彿多了拔不掉的刺，冰冷感始終殘留其上。我把手插進外套口袋，靠到牆壁，想忘掉這股觸感。

走廊的窗戶同樣緊閉，加上從各教室漏出的暖氣，這裡比想像中溫暖。

唯有指尖不同。

最後碰到那扇門的指尖，至今依然冰冷。

× × ×

金屬球棒清脆的敲擊聲、傳接球的吆喝聲、銅管樂器的音色。

放學後的聲音逐漸遠去，同時也變得清晰可聞。

我們離開學校時，已經過放學的尖峰期，路上的學生變少了。穿梭於住宅區的小徑，以及路旁的公園也不見人影，只有天黑前的冷風吹得樹葉窸窣作響。

我牽著腳踏車走在人煙稀少的路上，配合由比濱的步伐，速度比平常還要慢。

「抱歉，還要妳抽時間給我。」

「沒關係啦。」

走在旁邊的由比濱語氣明快，輕輕搖頭。我懷著謝意點頭回應。

儘管約的方式相當笨拙，我還是安排好跟由比濱談話的場面了。

好了，該從何說起呢？

要說明事情緣由，可能得花一些時間。這種時候或許該找個安靜的地方。若在吵鬧或人多的場所，會擔心被其他人聽見，非常難以啟齒。

這樣的話，薩利亞或咖啡廳可能有點不適合……嗯……

在我猶豫之時，由比濱似乎想到什麼，「啊」了一聲。

「對了，昨天我聽小雪乃說囉。舞會確定辦得成了呢。」

她突然說道，我當場愣住，差點連腳步都停下。但我還是勉強邁出步伐，開口填補這段沉默。

「喔，喔……妳聽說啦。」

「嗯，晚上她傳ＬＩＮＥ給我，我們就見面聊了一下。」

由比濱微微垂下視線，嘴角仍帶著笑容。

「是嗎……」

我忍不住苦笑。

考慮到她們倆的關係，雪之下告訴由比濱這件事並不奇怪。再說，由比濱也很關心舞會能否順利舉辦，通知她一聲是很自然的。

只不過，這迅速的行動讓我想起往日的雪之下雪乃。講好聽一點是果斷。講難聽一點，是不顧慮其他人的想法跟感受，擅自下達結論，埋頭向前衝。

令人懷念。

仔細回想起來，我也跟以前沒什麼兩樣，還是優柔寡斷，任何事都拖拖拉拉，幫自己找理由，連傳個簡訊都做不到，現在才好不容易約了人家。

然而，託她的福，我做好覺悟了。

「我能離開一下嗎？」

「……嗯。」

我駐足指向公園，由比濱皺了下眉，但她很快就點頭答應。

若不現在跟她講清楚，我八成又會一直拖下去。

我在附近的販賣機買了冰咖啡和熱紅茶，走向公園。將腳踏車停在街燈下的長椅附近，坐下來。

接著，我瞄向旁邊，示意由比濱也坐下。由比濱握緊背包的背帶，面色有點僵硬，不過等她快步走過來的時候，表情放鬆了一些。

本以為由比濱會坐到我旁邊，她卻把背包放到長椅上。

「喔～好久沒來公園了。」

明明是隨處可見的公園，由比濱卻好奇地東張西望，視線停在某個點上。

我跟著看過去，那裡有一座鞦韆。極其普遍的遊樂設施，沒什麼值得注意的。

可是，由比濱踏著輕快的步伐跑過去。

「啊，喂，妳要做什麼？」

我試圖叫住，由比濱已經喀唧喀唧地玩起鞦韆的鍊子。還沒開口就受挫的我只好跟過去。

由比濱感嘆出聲，提心吊膽地坐到鞦韆上。她緩緩盪起鞦韆，鍊子便發出吱吱嘎嘎的聲音。

「哇，好小的鞦韆。原來它這麼小呀？」

「好可怕好可怕！太久沒玩了，好可怕！比想像中還可怕！」

她急忙踩到地上，緊張地吁出一口氣。我默默將寶特瓶裝的紅茶遞給她。

「小時候都不會覺得恐怖。我也常常從鞦韆上跳下來，每次都摔得磨破膝蓋。」

由比濱接過紅茶，輕聲道謝，喝了一口。

「啊——我好像也有過這種經驗……不過好意外喔，你也會做這種事。」

她勾著鍊條，踩在地上慢慢前後搖晃，抬頭看著我。那蘊含調侃的視線，一瞬間瞥向旁邊的鞦韆。

但我並未接受她的邀請坐到那裡，而是在圍住鞦韆的欄杆上坐下。

我用一隻手拉開罐裝咖啡的拉環，潤了潤喉嚨。

「由比濱。」

我嚥下殘留在舌根的苦澀，接著說道。

「告訴我妳的願望。」

由比濱似乎聽不懂這句話的意思，像在思考般抿起嘴角，露出苦笑。

「什麼東西？」

「是我問的方式不對。告訴我妳想要我做的事，或想要我實現的願望。」

「咦——」

由比濱將雙手交疊在大腿內側，身體左右搖晃，開始思考。不一會兒，她便想到答案。

「有很多耶。希望你找我說話時態度更自然一點，不要一直偷瞄我，還有回簡訊的速度快一點、改掉挑食的習慣。啊，對了，還有——」

「好好好知道了。是我的錯我不該出生在這個世界上對不起好嗎？被妳這樣一講，我真是個大爛人耶。爛透了……」

由比濱扳起手指計算，一條條列舉出來。這樣下去可能永遠講不完，因此我打斷她說話。再講下去我真的會受傷。出於自我厭惡，我喃喃說道，由比濱帶著十分正經的表情歪過頭。

「你現在才知道？」

「自己認為跟聽別人說，造成的傷害不一樣啦。而且那麼多那麼長，全是在挑我的毛病，正常人聽了都會難過……雖然我也想盡量改掉啦。」

「不必了，反正絕對不可能……」

由比濱疲憊地嘆氣，垂下肩膀。討厭，她放棄我了……我也對她指出的缺點有自覺，才想說要努力改掉耶……但我也知道沒那麼好改，所以只能苦笑。

我發出「啊哈哈」的笑聲打馬虎眼，由比濱不悅地吐氣，接著似乎又想到什麼，開口說道：

「啊，可是像今天這樣突然有事找人的這一點，希望你改掉。有空的時候是完全沒關係啦，不過偶爾會想先準備一下。」

「喔，嗯。真的很抱歉。」

老實說，我最近找由比濱的時候，經常是事發突然。她今天也正好在跟三浦那群人討論行程，想到這裡便覺得過意不去，因此我乖乖道歉。由比濱聽了，頻頻點頭。

「還有……」

「還有啊？這麼多啊？總是給妳添麻煩，對不起喔？」

由比濱聽了，微微一笑。

我也不小心跟著笑出來。

如果能一直維持這種氣氛跟她交談，該有多輕鬆啊。重要的事半句都不提，假裝跟平常一樣，故意不觸及核心。

然而，放任自己這麼做，就是對自己的背叛。

我一口氣喝光咖啡，握緊罐子，讓溫度注入冰冷的指尖。這麼一捏，脆弱的鋁罐立刻變形。我想把變形的部分捏回去，將鋁罐握在手中轉，結果換其他地方凹陷，徒增扭曲。

明知已經不可能恢復原狀，還是鍥而不捨地捏著鋁罐，每捏一下就發出空虛的喀啦聲。不久之後，我發出帶著笑意的吐氣聲。

「……我想問的不是那個。」

從口中傳出的聲音，比想像中更加柔和，甚至稱得上溫柔。我從鋁罐上抬起視線，望向由比濱。

她仍然坐在鞦韆上。施加一點反作用力，凝視擱在空中的鞋尖，輕輕搖晃起來。

「那是什麼？」

「是那場比賽。贏的人可以命令輸家的比賽。」

「……比賽又還沒結束。」

有點像在鬧彆扭的語氣，比平常還要幼稚，我忍不住揚起嘴角。她有時成熟得不可思議，此刻卻十分孩子氣，讓我覺得有點有趣。

「是沒錯……不過，我認輸了。既然如此……比賽就到此結束。」

「那只是你自作主張。」

掛在西方天空的夕陽緩緩下山，暗紅及深藍的比例逐漸變化。一顆星星迫不及待地在空中發亮。

「不，是我輸了。輸得一塌糊塗。」

我抬頭仰望天空。

老實說，我輸得神清氣爽。

舞會能否舉辦的問題，意外地成了最後一場比賽。雪之下很快便看穿，我策劃的假舞會只是將勝負置之度外的棄子。她在理解這一點的前提下，同意這場比賽。也就是說，完全是我預測錯誤。我錯估的不是雪之下的策略及想法，而是她的覺悟。

我深深嘆息，放鬆身體。吐出來的氣沒有變成白霧，而是融進空中。

即使勝者未出爐，一旦確定敗者是誰，比賽就分出勝負了。

「所以，讓我實現妳的願望。」

為了將一直堵在胸口的這句話說出口，我耗費了好長一段時間。

不僅限於現在。從比賽開始到現在的一年間，我不時在內心想著，總有一天八成會說出這句話。

由比濱雙腿施力，停住鞦韆。她將嘴唇抿成一條線，等待鍊條的吱嘎聲止息後，喃喃說道：

「我這個人很貪心，沒辦法只挑一個願望……這樣也行嗎？可以請你全部實現嗎？」

她抬起面向下方的臉，轉頭看著我，露出淘氣的笑容。我聳聳肩膀。

「許願時的標準答案啊……哎，我會在能力範圍內想辦法。」

「勸你最好不要。」

由比濱垂下目光，斬釘截鐵地說。她看起來很悲傷，令我為之語塞。

「你每次都這樣。明明做不到，還說會在能力範圍內幫忙，最後拚命勉強自己，真的把事情解決。」

由比濱邊說邊晃動雙腿，反作用力讓鞦韆再度晃動起來。

「所以，我只會許簡單的願望。我不太清楚自己有什麼願望，但我有想做的事。」

「喔？什麼事？」

我盯著速度逐漸加快的鞦韆。

「首先……幫小雪乃的忙。我想看到舞會成功舉辦。」

「這樣啊。」

「還有，開慶功宴。找遊戲社？的人，跟中二，跟優美子和姬菜和……」

「嗯……」

「還想幫小町慶祝。」

「好主意。」

「還有想出去玩。」

「原來如此。」

鞦韆一下靠近，一下遠離，然後再度靠近。

我隨口附和著，隨鞦韆晃動的由比濱對我說的話。

由比濱的願望，並不會令人感到意外。幫忙舉辦舞會確實是她會提出的要求。慶功宴的話，她也曾經提過。幫小町慶祝，我除了感謝還是感謝。至於出去玩，我實在不太懂。不過，如果她不介意對象是我，我隨時可以奉陪。

鞦韆的速度愈變愈慢，由比濱的音量愈變愈小。

「還有……」

她講到一半，閉上嘴巴。

近在身旁的道路，籬笆另一側傳來熱鬧的談話聲。我望向那邊，跟我們穿著同樣制服的數名男女走在路上。

乍看之下沒有認識的人，由比濱在他們遠離前，還是不發出聲音。鞦韆也在這段期間停止擺動，剩下寂寥的鍊條摩擦聲。

我一語不發，看著由比濱，等待她開口。

她大概也注意到了，所以抬起低垂的臉，對我露出笑容。

「還有，實現你的願望吧。」

背對夕陽的由比濱輕輕揚起嘴角。深藍色的夜幕下，餘暉與街燈交織的微光，將小巧的臉龐照耀得動人。

這次，我沒辦法隨口附和了。

我這麼做的目的，是要實現雪之下雪乃的願望。

雪之下的願望是實現由比濱的願望。可是，由比濱說要實現我的願望。這樣只是一直繞圈子，沒完沒了。

「我的願望啊。真難呢……」

我煩惱著該如何回答，給予無意義的回應。

「對吧？所以你在幫我實現願望的期間想一下。我也會想的。」

由比濱說完，一口氣站起來。離開搖搖晃晃的鞦韆一步，轉身面向我，背對夕陽。

「……然後，好好說清楚……所以，好好告訴我你想怎麼做吧。」

火紅的夕陽使我不禁瞇起眼睛。在因刺眼的光線而模糊的視線中，我點頭回應。

看見我點頭，她似乎露出了美麗的微笑。

Prelude2

只有手掌感覺到的震動，很快就傳到心臟。

但我早就猜到肯定會有事，所以並不驚訝。

終於來了——不抱一絲希望的想法，令我的心臟顫抖不已。

今天放學後，老師來教室找他。我目送他離開的背影，確信他不會回教室了。

我完全提不起出去玩的興致。

剛回到家就倒進沙發，連制服都沒換，一直盯著天花板看。媽媽念了好幾遍「裙子跟外套會皺掉」，我才慢吞吞地換好衣服，最後倒到房間的床上。一埋進柔軟的被窩，身體便像陷進去似地動彈不得。

手機震動了一次，然後就沒有反應。

是他，還是她呢？

不知道，但八成不是好消息。

我心想著「如果是其他人傳來的訊息就好了」，慢慢伸手將手機拿到面前。

螢幕最上方，是她傳來的訊息。

用不著特地打開通訊軟體，也能看見只有一行的訊息顯示於通知欄。還沒傳送已讀回條，我就不小心看完內容了。

方便見個面嗎？

短短幾個字的訊息，沒有透露任何情報。只知道發生了什麼事。

早知道就當成沒注意到了。

當作沒看見，過一段時間再回，肯定能再持續久一點——狡猾的念頭浮現腦海。

不過比起這個，我很高興她想把事情告訴我，眼眶有點泛淚，心情亂成一團。

我大概一直在等待。

等待她對我開口。

因為我害怕主動開口。

所以我只回傳了「我馬上過去」，再度穿上扔在旁邊的外套。在玄關把腳塞進腳跟被踩扁的運動鞋時，收到見面地點的通知。

那我們不得不去的地方。

離這裡不遠，很近。馬上就要結束了。

明明完全沒有跑過去的意思，一來到室外，腳步卻越來越快。

站前的街道有許多人。

不過，我很快就看見她坐在街燈下的長椅上。

挺直背脊，雙手輕放在裙子上，閉著眼睛，靜靜待著，彷彿會直接融進空氣中。雖然有穿外套，晚上還是很冷，她卻感覺不到的樣子。

聽見我的腳步聲，她緩緩睜開眼睛，露出如冬季夜空般美麗的清澈微笑。

「晚安。」

那抹微笑，美到讓人說不出話。「令人窒息」肯定就是形容這種美。

我沒有出聲，點頭回應，裝成是因為我剛跑過來，還喘不過氣。

然後，我立刻拿下圍巾，坐到她旁邊。不然，我可能會不小心一直看下去。

從來沒見過這麼可愛的女生。我自認看過很多可愛的女生，以及漂亮的女生。美到讓人嘆息的女生，倒是第一次見到。

我吁出一大口氣代替嘆息，問她：

「怎麼了嗎？」

「有點事，想跟妳說。」

她如此說道，接著沉默了一下。片刻過後，才慢慢挑選語句，開始訴說。

「……舞會，確定能辦了。」

「這樣啊，太好了……」

聽她這麼說，終於能放心了。因為這段期間我都在擔心這個。短短一瞬間，那彆扭的眼神閃過腦海，我鬆了口氣。不曉得是不是這口氣太大的關係，她輕笑出聲。

「都是因為有妳的幫助。」

「我什麼都——」

什麼都沒做。什麼都做不到。

我輕輕搖頭，取代這句話。

她凝視著我，忽然望向遠方，輕聲說道：

「……還有，他的幫助。」

身體抖了一下。我不敢正視她的臉，視線落在地上。

「……沒這回事。是因為小雪乃很努力。」

「沒關係的。我自己很清楚。」

聽見我那像安慰又像藉口的話語，這次換成她輕輕搖頭。

「又不小心依賴他了……」

她的語氣像在開玩笑，有點孩子氣，跟平常成熟的態度截然不同。我有點驚訝。

我下意識地抬起臉。她帶著靦腆的笑容，不曉得是害羞，還是在掩飾害羞。

「明明知道以他的個性，一定會這麼做，我卻沒有拒絕。」

她微微抬起視線，看向遠處。我也望向同樣的方向，卻只看得見高樓大廈。

「可是，那也要結束了。」

夜晚的街道充滿噪音，她柔和微弱的聲音卻非常清晰，宛如遠處大樓的燈光。

黑暗中，紅光緩緩亮起，靜靜消失，微光般的聲音逐漸融進夜色。

最後，被強風吹散。

「我統統，老實地告訴他了。」

她的長髮隨風飄揚，像面紗似地遮住臉龐。風停下來後，她用手梳理亂掉的頭髮，輕輕勾到耳後。

然後展露微笑。

那抹微笑顯得清爽，彷彿被春季的夜風洗淨許多雜念。

從過去一直到現在，我大概一直喜歡著的美麗微笑。

看到那抹微笑，我意識到這段關係即將結束。

2 總有一天，也會有習慣這段關係的時候。

陽光和煦的午休時間，我在老地方享用午餐。

以網球社的練習聲當背景音樂，發著呆吃飯。

今天的氣溫比昨天降低好幾度，但還不到無法待在外面的程度。早晚是很冷沒錯，但白天升溫後，基本上不太需要穿外套。從有點雲的天空照下來的陽光，令人感到舒服。

短短幾天，街上便像是度過一個季節。春天會照這個步調逐漸接近吧。

我將福利社賣剩的麵包塞進嘴巴，配茶吞下去。滿足地吁出一口氣，撐著頰閉眼享受溫暖的陽光。

在我豎耳傾聽從網球場傳來的擊球聲，以及網球社長戶塚的聲音時，踩在沙子上的聲音參雜其中。

我反射性地回頭，看見晃來晃去的淡粉色丸子。由比濱好像也認得我的身影，手舉到胸前對我揮幾下。

「喔，怎麼了？」

「剛剛去買飲料時，順便幫你買的。」

由比濱遞過來一罐MAX咖啡，按著裙子坐到我旁邊。我接過仍然溫熱的罐子，拿在手中拋來拋去，不曉得該如何處置它。

「咦，為什麼？我可以收下嗎？多少錢？」

「沒關係啦。你昨天也請我喝紅茶。」

「啊，原來如此。那我不客氣了。」

「嗯。」

她特地來回禮嗎……真講究禮節……我拉開拉環，啜飲溫暖甜蜜的MAX咖啡。一股暖意緩緩擴散至全身。沒錯沒錯，就是這種感覺。正當我點著頭品味，忽然感覺到身旁的視線。

瞄向旁邊，由比濱抱著雙腿，歪頭注視我。宛如陽光的眼神十分溫暖，害我有點坐立不安。

為了掩飾動搖，我默默移開視線，盯著手中飲料的成分表看。

沒問題嗎？從剛剛開始，就有股莫名的幸福感。難道MAX咖啡其實不能濫用？裡面該不會加了一堆危險的白粉吧……果然有！給予人幸福感的危險白粉！其名為砂糖！

我利用這段胡思亂想，讓心情平靜下來。這時，由比濱跟我搭話。

「慶功宴你有什麼打算嗎？要選在哪天？」

「啊……」

我先應了一聲填補沉默，同時思考起來。

慶功宴是由比濱昨天傍晚所提議，可以說是她的願望之一。

目的是想慰勞前幾天，協助我策劃假舞會的材木座、遊戲社二人組、三浦、海老名等人……但這樣的陣容，材木座他們不可能開心……

可是，既然由比濱想辦，我便不能拒絕。

結果，我沒有反駁。由比濱大概是當成我同意了，按起手機開始確認什麼。

「優美子跟姬菜說今天有空，我也有空。乾脆今天辦好了。」

「妳沒問我有沒有空耶？」

她噘起嘴巴。

「你之前才說過你很閒，明天後天大後天大大後天都有空。」

「的確……」

在意想不到的情況下被人逮到話柄，我只能縮起頭。大家要小心不要亂說話喔！而且我很閒是事實，無法否認。

「所以，剩下中二他們……」

由比濱暗示我去確認他們的行程。

「他們有空。」

「咦，可以嗎？」

我立刻回答，由比濱錯愕地歪過頭。我用力點頭回應。

「放心，他們絕對有空。我很懂（註5）。」

「你好有自信……」

遊戲社這種神祕社團，看不出什麼認真活動的樣子。材木座自不用說，那傢伙不可能有其他安排。我也在某個神祕社團過著類似的生活，所以我懂。我真的很懂。

然而，通常都會安排行程的由比濱似乎無法理解，抿著嘴瞇眼瞪向我。

「……要是他們沒來，男生就只有你一個喔。」

「什麼鬼，好痛苦……」

唯有王者能享受俗稱的後宮。實際上，男生獨自待在只有女生的空間只會想吐，跟夏天的冰紅茶一樣狂冒汗，腋下溼成一片。若只是被無視還算好的，如果其他人跑來關心「你一直在流汗耶，還好嗎？會不會熱？」別說腋下流汗了，嘴巴都會噴出尼加拉大瀑布。

若是在熟悉的社團教室，多少會習慣一些，可以用根本是在辯解的理論武裝欺騙自己。但是換成陌生的環境，就會像進到別人家的貓，肯定變成一尊地藏動也不

註5《NINJA SLAYER 忍者殺手》中的小角色自以為是時常說的臺詞。

動。

不過，只要加入材木座和遊戲社二人組，哎呀真不可思議！地藏增加成四尊了！

算了，俗話說聊勝於無。有總比沒有好吧。先不論三浦他們會怎麼想，至少我心情會比較輕鬆。

「得想一下要怎麼說……用一般的邀請方式，他們絕對會拒絕。」

「是嗎？」

由比濱歪過頭，無法理解的樣子。我用力點頭。

「沒錯。如果他們知道三浦那類型的人也在，絕對不會來。跟沒見過面的高調女一起參加慶功宴，可以說是拷問喔。整整兩小時都在看時鐘，不停倒飲料喝。比起坐在座位上的時間，去廁所的時間還比較長。我很懂。」

「太懂了吧！根本是親身經歷！」

我點點頭，無視由比濱悲痛的吶喊，輕輕撫摸下巴。

「問題在於那些人不認識三浦她們。」

「啊……嗯，是啦……」

這一點由比濱好像也能體會，支支吾吾地說。我也知道三浦人不錯，可是初次見面就看到那盛氣凌人的態度，實在很可怕。因為我也還會怕她！

對於習慣的人來說，這個問題似乎並不要緊。由比濱拍了一下手，面向我，搖著手指說：

「啊，不過中二不是認識優美子跟姬菜嗎？只要他好好幫忙說幾句……」

「問題在於那些人不認識三浦她們……」

「又說了一遍？」

「笨蛋，連我都不知道算不算認識她們了。對材木座來說，她們連外人都不如。再說，材木座怎麼可能幫別人說好話。」

「這個嘛，就……自閉男，你加油。」

由比濱雙手舉到胸前，做出「加油」的動作。

面對那天真無邪的微笑，我只能苦笑。叫我加油也沒用……

為什麼硬要將棲息地不同的生物放在一起？讓三浦獅和奴隸材木座待在同一個空間，這是羅馬競技場嗎？這樣會上演殘酷殘虐的屠殺秀，難道世界史沒學過？

無奈我也是其中一名奴隸，只能聽從由比濱皇帝的命令。

「……好吧。我試著把他們約出來。慶功宴要在哪裡辦，做什麼？」

「去KTV玩一下……的感覺吧。」

由比濱看著天空邊想邊說，視線回到我身上。她的眼神像在詢問我，我猶豫了一下。

「原來如此……那應該有辦法。」

我開始盤算該用什麼理由約他們，同時說道：

「放學後，我會去跟他們說。」

「嗯，好。」

由比濱點頭，再度抱住雙腿，重新坐好。

她比剛才更靠近我幾公分的距離，輕輕按住隨冷風飄揚的柔軟髮絲，將頭髮撥到耳後。

我側眼看著她，用冰冷的指尖捏緊殘留些許餘溫的鋁罐，將甜膩的咖啡送入口中。

本以為慶功宴的話題到此告一段落，由比濱卻沒有要離開的跡象。

……好吧。天氣不錯，這裡也不是屬於我一個人的地方。她要在這悠哉一下，我也完全無所謂。

我望向網球場，以排遣躁動的心情。

剛才還在咚咚響的網球聲，現在已經聽不見。網球社的人正好在收拾東西離開。大概是剛練習完的緣故，原本粗獷的網球社員看起來更邋遢。在那群人之中，我發現特別顯眼的存在。儼然是希臘神話的月之女神，可愛又治癒的社長戶塚彩加。太閃亮了～☆（註6）

我輕輕對擦掉汗水，背好網球包的戶塚揮手。戶塚看見，在胸前微微抬起手，揮手回應我。

註6《星光閃亮☆光之美少女》的女主角星奈光的口頭禪。

這種一句話也不說，背著其他人做的小動作，真是太棒了……打個比方，參加聲優演唱會時，周圍的人都在拚命揮螢光棒呼喊，你卻只以貝卡（註7）站姿在後面輕輕點頭。這樣已經是在交往了吧？還是其實只是陌生人……

戶塚看見我和由比濱，隨即跟其他社員打個招呼，小步跑過來。

由比濱用力揮手。

「喔──小彩，嗨囉──！」

「嗯，嗨囉──」

戶塚雖然有點喘，還是把手舉高，跟由比濱打招呼，也對我露出燦爛的笑容。

嗯──多麼美妙的問候語。日文之優美使我感動得發抖……等等，那是日文嗎？「嗨囉」究竟是什麼語……在我認真思考這個深奧的問題時，由比濱把我晾在一旁，發出讚嘆聲。

「喔喔──社團活動嗎？哇，感覺能變瘦。」

「變，變瘦……嗯──不、不知道耶。我自己沒什麼感覺。」

戶塚露出不知所措的笑容，由比濱卻面色凝重地揮揮手。

「不不不，小彩你超瘦的。再多長點肉啦，太狡猾了。」

「狡猾嗎……」

戶塚面帶苦笑，由比濱開始戳他的側腹。

註7《快打旋風》中的角色，招牌姿勢為雙臂環胸。同時也指站在後面看別人打遊戲的觀眾。

「啊，別這樣……」

「看！超細的！你看，小彩的腰好細喔！」

戶塚扭動身軀，試圖閃躲。由比濱不理他，對我招手。

咦，鄙人也可以摸嗎？我伸出手。

不過……

「八幡……不要……」

戶塚用泛著淚光的雙眼向我求救。看見那雙眼睛的瞬間，我動彈不得。胸口受到一陣衝擊……

因此，我要靠扯開話題拯救他！

「戶塚，你今晚有空嗎？」

戶塚大概對我的問題感到意外，納悶地歪過頭。由比濱也停下戳戶塚的手，跟著歪頭。

「我們今天要去唱歌。之前不是找你討論過舞會的事？最後成功搞定了，大家要一起慶祝……」

假舞會一事，我也有找戶塚商量。可以說當時是因為戶塚在場，我才肯把緣由跟詳情告訴大家。我還沒好好跟他道謝，所以無論如何都希望他能參加。

「對對對！小彩也來吧！」

由比濱雙手一拍，興奮地說。戶塚可能是不好意思拒絕，邊想邊開口。

「嗯……如果是在社團活動結束後。」

他靦腆一笑，我點頭回應。

不久後，宣告午休時間結束的鐘聲響起。

「回教室吧。」

由比濱立刻站起來，拍掉裙子上的沙。我也跟著起身，喝光最後幾口咖啡。在走向校舍的途中，處理掉麵包袋跟鋁罐，將冰冷的指尖塞進口袋。

如此這般，今天的行程就此決定。老實說，由比濱說要辦慶功宴的時候，我的心情很沉重，現在卻開始有些期待。

×　×　×

開始傾斜的春陽，盈滿空中走廊。

在沒有其他人的靜謐空間中，響起兩個人的腳步聲。

原本在我後面的由比濱微微加快腳步，趕上我的身旁。儘管心裡納悶她為何跟來，我並沒有將疑惑問出口。

「中二也在社辦嗎？」

「大概。」

我簡短回答由比濱的問題。遊戲社二人組跟材木座，八成還在幫我們管理假舞會的網站，以及社群網站的帳號。趁著去告知任務結束時，順便邀請他們參加慶功宴，時機真是再好不過。

隨著我們接近特別大樓，放學後的喧囂聲逐漸遠去。不久後，我們抵達寂靜無聲的角落——遊戲社社辦。

我直接打開門。材木座很快就發現有人造訪，晃著龐大的身軀走向這邊，迎接我們。

「唔嗯，八幡，你來啦。嗨囉——」

材木座揚起風衣，高聲問候。後面的相模弟戴好眼鏡探出頭，秦野也推著眼鏡點頭致意。

「啊，嗨囉。」

「兩位嗨囉。」

嗯，多麼美妙的招呼語！我感到滿足，背後卻傳來極度不悅的嘆息聲。

「……」

我回頭瞥了一眼，唔喔喔……比濱同學的眼神好恐怖……兩眼瞇起，目光冰冷，鼓起臉頰，看起來十分不悅。

「自閉男……叫他們別再這樣了。」

由比濱拉扯我的衣袖，用極低的聲音說道。戶塚說嗨囉的時候，她明明沒有這樣……廢話！因為戶塚可愛啊！這些傢伙一點也不可愛。

我如此心想，但還是用手勢安撫由比濱，讓她先坐下。由比濱心不甘情不願地就座後，我也拉來身旁的椅子，一屁股坐上去。

「總之就是，今天有點事要跟你們說……」

我開口說道，遊戲社和材木座轉頭面向我。

「多虧有你們的協助，舞會辦得成了。今天特地來跟你們報告。雖然時間短暫，辛苦了。這次你們幫了我很多的忙，非常感謝。」

我深深一鞠躬，由比濱也靜靜地低頭致謝。

「所以，今天起不必再繼續管理假舞會的網站。」

相模弟跟秦野愣了一下，大概是在驚訝我特地鞠躬道謝。不過，他們很快就輕笑著吁出一口氣。

「這樣啊。」

「太好了。」

「唔嗯，這樣事情就解決了！義輝如此心想……」

材木座看著遠方，感慨地說。我直接無視他，清清喉嚨，露出十分正經的表情。

「因此，本執行委員會於今日解散。今後禁止用『嗨囉』打招呼。」

話一說出口，眾人頓時沉默，萬籟俱寂。過了一段時間，相模弟和秦野的眼鏡滑落。

「咦……」

「哪，哪有這樣的……」

「幹麼這麼不滿……」

由比濱白了面前的二人組一眼，無奈地嘆氣。

嗨囉禁止令順利降低他們的興致，我決定乘勝追擊。想騙人就要趁對方動搖或心靈脆弱之時！看到對方沮喪的模樣，代表機會到來！

「所以，我們要去ＫＴＶ。」

我用輕鬆如「喂，媽？是我。我啦我啦」的態度對他們說。遊戲社二人組用黯淡無神的雙眼望過來。

「……跟誰？」

「朋友嗎？」

「八幡沒朋友喔。」

「並不想被你說……」

只有材木座跟平常一樣活蹦亂跳，在一旁亂插嘴。我立刻回嘴，材木座只是得意地笑著說「唔哈哈哈，確實」。

「原來中二跟那兩個人不是朋友呀。」

由比濱雖然驚訝，超級隨便的「喔——」聲卻不小心透露出她對這件事有多不關心。兩位遊戲社員聽見，錯愕地看著我們。

「咦？」

「咦……」

你們在驚訝什麼……被人說跟材木座不是朋友，打擊那麼大嗎？不是該高興嗎？我感到疑惑，觀察他們的反應。相模弟和秦野用細若蚊鳴的聲音咕噥著「那兩個」「人……」垂下肩膀。看來他們是因為由比濱不記得自己的名字，而受到打擊，眼鏡如同他們的心情逐漸滑落。

嗯，我懂。從比濱最近的公主感來看，會覺得自己多少跟她關係變好了……可是，她也只會叫我自閉男，沒叫過我全名，所以她記不記得我的名字，仍然有待驗證。

「好了啦，等等去唱歌吧。走啦。」

我催促他們，想趁他們失去判斷力時追擊。然而，相模弟和秦野都緊皺眉頭，好像有什麼想責問的事。

秦野「喀嚓」一聲，將不停往下滑，變得跟川畑要的墨鏡一樣的眼鏡推回原位。（註8）

「咦？現在？突然說去就去，這人有病吧……」

相模弟似乎也從剛才的打擊中恢復，撥起瀏海，順便把眼鏡推回去。

「這人是不是有問題……」

「『有點』而已嗎？」

註8　日本歌手川畑要有時會將墨鏡掛在耳朵，鏡片部分則垂在下巴下面。

材木座也加入他們，三人悄聲開始攻擊我的人格……由比濱終於看不下去，出面為我解圍。

「其實，我們是想辦慶功宴。你們有其他行程嗎？我是聽說大家今天都有空……」

她對我投以冰冷的目光。那眼神根本是在說「果然不行吧……」還在桌子底下用膝蓋偷撞過來，責備我「現在怎麼辦？」。

好丟臉，我無地自容……跟遇到天敵的白臉角鴞一樣縮得小小的……

我思考著等等要怎麼拐他們來，順便偷瞄前方。相模弟和秦野把眼鏡拿下來擦了擦。

「啊……既然已經決定了，那也沒辦法。」

「唉，好吧。也不是抽不出時間啦。」

他們別過微微泛紅的臉，故意假裝不在乎，把眼鏡戴回去。語氣有點冷淡，像聲優在廣播節目中打電話給自己，不知為何講話會變踐的青春期聽眾。

「真的嗎？太好了──」

由比濱立刻綻放燦爛的笑容，相模弟和秦野不停清喉嚨，支支吾吾地說「嗯對啦可以」。

嘿，你們這些臭男生！怎麼只有對待結衣時，反應不一樣啊？本想抱怨個幾句，但換成是我，八成也會採取類似態度。想到這裡，就覺得心裡悶悶的，只能暗自呻吟。

「KTV啊，沒辦法。既然如此，最好準備發光物吧。」

「啊——」

材木座鄭重其事地說，兩位眼鏡男用力點頭附和。只有由比濱反應慢了一拍。

「發光物……啊，壽司（註9）。」

「不對。」

為什麼妳一副了然於心的樣子，用恍然大悟的語氣給出這種答案？太奇怪了吧？在人家唱歌時揮竹筴魚或鯽魚，根本是來鬧場。還是說，那是什麼儀式？保證妳立刻被勒令出場。

這點小事當然不用我說明，相模弟和秦野也明白。

「我今天沒帶penli耶。」

「等等去大創買lium吧。」

聽見兩人的對話，由比濱滿頭問號。這個人果然該加強英文！

「penli？lium？」

「筆燈（Penlight）和螢光棒（Psyllium）。」

順帶一提。雖然原因不明，聲宅習慣把螢光棒簡稱為lium，偶像宅則傾向簡稱為psy（根據個人調查）。

註9 壽司的專門術語中，「發光物」指背部顏色偏藍，腹部為亮白色的魚類。

去KTV還特地買螢光棒……或許會有人感到納悶，但我的確偶爾會聽到這樣的人。還有人特定包下派對包廂，找來一堆人，跟開演唱會一樣大唱特唱。

事實上，宅宅跟KTV的親和性滿高的，所以這並不奇怪。翻開點歌機的過去紀錄，會看到一堆昭和歌曲和動畫歌曲，可見得唱歌已經是宅宅跟老人的興趣。

說到能讓一群好友盡情遊玩的場所，KTV是最佳選擇之一。

問題在於，今天的成員不僅不是好朋友，連彼此的名字都不知道……

見三人興奮地討論起等等要唱哪些歌，我實在開不了口……講了他們就不會來了。

在露出馬腳前趕快離開吧。我對由比濱使眼色，示意差不多該走了，隨即站起身。

「我們先去訂位。找好店家再跟你們說。」

「等等見！」

由比濱也站起來，我們一同走向門口。這時，眼鏡男之一叫住了我。

「啊，請等一下。這個網站是不是也可以刪掉了？」

我回過頭，相模弟把手邊的電腦轉過來。螢幕上顯示的是假舞會的網站。

這本來就是為了讓雪之下的舞會辦成，策劃來當棄子的東西。既然它的任務已經完成，便沒必要繼續經營。更何況，考慮到之後可能招致的誤會，的確該刪除才是。

寫在上面的事，沒寫在上面的事，統統結束了。

因此大可刪光。不，必須盡速刪除。

「嗯……反正也不急，有空再處理就好。」

脫口而出的，卻是這樣的話語。

就算現在不刪掉，總有一天也會被電子之海淹沒，在無人陪伴的情況下默默消失吧。然而，親手刪除掉它，如同把那段辛酸的時光當作從未存在過。因此，我猶豫了。

真不乾脆——我不禁苦笑，微微揚起的扭曲嘴角，流露出類似自嘲的嘆息。

不曉得相模弟跟秦野是如何理解這聲嘆息。他們面面相覷後，簡短地表示了解。我也點頭補上一句「麻煩了」，轉身離去。

將視線從螢幕上，站在黃昏海邊的少女身上移開。

× × ×

我們在放學後無人的走廊上緩步前行。

中午大量的學生，現在都去參加社團活動或回家了，校內一片靜寂。

我和由比濱離開遊戲社，走向大樓門口的途中，討論著要去哪家店。不久後，經過學生會辦公室。

房門敞開，剪成鮑伯頭的亞麻色短髮從後面跳出來。是學生會長一色伊呂波，接著走出來的是學生會的成員。看見身在其中的柔順黑長髮，由比濱飛奔而出。

「啊，小雪乃。」

由比濱揮著手跑去找的人，是雪之下。她整個人撲抱過去，雪之下雖然困惑，還是接住了她。

「昨天說的那個啊，好像整個春假都有。」

「那就沒問題了。春假後半我有很多時間。」

雪之下一面回答，一面委婉地推開想用臉蹭她的由比濱。

根據她們的對話內容推測，是在講春假的計畫吧，但我並不打算加入那段對話。

我因為停下腳步，再加上無事可做，而產生了胡思亂想的時間。心裡想著怎麼做才是最自然的，同時也明白不能在這邊駐足，所以我繼續慢慢向前走。

這時，在那群人之中的一色看到我，迅速轉過頭。

「啊，學長也在呀。」

「嗯，辛苦了。」

雪之下聞言，只用眼角餘光瞥過來，不小心和我四目相交。然而，她很快就別開目光。雪之下眨眼的瞬間，我也望向一旁，導致我的講話對象變成斜前方的一色。

「……還順利嗎？」

一色愣了一下，眨了兩、三次大眼，但她立刻回答：

「順利嗎……學姊覺得呢？」

一色輕笑著把球傳給雪之下。

「啊，嗯。」

突然被點名的雪之下似乎有點慌，咕噥著回應，同時整理瀏海，閉上眼睛沉思。

「畢竟企劃階段有所波折，所以無法做到最好。不過，目前沒有太大的問題。」

聽到如此迂迴的說法，我跟由比濱面面相覷。這段沉默訴說著「所以到底是怎樣……」

「總之就是還可以。」

一色苦笑著輕輕聳肩，填補這段沉默。原來如此，雖然相當難懂，總之就是不好不壞。我大致可以接受，對面的由比濱則非如此。她抓著雪之下的手臂搖來搖去。

「小雪乃，說明太隨便了！聽不懂！」

「對、對不起……因為實在稱不上順利，不知道該怎麼說……」

雪之下說得吞吞吐吐，紅著臉害羞地低下頭，加快整理瀏海的速度，幾乎看不見表情。

「太誠實了！不過……這樣很符合小雪乃的個性。」

由比濱輕笑出聲，將雪之下的手臂抱得更緊。雪之下用小到快聽不見的聲音說「好近……」卻一副放棄掙扎的樣子，任由她擺布。

看到她們跟平常和之前一樣，甚至比之前更親近，我稍微放心下來。

「……看來沒什麼問題。」

我不經意地說出的話，使一色露出有點為難的表情。

「目前還過得去啦。之後就不知道了。」

一色歪頭徵求同意，雪之下回以淡淡的苦笑。

「我們是打算讓舞會如期舉辦。」

「就是這樣。」

「喔……別太勉強自己了。」

「不不不我們超勉強自己的。不然根本來不及。老實說超缺人手的。」

一色瞄向雪之下，徵求她的同意。然而，雪之下沒有馬上回答，手抵在嘴邊思考了一下後，滔滔不絕地說：

「的確，今明兩天是關鍵，所以大家會比較辛苦……不過不找其他人也忙得過來。這都要多虧一色同學的努力。」

最後，她對一色展露微笑。一色紅著臉，啞口無言。

「……嗯。今天雖然不太方便，明天就有空幫忙了。需要的話說一聲。」

「可以嗎！」

「一色同學，明天是以技術彩排為中心，沒有大規模的工作，所以不我認為需要太多人手。」

「是喔……」

我和雪之下的視線都集中在一色身上。她頭痛地稍微舉起手。

「那個，我不是翻譯機耶……」

「抱歉，我的日文不太好，沒自信能跟日本人好好溝通。」

「絕對不是日文的問題！是溝通能力！換成其他語言，你也絕對不行的啦……」

由比濱毫不留情地說。沒禮貌……別看我這樣，我還滿擅長肢體語言的。我有自信光憑苦笑、宛如瀑布的汗水跟嘆息，就能將「我想走了」傳達給全世界的人。

我流著宛如瀑布的汗水，苦笑著嘆氣。一色死心地垂下肩膀。

「唉，那就沒辦法了……雪乃學姊也很不會講話。」

雪之下聞言，挑眉說道：

「一色同學？這個誤會大了。有些人甚至認為，直接跟地位較高的人講話是傲慢。妳不知道嗎？」

「咦，這個人好恐怖……」

雪之下撥開垂到肩上的頭髮，對一色微笑。一色不禁後退一步。是有這種文化沒錯啦！原來如此，現代也有地位之分嘛。持有上級國民勳章的人不管做什麼，基本上都不會有事（註10）。

我於內心贊同。學生會的書記在幾步之外小心翼翼地提醒：

註10　日本前經產省院長飯塚幸三開車時發生車禍，導致一對母女死亡，警方卻並未立即將其拘捕的事件。

「那個，差不多該去體育館了……」

「啊，不好意思。」

雪之下跟書記道歉，輕輕擺脫由比濱的環抱。

「我該走了……那，再見。」

「嗯，再見。」

由比濱揮一揮手，雪之下點頭，用手勢催促一色等人，邁步而出。

離開前，一色往這邊跑過來，把手放到我肩上當支撐，微微踮腳，在我耳邊說悄悄話。

「……當天請學長來幫忙喔。不如說，我隨時歡迎學長來幫忙。」

「有空的話……」

「反正你那麼閒，直接說會來幫忙不就得了。你這個人真難搞。」

我側身跟她拉開距離，以避開於耳邊飄盪的甜美氣息。一色不悅地鼓起臉頰，碎碎念著小跑步追向雪之下他們。

目送她離開後，我們也轉身走向大門口。

「太好了，看起來進行得很順利。」

「對啊。」

我如此回答由比濱明亮的聲音，同時在心中自問。

我表現得好嗎？之後有辦法表現得更好嗎？

踏出步伐後，雙方的距離逐漸拉開。彼此的目標已不再相同。

那僅僅是因為暫時的特殊環境才成立的關係。如今，這個狀況出現裂痕，我和雪之下的距離感自然產生變化。

就像習慣了那段時間、那段空間一樣。

對這種關係抱持的異樣感，肯定也會逐漸消散。

肯定也會習慣在熟悉過後，漸行漸遠。

Prelude3

聽完我說的話，她輕聲嘆息。

「是嗎……」

她喃喃說道，之後便沉默下來。

夜色漸深，晚風開始帶有寒意。

我聽著樹梢被風吹動的聲響，不知不覺中抱住自己的手臂。

之所以覺得冷，或許不只是風的關係，還包括這陣短暫的沉默。

我偷偷觀察她的反應，想知道她會說些什麼，結果跟她對上目光。

她揚起嘴角，挪動身軀，拉近與我的距離，然後溫柔地詢問：

「妳跟他說了什麼？」

又大又圓的眼睛帶著一絲淘氣，由下往上看著我。

那雙眼神同樣溫柔。儘管包覆著好奇心，眼底蘊藏理智的光芒。她太過於掩飾自己的伶俐，導致睜大的眼睛泛著水光。她的溫柔令我深愛不已。

面對這雙眼睛，我實在不覺得事到如今，自己有辦法欺騙她。我慢慢說出對他所說的，毫無虛假的話語。

「我說，我過得很愉快……我和你們一起度過的這一年，充滿前所未有的體驗，充滿未知的事物，非常……愉快。」

雖然是空洞的話語，她依然微微低頭，閉上眼，隨著我的一字一句點頭。

「我也，這麼覺得……好奇怪喔，講得跟要結束了一樣。」

不久後，她抬起臉，臉上帶著微笑。然而，帶著靦腆微笑補充的那句話，隱約散發出悲傷之情，我也不知不覺垂下眉梢。

「嗯。因為這是最後了。」

「咦？」

她回問道，表情跟語氣大不相同，毫無驚訝之色。這也是當然的。因為從這個冬天開始，我們就一直意識到這段關係的結束。

「比賽結束了。」

她的表情蒙上陰霾，宛如暗掉的電燈。

「可以不要擅自結束嗎……我明明，一點都沒有要結束的意思……」

「對不起……對不起。可是，我已經想讓它結束了。」

掩飾不住的懦弱話語脫口而出。真希望能用更好的方式表達。但要在既不說謊，又不說出事實的前提下傳達給她，太過困難。相對的，我緊緊握住她的手。

「所以，我至少想實現妳的願望。因為妳的願望，也就是我的願望。」

「……我不希望妳這麼做。」

她回握我的手。力道不重，卻帶有熱度。我抬起頭，她的目光直接對上我，修長的睫毛顫動著。

「我要收下一切。一切都一直維持現在這樣。」

那是那個下雪的日子，她對我說的話。

那句話，大概一直在背後推著我。從聽見那句話的時候起，從他否定那句話的時候起，一直如此……

我認為，那個願望是我和他，還有她共同的夢想。那段時光就是如此舒適，讓人產生這種想像。正因如此，我才會明白。她的願望很難以那個形式實現。

「……雖然沒辦法完全符合，我想應該會變成類似的樣子。」

所以，這才是正確的做法。照理說，這才是正確的結局——我像在祈禱般，輕聲說道。

「他一定會統統為妳實現。」

他是我唯一稱得上朋友的人。正因為是她，我才希望他能實現她的願望。

我不願將這麼自私的感傷化為言語，而默默凝視她。

「誰知道呢……」

她歪過頭，困擾地露出苦笑，撫摸頭上的丸子。

「總覺得，他會用超乎想像的做法實現我的願望，很難坦率地拜託……」

她的說法害我忍不住笑出來。的確是這樣。以過去的經驗來說，並不難想像。至今以來，他都是用我們想不到的方法，或不希望的形式，實現某人的願望。我忽然想起以前看過的短篇小說。

「……我有點明白。跟猴掌（註11）一樣。」

「猴掌？為什麼？」

她歪過頭，眨眨眼睛。

這個舉動有點可愛，我不禁揚起嘴角。

「沒事……我是在說他性格乖僻又彆扭。」

「嗯。明明用一般的方式就行，他總是想出奇怪的辦法……」

我被她疲憊的嘆息影響，跟著笑出來。

「說得對。真希望他顧慮一下我們的感受。」

「對呀。」

我們都在笑，胸口卻突然一陣刺痛。

意識到之後再也不會被他的做法波及到，笑聲戛然而止。

不曉得她如何看待這段不自然的沉默，擔心地用視線問我怎麼了。我輕輕搖頭。

「……春假，一起出去玩吧。」

我開啟一個完全無關的話題，努力展現出笑容。

註11 英國小說家W・W・雅各布斯的短篇小說。

我也清楚自己很不自然，笨拙，又僵硬。可是從明天起，我必須笑得更加自然。

其實，我根本不知該怎麼面對他，能不能跟他四目相交，沒自信能跟他自然交談，想不到任何閒聊的話題，也想不起來以前是怎麼跟他相處的。

不過——

之後，我一定會表現得更好，做得更好。

3 每當聞到這股香味，一定會想起那個季節。

站前的ＫＴＶ，其中一間包廂中。

隔壁包廂的重低音清晰可聞。把頭靠在牆上，仰望天花板，使聲音更加明顯。不如說，除了那個聲音，什麼都聽不見。

奇怪，這間包廂裡明明有七個人……

以人數來說稍微偏大的包廂內，別說歌聲了，連談話聲都沒有，全是咳嗽、嘆氣、用吸管喝飲料的聲音。

要說其他聲音，只有冰冷的塑膠碰撞聲。我望向聲音來源，三浦優美子撐著臉頰，不悅地滑著手機。

她的兩旁是海老名和由比濱，三人構成女生組。隔著一小段距離，坐在由比濱旁邊的人是我，接著是材木座、相模弟、秦野，大家圍成簡略的ㄈ字型。

男女生以坐在中間的我為界線分成兩區，有種成為摩西的感覺。拜坐在中央所賜，兩側的狀況都看得一清二楚。

三浦悶悶不樂，海老名一副置身事外的態度，由比濱不知所措地笑著。另一邊的材木座和遊戲社二人組則坐立不安，目光游移。

現在應該是慶功宴，這裡卻毫無讓人興致高昂的要素，只有意識越來越遠，飄向另一個世界。

在遊戲社還聊得挺開心的，現在卻鴉雀無聲。你們興致太低落了吧，是吃了致鬱系藥物嗎？還是沐鬱乳？

好吧，遊戲社的人跟三浦她們是第一次見面，這也沒辦法。

我們這樣的人種面對同類，一開始會擺出高高在上的態度，遇到第一次見面的女生，卻會發動怕生技能。到了我這個等級，豈止是第一次見面，連第二次、第三次見面都還會怕，心情始終維持在新人狀態，成為一輩子的新鮮人。

結果，面對三浦和海老名，我們到現在都沒說過話。

沒人唱歌，氣氛僵到極點。由比濱拉我的袖子，湊到耳邊說：

「好像有點尷尬……」

柑橘清香竄入鼻尖，輕咬耳朵般的輕聲細語，害我覺得癢癢的。

「是啊……」

這或許是我第一次發自內心表示贊同。我嘆著氣，扭動身子。妳靠太近了啦……很難為情耶！尤其是有外人在的時候！看，三浦跟海老名瞄了這邊一眼！

但我並不會反感，下次有機會再麻煩您了！

我用眼神阻止由比濱，慢慢跟她拉開距離。由比濱愣了一下，接著大概是察覺到我的意圖，害羞地迅速別過頭。這樣就能放心了……我才鬆了口氣，她又用比剛才輕一點的力道扯我袖子，往我這邊湊過來。為何？

「想點辦法啦……」

「辦不到……」

我苦笑著回答，維持平靜，身體微微前傾，輕輕掙脫由比濱的手指，擺出源堂姿勢陷入沉思。

在這個狀況下，我再怎麼試圖炒熱氣氛，都是唱獨角戲。甚至會拿點唱機痛打一頓材木座，然後直接引退。（註12）

「妳怎麼跟三浦她們說的？」

「咦？我說要跟你們幾個人去唱歌……」

由比濱歪過頭，輕描淡寫地說。

「虧她聽了這樣的說明還願意來……三浦人也太好了吧……」

「你不也沒跟中二他們說……」

「因為講了他們就不會來了。」

註12　相撲選手日馬富士公平曾經用KTV的遙控器毆打貴之岩義司，最後因此引退。

事實上，材木座、相模弟、秦野三人此刻正怨恨地瞪著我。

然而，總不能一直這樣下去。

總之，我將手伸向點唱機，以便隨時可以痛扁材木座。這時，有人從另一邊一把抓住我的手，還扯起袖子。

轉頭一看，材木座眼泛淚光，對我投以被遺棄的大型犬的眼神。

「八、八幡……」

「吵死了材木座閉嘴啦。安靜點。」

「還要我更安靜嗎！我沒講過半句話耶？不覺得氣氛超級尷尬嗎？」

材木座已經壓低音量，但因為音質好得莫名其妙，還是聽得很清楚。無所事事的秦野和相模弟也側身面向我。

「……真的。找一百個人問『這是在守夜嗎』大概會有一〇八人同意。」

「含稅嗎……」

「之後好像還會更高呢……」

秦野和相模弟都愁眉苦臉，用極低的聲音附和。看，這不是又多兩個人，變成一一〇人了嗎？各位觀眾，十％！（註13）

悄悄話時間並沒有持續太久。籠罩整個包廂的沉重空氣，讓竊笑聲也逐漸消失。乾笑轉變為憂鬱的嘆息後，我們幾個男生偷偷觀察其他人的模樣。

註13　日本的消費稅為八％，二〇一九年十月起升至十％。

仔細一看，三浦翹著腳晃來晃去，用手指玩著捲髮，毫不掩飾很無聊。拜其所賜，男生組統統怕得要命。

三浦的態度乍看之下很恐怖，但換個角度想，其實也可以說很友善。她藉由全身上下表達自己的不滿，散發出「別跟我說話」的氣氛，所以不難應對。我們也不要硬跟她搭話即可。

只不過，由比濱大概是放不下她，挪動身體滑到她旁邊，開始操作點唱機。

「優美子，妳想唱什麼？」

「嗯——」

由比濱親暱地用肩膀輕敲三浦，三浦大概也不忍繼續無視，儘管一副興致缺缺的樣子，還是心不甘情不願地看向由比濱遞來的點唱機。

她們湊在一起竊竊私語，聊著聊著，三浦的心情好像也好轉。她不時會忍不住笑出來，拍打由比濱的大腿。

從旁人看來，如同兩位正在嬉戲的少女，是一幅非常尊貴的畫面。

三浦就交給由比濱了……問題還有另一邊的。我偷偷看向海老名。

海老名雖然始終面帶笑容，那抹微笑卻是看不穿眼底情緒的應酬笑容。這才是最恐怖的……很難看出採用成熟處理方式的人究竟在想什麼，所以會讓人不知所措。

我不安地心想「沒問題嗎」，這時海老名突然開口。

「遊戲社是玩遊戲的社團對吧？」

「啊，是的。」

如坐針氈的秦野嚇了一跳，慌張地回答。相模弟雖然沒有出聲，同樣超高速點頭。看到他們有反應，海老名揚起嘴角，接著詢問：

「喔～你們都在玩什麼樣的遊戲？」

「啊，桌遊，之類的……」

「喔～桌遊呀～我也滿常玩的。」

「啊，這樣啊。」

「還滿流行的～」

「對啊。」

「人狼之類的。」

「對啊……」

「還有密室遊戲？」

「……對啊。」

秦野和相模弟輪流回應海老名。

對啊，對啊，對啊對啊對啊對啊，語尾重複幾遍，最後逐漸消失。這是九〇年代流行歌的結尾嗎？

海老名的貼心之舉，使交流在表面上得以成立，勉強算是稱得上對話。只不過，氣氛依然緊繃。

我切身感受到儘管速度緩慢，空氣正在逐漸混濁，吐出一口又細又長的氣。不經意地望向旁邊，材木座宛如一隻金魚，嘴巴一開一合。我懂。有種空氣稀薄的錯覺，對吧。

我和材木座斜眼看著對方，輕輕點頭，目光交會了一瞬間。

「不覺得很痛苦嗎？」「覺得。」「是不是擴大話題比較好？」「擴大的只會是傷口吧？」「也是。」

我們用聲帶幾乎沒震動的音量交談幾句，再度陷入沉默，對彼此發出淺淺短嘆。無趣的對話比沉默更不如。在沉默這方面，我和材木座是媲美史蒂芬・席格（註14）的專業人士。我進入半冥想狀態，打算等到跟冷場的聯誼一樣的無聊對話結束。過不了多久，終結的時刻到來。

「不錯啊，桌遊很有趣。你們還玩哪些遊戲？」

海老名帶著悠哉的淺笑詢問。相模弟和秦野互看一眼，眼鏡閃過一道光。

「不，不行！」材木座見狀，似乎感應到什麼，稍微伸出手，用極小的音量制止。或許是因為他的舉動太小，制止的聲音並未傳到遊戲社二人組耳中。

相模弟把眼鏡推回原位。

「這個嘛，我們玩的不僅限於卡坦島、蘇格蘭警場這類主流遊戲……還包括西洋

註14　史蒂芬・席格的幾部電影在日本版標題內含有「沉默」字眼，如《沉默的戰艦》（臺譯《魔鬼戰將》）、《沉默的要塞》（臺譯《絕地戰將》）。

棋、將棋、黑白棋等古典遊戲，以及不需要遊戲本體也能玩的海龜湯。」

「桌遊展跟新作也都不會缺席。其他大概就是ＴＰＲＧ吧。最近是ＣｏＣ——啊，全名叫『克蘇魯的呼喚』。不過，我們的最終目標是自己設計出一款遊戲，所以打算統統玩一遍。有興趣的話，社辦有很多款遊戲，隨時可以玩。」

秦野推了下眼鏡，以像在嘲笑的笑聲作結。這段回答十分流暢，與剛才結結巴巴的態度截然不同。

……為什麼一扯到擅長領域，我們就變得特別長舌？對方一有可乘之機，表現出有興趣的樣子，便立刻滔滔不絕，抓緊機會表現自己的優越。這是我們的壞習慣。

遊戲社二人組鼻孔張大，氣喘吁吁，很滿足的樣子。我和材木座則忍不住抱頭，羞愧得想找地洞鑽。

不過，不愧是海老名。她理解我們這種人，因此沒什麼特別的反應，點點頭隨口帶過。

「這樣啊～」

海老名給予輕描淡寫而不失禮節的回應。然而，坐在一旁的由比濱和三浦都目瞪口呆。

「說得好快……」

「哇……」

她們雖然只講了短短幾個字，語氣及表情都透露出強烈的驚恐。三浦甚至明顯地往後縮。拜託別這樣好嗎？

相模弟跟秦野也有所察覺，露出不知是乾笑還苦笑的僵硬笑容，喪氣地垂下頭。

結果，包廂內再度瀰漫沉重的氣氛。

看來是沒救了……當我即將放棄時，外面傳來敲門聲。

是點的食物送來了嗎？我望向門口。外面的人不等我們回應，便迫不及待開門現身。

「耶嘿——！」

「耶嘿——」

一個是用聽了就煩躁的聲音打招呼，侵門踏戶如入無人之境的戶部翔，另一位是用天籟美聲打招呼，帶著閃亮星光翩然降臨的戶塚彩加。明明是同一句話，為何可愛度差這麼多？為什麼戶塚可以可愛成這樣？太閃亮了～☆

在我胡思亂想時，葉山隼人從兩人的身後探出頭。他手上的托盤盛著從飲料吧取來的飲料。

「八幡，久等了。」

「喔，戶塚。你來啦。」

我推開身旁的材木座，騰出空位，好讓戶塚自然而然地跟我坐在一起。這招實在太高明，連我都不禁佩服起自己！

話說回來，當初的確有邀請戶塚參加慶功宴，另外兩個人是怎麼回事……我對坐在對面，三浦身旁的葉山及戶部投以疑惑的眼神。戶塚看了，苦笑著解釋：

「啊，我回去的時候碰到他們……提到要去唱KTV，戶部同學就說要來。」

「喔，原來如此……」

仔細一看，戶部趁機坐到海老名的旁邊，興奮害羞地撥著後頸的頭髮。

「咦咦咦——優美子和海老名也在啊。哇咧——我都不知道！超巧的啦！」

就算要演戲，也演得像一點好嗎……不過唯有現在，我想用力誇獎他「好棒棒！」

多虧葉山他們出現，三浦的心情好轉許多，周圍的氣氛跟著祥和下來。我們這裡的遊戲社二人組仍然有點窘迫，但跟剛才結凍的氣氛比起來，應該好了一點。

大家各自聚起來聊天，現場稍微有點慶功宴的感覺後，由比濱拍拍我的肩膀。

「要乾杯嗎？」

「……要嗎？」

「看你一副不甘願的樣子……」

我將嘴角扭曲到極限，旁邊的戶塚苦笑起來。

「這種事該由合適的人做。」

我瞥向一位合適的人選。葉山似乎聽見我們的談話，朝這裡使個眼色，聳聳肩膀，繼續跟三浦聊起天來。葉山學長果然不怎麼體貼……

不過，舉辦這場慶功宴的原因，亦即假舞會計畫的發起人，正是我自己。既然要感謝大家，理應由我帶頭乾杯和致詞。

「……好吧，那我去說些什麼。」

由比濱微笑著點頭，戶塚在胸前輕輕拍手。兩人體貼的反應推了我一把，我刻意清了清喉嚨，拿著杯子起身。

「恕我冒昧，在此講幾句話……」

由比濱和戶塚拍手炒熱氣氛，其他人雖然面面相覷，一臉「要幹麼啊」的困惑表情，還是配合現場氣氛，跟著拍手。

由於不習慣的關係，我帶著些許尷尬，講出第一句話。

「嗯……宴會也到了尾聲。」

「那是結束時才說的吧。」

葉山在我換氣的期間吐槽。吵死了要你管現在是我在說話我正準備要說啦——我用手勢制止他，簡短講完剩下的話。

「感謝大家之前的幫助。託大家的福，一切進行得很順利。謝謝。那麼，乾杯。」

我簡單地致詞後，喊出乾杯的口號，其他人也配合我一起喊，和身邊的人乾杯。

總算勉強有慶功宴的樣子了。我鬆了口氣，癱坐到沙發上，讓大家繼續盡情地聊天。

×　×　×

慶功宴的氣氛可以說是達到最高潮。

起初遊戲社和三浦她們顯得格格不入，多虧葉山巧妙地從中協調，雙方開始會聊上幾句。戶部帶頭開唱後，戶塚也害羞地跟上。氣氛一旦炒熱，大家便按照順序唱起歌來。

既然如此，當然也會輪到材木座和遊戲社二人組……結果又是由葉山救場。

葉山隨手點了出自千葉知名樂團的動畫歌，唱完開頭的副歌後，問一句「會唱嗎？」便遞出麥克風。材木座提心吊膽地接過麥克風，遊戲社二人組也跟著加入，營造出大家都能一起唱的氣氛。

一邊適度地做球，讓材木座跟遊戲社二人組也能玩得開心，一邊不著痕跡地表示「這類型的歌我們也聽過」，這堪稱是高等技術。

葉山還是老樣子，處事圓滑。論這種表面上的交際方式，這傢伙根本是天才……

我半是尊敬，半是驚恐地注視葉山，也有人跟我一樣看著他。

「葉山學長人超好……」

「終於找到願意用『學長』稱呼的人……」

秦野和相模弟恍惚地凝視葉山一陣子，接著看看我和材木座，發出「哼」的一聲，用瞧不起的表情鄙視。

就算被跟葉山比較，我很明白我們的差距有多大，所以事到如今並不會生氣。可是我說啊，這麼明顯地表現出來，沒問題嗎？我覺得不太好喔。是不是該以學長的身分教訓他們兩、三句呢——以學長的身分！學長就是要這樣的啦！

因此，我拍了拍碰巧坐得離我比較近的相模弟的肩膀。

「哦——你喜歡葉山啊。跟姊姊喜好一樣耶。你們倆真像。」

「嘖！」

相模弟大聲咂舌，板起臉來。沒錯沒錯，那表情超像的。哼哼，我就是想看你這種表情……正當我暗自竊笑時，材木座發出「唉呀呀」的聲音，聳聳肩膀，無奈地嘆氣。

「八幡，你就是這個死樣子。」

連材木座都說我……等等，你也沒被當學長看待喔？

不過，不但把兩位學弟騙來慶功宴，還挖苦人家，實在讓我有點罪惡感。被說成這樣也無可奈何。

在我想著是不是該補償他們時，戶塚拍拍我的大腿。輕柔的觸感害我差點發出怪聲。我拚命忍住，用視線詢問他有什麼事。

「我去拿飲料。」

戶塚歪著頭，晃晃空杯子。他大概是想出去裝飲料，而請我借過。這時，我靈機一動。

「喔，我去就好。順便拿大家的份。」

「可以嗎？」

戶塚顯得有點不好意思。看這個情況，他可能會跟過來。所以我眨了眨眼，表示讓我來就好。

「反正我也是順便。」

我不由分說地起身，用拖盤裝好桌上的空杯，迅速離開包廂，小心翼翼地走向飲料吧。

來到咖啡機前，我看見三浦用手指捲著金髮，陷入沉思的模樣，似乎在煩惱要喝什麼。

三浦也注意到我，但沒有特別跟我說話，只是瞥過來一眼。好吧，我也沒什麼話要跟她說。彼此彼此！

我到旁邊的飲料機前，開始裝冷飲。原本待在我半步之後的三浦，這時默默伸出手，按下卡布奇諾的按鈕。

咖啡機開始運轉。萃取咖啡的聲音過後，是蒸氣加熱的聲音。我斜眼看著機器，大量的純白奶泡正注入黑色的濃縮咖啡中。

「我說……」

突然間，三浦咕噥道。這句低喃不曉得是對誰說的，可是以自言自語來說，音量有點大。我推測她是在跟我說話，面向那邊，但她只是盯著還放在咖啡機內的杯子。

白色的奶泡在杯子表面慢慢擴散，其中幾個氣泡「滋」的一聲消失。

「你是怎麼想的？」

「什麼怎麼想？」

我確定她是在跟我說話後，終於將回應說出口。然而，她的問題太模糊，害我一頭霧水。我簡單地回問，同時繼續裝手邊的飲料。

店內的廣播音樂、從附近包廂傳出的歌聲、咖啡機的低沉運轉聲、玻璃杯的碰撞聲，周圍明明有那麼多聲音，我卻覺得異常安靜。

不久後，細微的嘆息聲混入其中。

「我是說結衣。」

這句話來得猝不及防，我停下裝飲料的手——不，是下意識地停下。

「……喔。」

我做出只是用來填補沉默的無意義回應。

下一秒，我立刻為此後悔。早知道應該裝作聽不懂她的問題。徹底無視說不定都比較好。

之所以沒能這麼做，是因為我多少也有點掛心。因此才會措手不及，不小心回應。

鄙。

三浦靜靜屏住氣息，似乎在等我繼續說。

然而，我沒有什麼好回答的。正因為想誠實以待，才說不出話。

我明白什麼都不說很卑鄙。但費盡唇舌，試圖得到三浦的理解，感覺也同樣卑鄙。

看到我一語不發，三浦不耐煩地一把拿起杯子，喀的一聲放到托盤上，吐出參雜焦躁的嘆息。

「我不是你的朋友，一點都不在乎你怎麼樣，完全無所謂……可是，結衣就不一樣了。」

她剛開始的語氣雖然很凶，稍微換氣後吐出的呢喃，卻輕柔又帶點沙啞。我反射性地回頭。

她的眼中沒有一滴淚水。不僅如此，眼底還燃燒著熊熊烈火。

「所以，可以不要這麼不乾脆嗎？我看了很火大。」

毅然瞪視的眼神，令我倒抽一口氣。說被震懾住也不為過。

完全不是因為害怕或畏懼，我想我是被她的溫柔震懾住。

仔細想想，她總是用那堪稱傲慢的真摯，默默守著自己身邊的好友。葉山和海老名自不用說，她肯定也一直在關心由比濱。尤其最近沒有侍奉社的活動，她們在一起的機會照理說會變多。正因如此，她才會心有所感吧。

她的眼神絕不是對著我，卻蘊含足以令我動彈不得的力道。

如果我隨便打發，想必會立刻被看穿。

「……我會妥善處理。」

我點頭說道。這句話不是謊言，但也不是真實。只不過，我想不到其他適當的回應。

三浦狠狠瞪著我，不久後撥開肩上的頭髮，不屑地哼了一聲。

「就這樣。先走了。」

她轉身離去，示意話題到此為止。

看著她的背影，我忍不住自言自語。

「真是個好人……」

我的聲音絕對不大，但三浦似乎聽見了。她停下腳步，側身回過頭。

「啥？什麼鬼。噁心。」

她的表情因嫌惡而扭曲，氣勢洶洶地丟下這句話之後，手指捲著微卷的金髮，加快腳步離去。

從輕輕晃動的髮絲間露出的臉頰，看起來有點泛紅，這次，我用更低的音量重複剛才那句話。

回到包廂時，輪到葉山唱歌。

不曉得是不是秦野和相模弟發的，大家都拿著螢光棒上下揮動，喊著各式各樣的口號。再加上迪斯可球的光，整個空間顯得相當華麗。不知為何，戶部獨自甩著毛巾，汗如雨下腦袋有病（註15）。

在這之中，只有三浦一個人神情陶醉地水平晃著螢光棒。多麼幸福的表情啊，跟剛才判若兩人……太好了，她看起來很開心……

我不理會狂熱的氣氛，放好飲料，坐到沙發上。

這種時候我實在沒辦法跟大家一起盡情地玩，更顯得無處容身。

戶部跟由比濱他們自不用說，材木座和遊戲社大概早已習慣這類宅圈活動，該興奮的時候就興奮得起來。我光是用腿打拍子就竭盡全力，而且看起來只像在抖腳。

我不是在故意裝清高，但我真的會難為情。不如說是被現場氣氛感染，跟著興奮起來的自己很丟臉，才莫名其妙地在旁邊裝酷。我也知道這個毛病，但怎麼樣都改不了嘛。

現在能做的，只有永遠盯著拍著鈴鼓的戶塚的大腿。

我呆呆地看著大家，撐著臉頰小口啜飲咖啡。由比濱注意到，便來跟我說話。

×　×　×

註15　改編自日本搖滾樂團湘南乃風〈睡蓮花〉的歌詞。

「太好了呢。」

「什麼東西？」

由比濱慢慢環視室內。表情平穩，從口中呼出的氣息帶著笑意。

「……大家好像打成一片，很開心的樣子。」

「只要有個契機，也不是不能好好相處。溫和混混和激進宅的精神構造大致上是相同的。」

我瞄了那幾個男生——也就是戶部、遊戲社，還有材木座一眼。由比濱噘起嘴巴。

「我們又不是混混……到底哪裡像啊？不是完全相反？」

「共通點很多吧。例如聚在一起時就開始無法無天，喜歡發亮的東西，穿黑衣服……」

「感覺好像烏鴉……」

「烏鴉的智商可能還比較高。」

「好過分！」

由比濱輕聲抗議。但是看到不停甩動毛巾，鬼吼鬼叫的戶部，以及喊著一堆聽不懂的口號，拚命製造光害的材木座，實在很難不覺得烏鴉比較聰明……

事實上，「溫和混混和激進宅的精神構造大致相同」這個說法，我認為不全是錯的。

的確有不少混混喜歡動漫畫。

聽說有些人在課堂上看宅宅帶來的漫畫，結果深陷其中，甚至還去借續集。年齡層再高一點的話，似乎也有透過柏青哥等遊戲機得知動畫的存在，進而迷上它的人。

在這個時代，動畫、漫畫逐漸被視為流行文化的代表，「宅」這個字眼漸漸擺脫歧視、汙衊的意義，兩者的距離自然更加縮短。

一般企業和動漫畫合作的例子越來越多，電視節目對宅文化也逐漸轉變為肯定態度。儘管不能否認其中包含商業意圖，但還是能肯定地說，宅文化已經有了打入一般社會的立足點。

先不論高齡者，年輕人只因為喜歡動漫畫或遊戲，就被說三道四的時代已經過去。隨著社群和影音網站日漸發達，流行、風潮更容易被觀察，宅文化甚至開始變成一種時尚。

在當今這個時代，對流行敏銳的女高中生會用手機玩射擊遊戲，社群網站的流行趨勢看得見跟動漫遊戲有關的辭彙，將電競列入奧運項目的呼聲漸漸高漲。過去瞧不起的宅文化的排斥感，確實正在減弱。不過，因為這樣就說動畫——尤其是俗稱的萌系動畫被一般人接受，未免太牽強附會。

儘管如此，對年輕人而言，動漫文化確實更貼近生活了。

特別是在音樂方面。不僅是銷量排行榜，實體活動也看得出這個趨勢。知名D

J、作曲家開始為聲優和動畫歌手寫歌，從動漫畫元素取樣做為次文化象徵的例子不在少數，動畫歌的主題活動也增加了。連似與宅圈無緣的大型音樂表演，有些地方和DJ也會播放動畫歌。我就看過他們搭配歌曲，跟臺下一起狂歡的影片。

在音樂方面，外向的人跟宅宅的存在並不衝突。

不如說，外向型的人跟派對狂大概只要玩得開心就無所謂。某種意義上來說，他們搞不好反而不會歧視其他領域的人。只要現場有氣味相投的夥伴及好兄弟，什麼事都能樂在其中。派對狂就是這樣。

實際上，現在戶部看起來就超級開心……

我想著這些事時，由比濱輕輕地靠過來。我反射性地往旁邊縮，想跟她拉開距離，她卻拉住我的袖子，而無法如願。

我仍然試圖扭動身軀，由比濱把手放到嘴邊，似乎要講悄悄話。這麼一來，我也不得不聽她說。我微微歪頭，將耳朵湊近。

包廂內迴盪著高分貝的音樂，和戶部他們的鬼吼鬼叫，令人心癢的呢喃聲卻清晰可聞。

「……星期六，要不要來我家？」

我懷疑自己聽錯，斜眼望向她，由比濱靦腆地笑著，撥弄起頭上的丸子。在思考那句話的意思前，我出於本能地回答。

「呃，不去……」

話說出口的瞬間，由比濱鼓起臉頰。

「你不是說你很閒？」

「嗯，是很閒沒錯啦。」

不過，沒有去的理由。本想接著這麼回，還沒開口，由比濱就說：

「之前不是提過要做蛋糕給小町當禮物？我想說，這週六如何。」

「啊……原來如此……這樣的話……我去。謝啦。」

之前曾經跟她商量過小町的生日禮物，後來因為舞會的自律問題，導致這件事不了了之。不過，由比濱一直記在心裡。她如此用心，我總不能用「不行啦，有點難為情……」這種理由拒絕。

我咕噥著回答，由比濱用力點頭，愉快地笑出聲。

「嗯！剛好媽媽也在，可以請她教我們。」

「好尷尬……」

我對由比濱的母親這個人不但沒有反感，甚至抱有好感，但若加上「女同學的母親」這個身分，排斥感便瞬間湧上。可見我也是個又羞又喜的十七歲囉。

我垂下肩膀，自言自語被歡呼聲淹沒。原來是葉山正好唱完歌曲。我敷衍地配合大家拍手，葉山像在謝幕般，誇張地行了宛如王子的一禮。那傢伙也挺樂在其中的。

樂曲尾聲結束後，氣氛瞬間遲緩下來。

然而，下一首歌的前奏很快地響起。戶部左顧右盼。

「換誰？換誰？」

「啊，我我我！」

由比濱馬上起身，走到三浦和海老名那邊，拿起麥克風。

三個女生並肩而坐，開始演唱較為和緩的曲子，男生們跟著緩緩左右揮動螢光棒。說實話，我對流行歌一竅不通，不過三浦因為在意男生的目光，唱起歌來超害羞的，很可愛，所以我給予好評！

我兩手空空，於是用眼神尋求螢光棒或鈴鼓，結果跟剛唱完歌的葉山對上視線。

葉山揚起嘴角，跟相模弟要一根螢光棒，來到我旁邊。

他默默遞出螢光棒，我也默默接下，「啪」地折開。然而，我實在沒有跟著揮的動力。

……好尷尬。雖然感謝葉山給我螢光棒，他為何坐到我旁邊了？東西給完就可以走了吧？而且，他大可直接扔過來就好吧？

我對他施加無言的壓力，隨意揮幾下螢光棒。葉山不知有沒有看出來，從還放在托盤上的玻璃杯中拿走自己的份，一副要在這裡待下來的樣子。

「不唱嗎？」

他看著三浦那群人，嘴巴放開吸管說道。

「我不做白工的。」

「虧你講得出這種話。之前明明都在做白工。」

「豈止是做白工，還一直自掏腰包，從頭虧到尾。」

我們沒有看對方的臉，沒有意義地你一句我一句，藉以掩飾尷尬的氣氛。

不過，葉山似乎來了興致，身體微微前傾，對我露出得意的笑容。

「你不惜做到這個地步，是因為男人的堅持？」

這一瞬間，我忍不住停下手中的螢光棒，一副「討厭啦——」的模樣捂住臉。

「……不要連這種無聊小事都記得一清二楚好嗎？超丟臉的別再說了趕快忘掉敢再提一次小心宰了你。」

我抱住頭，懷著深沉的悔恨碎碎念。葉山聽了，打從心底感到愉快地掩嘴竊笑。這傢伙真——是個好人啊。

不久後，葉山控制住笑意，對我投以認真的目光。

「虧的部分還有辦法拿回來吧。」

「我看很難……大概沒機會了。」

我聳肩面向前方，逃避葉山的視線，拿起自己的咖啡喝上半天，示意這個話題到此結束。

不知何時站起來的由比濱等人，正好唱到最後一段副歌，戶塚、材木座、遊戲社的興致也高昂了起來。

至於戶部，他搖著鈴鼓，「耶嘿——」地大聲吆喝。

「你啊……」

在聲音的洪流中，葉山低聲說道。他的話語被周圍的聲音蓋過，根本聽不清楚。

我別過頭，不想去回問，也不想讀他的唇。葉山也不再勉強多問，只是嘆一口氣。

「吵死了……」

沒有針對特定對象的話語被噪音吞沒，消失。誰都聽不見這句無意義的呢喃。

傳入耳中的是輕快的音樂、華麗的歌聲、活潑的節奏。彷彿是從其他包廂傳來的。

我因此不小心想起。喝醉——抑或是假裝喝醉的那個人的話。

所以我——

等待著預告宴會結束的訊號。

× × ×

熱鬧的慶功宴落幕後的星期六。

若是平常，我會窩在家中度過悠閒時光。唯有今天不太相同。

如同前幾天的約定，我正在由比濱的家裡坐立不安。

這是我第二次造訪她的家。第一次時只是去她的房間作客，而且雪之下也在。

這次卻只有我一個人。

而且，她引領我到客廳，讓我更不自在。

疊好的乾淨衣服、沒見過的觀葉植物、外覆花朵造型套的衛生紙盒、玻璃餐具櫃裡的乾燥花、陽臺的盆栽、淡雅的樹木清香——一切都跟我家不同。

外人要踏進有生活感，甚至是家庭感的空間，需要頗大的勇氣。等等，這不代表踏進由比濱的房間不需要勇氣。不但需要，而且非常需要。

只不過，客廳會讓人在另一種意義上有所顧慮。

尤其是沒看到其他家人的時候……

咦，不是說比濱媽媽也在嗎……來到客廳後，我只能杵在原地，手足無措地四處張望。

不論再怎麼看，都沒看到我和由比濱以外的人，室內鴉雀無聲。硬要說的話，只有由比濱在島式廚房的櫃子翻找東西的窸窣聲。

由比濱穿著A字白色連帽連身裙——大概是兼具家居服——和毛茸茸的拖鞋，十分休閒。再加上她把衣服穿得鬆鬆垮垮的，更顯假日氣息。

我則是海軍藍牛津襯衫，搭配卡其色長褲。這是以前小町幫我挑的安全穿搭——更正，是跟小町走在一起也不會丟人的正常服裝。若再加件外套，便稱得上商務休閒風。

我並沒有特地打扮，而是考慮到萬一見到對方的父親，為了避免失禮，重視清潔感罷了。換句話說，選了這樣的服裝搭配也顯現出我的緊張。

相較之下，由比濱哼著歌開始泡茶。

「我來泡茶，你先隨便坐吧。」

「喔，喔……」

我照她所說，從餐桌的四張椅子裡，拉出最接近門口的一張坐下。由於這段時間沒事好做，我不經意地望向桌子，發現幾本甜點食譜。

今天叨擾由比濱家，是為了做點心。本來想說方便的話，可以請她的母親教導，可惜現在沒看到人。再加上今天是星期六，我甚至做好她的父親也在的覺悟，結果他好像也不在家。

可是……

這樣一來，豈不是變成兩人獨處？

不，且慢。由比濱家還有一位──更正，一隻家人在。在我尋找那隻家人時，由比濱用托盤端著茶跟餅乾走過來，在我旁邊的座位坐下，遞茶過來。

「喔，謝謝……今天酥餅不在啊？」

「牠跟媽媽出去散步。應該很快就會回來。」

「喔……」

由比濱用手托臉頰，翻著甜點食譜，再伸向配茶用的餅乾，完全把這裡當成自己的家。好吧，她確實是在自己家，所以這很正常。從那輕鬆的模樣看來，她平常八成也是坐在那張椅子上，像現在這樣悠悠哉哉的。

相對地，我坐的椅子在平常似乎都是空著。在四張一組的椅子中，只有它沒什麼使用痕跡。她的父母親大概習慣坐在對面。

這樣的話，我突然好奇起她的父母，尤其是爸爸大人。

「……姑且問一下。」

「問什麼？」

由比濱繼續看著食譜，嚼著第二片餅乾歪過頭。

「今天令尊不在嗎？」

「那什麼語氣啊，真不習慣！」

由比濱哈哈大笑，我卻完全笑不出來。我是不介意跟比濱媽媽見面，不如說我挺想見她的。但換做比濱爸爸，我則不知道如何是好。如果我是比濱爸爸，絕對會宰了我自己。無論我們是什麼關係，在接近愛女的瞬間便已經踩到紅線。此乃一旦有嫌疑就直接抹除的精神。

「爸爸是去工作吧？我不確定就是了。」

由比濱無視我的擔憂，輕描淡寫地說。太好了……我還在煩惱要怎麼跟他打招呼……

我鬆了口氣，放下心中的大石頭。這時，由比濱挪動椅子靠過來，我則跟著往旁邊挪。她將食譜推到我們之間，好像是要我一起看。

「雖然我想過很多種，太難的應該做不來吧？」

「沒錯。最好做不會失敗的。」

我也撐起臉頰，將身體往由比濱的反方向靠，用空著的手翻閱食譜，思考要做什麼。

每翻一頁，精美的甜點圖便映入眼簾。瑪芬、馬卡龍、蘋果塔、費南雪、可麗露、焦糖杏仁餅乾……個個看起來都美觀又美味，小町一定也會喜歡。

不過，我做不做得出來又是另一回事。根本辦不到……首先，要怎麼把蛋黃跟蛋白分開啊……分出蛋白後又要怎麼處理？塗上去就行了嗎？

由比濱也低聲沉吟，不久後咕噥道：

「……餅乾，之類的？應該，有辦法，吧？」

未免也太沒自信……前前後後歪了五次頭，最後還附帶轉頭看過來的眼神。

「原來如此……餅乾的話，或許連我都會做。」

「你那是什麼意思？」

我凝視由比濱，發自內心鄭重地說，結果被她拍了一下肩膀。

「好痛……」

其實並不痛，但我還是小聲抱怨，輕摸被打的地方。

這時，有人從我的肩膀後面探出頭。是由比濱的母親。她似乎正好散步完回來。比濱媽媽穿著很有春天氣息的淡色系春裝毛衣配長裙，懷裡抱著愛犬酥餅。

「咦——媽媽反對～讓人印象深刻的比較好。」

她用溫和的語調說道，探頭進我和由比濱之間看食譜。她靠得好近好溫暖好柔軟有股好香的味道我快不行了。很抱歉突然講這種話。可是，是真的。還有，在我耳邊的酥餅好吵，牠在吐舌頭還在舔我……

「打擾了……今天麻煩您了……」

雖然被酥餅舔個沒完，我還是設法打招呼。比濱媽媽笑咪咪地說：

「交給我吧！媽媽會加油！」

「媽媽……妳先到旁邊去，之後再叫妳……」

由比濱無奈地嘆氣，起身把她推出去。

「妳不是要媽媽教的嗎～」

「就說了，到時會叫妳啦。」

比濱媽媽試圖抵抗，由比濱仍然推著她的背，結果變得跟小孩子玩的互推遊戲一樣。母女間的嬉戲也很不錯呢……

「沒，沒關係啦……這樣遇到問題時，還可以請教……」

這幅景象太過溫馨，我不禁想永遠看下去。但如果放著不管，她們大概會僵持不下，所以我忍不住開口調停。比濱媽媽一副找到同伴的樣子，綻放笑容。

「對呀～所以媽媽也一起想比較好～」

比濱媽媽向她微笑，由比濱不滿地吐出一口氣。

「……那好吧。媽媽覺得做哪種比較好？」

她勉為其難地坐回去，指向對面的椅子。比濱媽媽見了，輕輕一笑，坐到我們對面。

「既然要特地親手製作，選個比較精緻的甜點吧～」

「精緻的甜點啊……」

由比濱看向天花板，思考起來。

「自閉男同學覺得哪種甜點好？」

比濱媽媽抱起腿上的酥餅，連同上半身一起歪過頭，胸前的酥餅也跟著歪頭。天真無邪的舉動令我不禁揚起嘴角，只得把手拿到嘴邊遮住。

「說到精緻的甜點……就是好看又上相，看起來很貴，能跟媽媽友炫耀的……」

「注意一下你的用詞～」

「竟然是站在主婦的角度挑嗎！」

比濱媽媽露出有點僵硬的微笑，由比濱則投以憐憫的視線。她雖然糾正我的措辭，卻沒有否定內容，成熟的女性真恐怖。

「……啊，像馬卡龍那樣的？」

我想了一下，盯著酥餅回答。我的眼裡只有酥餅，至於牠的背後有什麼，我什麼都沒看到。應該是這樣的。結果，有許多東西跑進我的視線範圍。但那完全是不可抗力。

「答錯囉──」

聽見她的聲音，我抬起頭。比濱媽媽用雙手比出小叉叉。這個人是怎樣，好可愛……她清了一下喉嚨，正經八百地宣言：

「馬卡龍是要從別人手中收到的，不是自己做的。」

「嗯，收到會很高興。」

「可是做起來很累。」

由比濱天真地嘿嘿笑著，比濱媽媽將手貼上臉頰嘆氣。

這麼麻煩啊？我看向食譜，光是製作那個外殼，難度就很高的樣子。順帶一提，馬卡龍的價格也挺高的樣子。看來不論是用買的，還是用做的，都有點困難。

那要做什麼才好？我一頭霧水，比濱媽媽又清了清喉嚨。

「所以，媽媽推薦水果塔！」

「咦，水果塔不好做吧？」

由比濱跟我紛紛露出「天啊」的表情。

光是聽到名字，便覺得難度同樣很高。我幾乎沒有做點心的經驗，由比濱也不擅長，由我們做水果塔，會變成滿溢的水果塔（註16）喔？

我用視線這麼告訴比濱媽媽。

比濱媽媽卻笑著比出橫向☆V字手勢，還對我眨眼吐舌頭。

註16　日本漫畫家濱弓場雙的作品。

「放心放心！塔皮可以直接買現成的，之後只要把水果放上去就行，沒問題啦☆而且只要學會做法，任何水果都能用。」

「那我應該也學得會！」

聽見比濱媽媽這句話，由比濱的雙眼立刻發光。有道理，只要善用現成品，難度多少會降低一些。我也同意她的說法。

「這樣啊，說得也是……咦，真的嗎？」

「可、可以的啦！沒問題……大概。」

一抹不安閃過腦海，我忍不住望向旁邊。由比濱用力點頭，雙手握拳，堅定地斷言。然而，最後還是破了功。對對對，就是在說妳老是喜歡亂加料。那正是一切不安的元凶。每次都是那個「還差一味！」讓料理毀於一旦。不過，只要我多注意一點就行了吧。

「好，試試看吧。」

「嗯！」

看到我們互相點頭，比濱媽媽輕笑著說：

「那麼，出去買東西吧。」

我和由比濱大表同意，酥餅也叫了一聲，幹勁十足。嗯——可是酥餅，你要負責看家耶……

×　×　×

或許是因為晚餐時間將近，超市的食品賣場人聲鼎沸。

充滿活力的店內，我喀啦喀啦地推著推車，跟在由比濱和比濱媽媽後面。分成上下兩層的籃子中，堆滿米、肉、零食等商品，透過手把都感覺得出沉甸甸。今天來買的不只是做點心的材料，還有家庭日用品。

走在前面的比濱媽媽回頭看我，展露微笑。

「不好意思喔～都是很重的東西。」

「不會，我習慣了。」

我也不是沒陪母親和小町採購過。小時候常跟家人一起出去買東西，挑戰如何在不被發現的情況下，把零食偷渡進購物籃……現在由比濱就在我的眼前做同樣的事。

不過，今天搞不好是我第一次這麼仔細地逛食品區。陪家人買東西時，只要聽從她們的指示即可，我自己外出購物，也經常接到買這個買那個的指示，回家後再被她們用凝重的神情問：「你買這個做什麼？」我哪知道絹豆腐和木棉豆腐的差別，都很好吃啊……

只有這點購物技能的我，現在頂多能幫她們拿東西，因此我跟在比濱媽媽的三步後面。

「有男生在果然不一樣。真新鮮！」

我們在店裡閒逛，不時聊個幾句，來到蔬果區。這裡不但有蔬菜，也有我們要的水果。從香蕉、蘋果、橘子等常見的水果，到會想特地確認「我看看，你們是奇異果木瓜芒果對吧」（註17）的罕見熱帶水果都有，種類非常多。

「要買哪些水果呢？」

比濱媽媽先是雙臂環胸，又把手貼上臉頰思考。由比濱活力十足地舉起手。

「桃子！」

「現在還不是桃子的季節。夏天才是產季～」

比濱媽媽溫和地否決。

「是喔……我還以為是現在……」

「畢竟很像春天的水果嘛。」

事實上，購物籃裡的確裝滿由比濱挑選的桃子口味零食。

或許是因為「桃花節」，才產生桃子是春天水果的誤會。食品廠商也善用這一點，在每年三月推出期間限定的白桃果汁、氣泡酒，以及各種零食。也因為如此，大家對桃子的產季沒什麼概念。

在這個時代，進口水果和溫室栽培已是常態，所以更難搞懂食物的產季。我認識的劇畫作者甚至說「可是日本的食品商也有錯啦」。叫想出這種白桃商品的人出

註17〈你們是奇異果、木瓜、芒果對吧。〉為日本歌手中原明子的歌。

來！

在我東想西想時，比濱媽媽站到貨架前。

「現在的當季水果是～草莓！」

她指向貨架最前方，最引人注目的一角。那裡放著滿滿的盒裝草莓，周圍還有華麗的宣傳旗跟可愛的廣告牌，儼然是大星宮草莓祭（註18）。

「喔——我也沒想到呢。草莓感覺是冬天的水果。」

由比濱彎腰湊上去聞，整張臉笑了開來。

「好香……」

「那就用草莓吧。」

我才剛伸出手，便被比濱媽媽輕輕制止。

「不～行。」

她在我耳邊輕聲呢喃，我反射性地往後仰。超市的甘甜香氣使我不只耳朵，全身上下都竄過一股酥麻。我好不容易才忍住不發出類似「唔喵」的聲音。我用視線詢問為何不行，比濱媽媽板著臉，豎起手指。

「草莓不適合用在手工點心。」

「這，這樣啊……」

真不可思議啊，在這個世界上，用草莓做的甜點明明就多到數不清。真不可思

註18《偶像活動！》劇場版片名。

議啊，她要抓著我的手到什麼時候啊。真不可思議啊，我一點都不會排斥。

這時，由比濱拉了一下母親的手，介入我們之間。

「為什麼？不是有很多用草莓做的甜點？」

「就是因為這樣～吃到草莓的機會那麼多，所以更要選讓人印象深刻的水果。」

我對由比濱投以「這是什麼意思」的視線，她搖頭表示「不知道」。於是，我們一起望向比濱媽媽，請她公布答案。

比濱媽媽不正面回答，而是帶著微笑，提出另一個問題。

「自閉男同學，你喜歡什麼水果？」

經她這麼一問，還真的沒辦法立刻想到。在我思考時，由比濱不知為何馬上回答：

「花生對吧！」

「幹麼擅自幫我回答？再說，現在問的是水果好嗎？」

「可是，你不是喜歡千葉……」

「妳是不是想叫千葉縣民統統去吃花生？」

要知道，花生不是水果，不是樹果，更不是木之實奈奈（註19），而是豆類喔！本來想得意地秀一下小常識，由比濱卻嘟著嘴巴，不滿地問：

「那你到底喜歡什麼？」

註19　日本女演員兼歌手。「樹果」日文寫成「木之實」。

「……硬要說的話，梨子吧。千葉的梨子是日本第一。不對，是世界第一。」

「果然還是千葉！」

「不，千葉當然也占了一部分原因，但我真的滿喜歡梨子的。尤其是幸水梨，味道自不用說，那清脆的口感最讚了，超好吃。每年到了夏天，我家都會一箱一箱地買。」

「比想像中還認真！好恐怖！」

我沒有講得多激動，由比濱卻被嚇得倒退三步……奇怪，我只是回答妳的問題……

另一方面，比濱媽媽則沒有特別的反應，手抵著下巴認真沉思。

「現在也沒有梨子……不過，倒是有桃子罐頭。」

「喔——桃子罐頭，好吃。」

由比濱一臉喜孜孜地輕聲說道。這傢伙真的很愛桃子……我在一旁看著，比濱媽媽則是點點頭，下達結論。

「嗯，用罐頭反而不錯。還能省下糖漬（Compote）的時間。」

「反而嗎……」

反而是什麼意思？我一頭霧水，由比濱也一樣歪頭沉吟。

「糖漬……原來如此……安心，舒適……」

「沒錯～」

大錯特錯，那是Comfort。比濱媽媽不曉得有沒有發現愛女的誤解，笑咪咪地當作沒這回事。

原來如此，就是這種教育方針，造就了她心胸寬大的個性。我不會說哪裡大，不過真的很大。不只是遺傳，環境也很重要。希望她就這樣愈來愈大……我對她投以溫暖的目光，由比濱似乎發現了，轉頭看我。

「桃子罐頭啊……你覺得呢？」

「都可以。小町也不挑食。那麼就桃子吧。」

比企谷家的夏天比較常看到梨子，但以小町的喜好來說，桃子應該算在喜歡的類別。我也不討厭桃子。不如說人家最喜歡豐滿的蜜桃了！

只是，要用罐頭的話，有一點我很在意。

「罐頭就跟季節沒關係了耶。」

我瞄了比濱媽媽一眼，她愣了一下，隨後露出柔和的微笑。

「現在是這樣沒錯……不過，同樣的季節會再次來臨。」

她的語氣非常溫柔，卻蘊含些許寂寥。垂下的臉跟夕陽下的她很像，散發淡淡的憂愁。那一定是大人才會露出的表情。

「過了幾年，大家都長大成人，再吃到桃子的時候，會想起以前發生的這些事吧？親手做的點心就是好在這裡。」

由比濱的母親瞇起一隻眼，像在教我們祕密的魔咒般輕聲說道。她的聲音帶有不可思議的魔力。這句話就是如此觸動我的心弦。

「感覺好棒喔！」

跟我一樣聽得入迷的由比濱，兩眼閃閃發光。在女兒的尊敬眼神下，比濱媽媽掩著嘴角輕笑，淘氣地眨眨眼。

「對吧？這招對男生最有效。」

「氣氛瞬間沒了！突然變得好心機……」

我在旁邊聽著兩人的對話，不禁苦笑。的確，這招想必對男生非常有效。每當聞到新鮮清爽的香氣，沉浸在那令人心醉的甜蜜中，都會想起那個季節。所以今天的事，我肯定也不會忘懷。

不愧是由比濱的母親。我對這對母女投以不只尊敬，而是敬畏，甚至是恐懼的目光，跟在後面，一起去買罐頭。

兩人和睦地勾著手臂，踏著輕快的步伐繼續聊天。

「媽媽也做過這種事嗎？」

「對呀~爸爸也還記得以前的——」

由比濱的嘆息，打斷了她母親的話。

「啊——嗯。還是算了。要聽爸爸的這種事，就覺得有點不舒服……」

爸爸太可憐了……

× × ×

來到別人家的廚房，感覺實在很不一樣。水槽的位置、水龍頭的開關、熱水器電源、盤子的擺法、墊子的花紋、洗潔精的香味……各種不同讓我感到新鮮。

不過，最新鮮的是穿圍裙的模樣。

由比濱的母親將奶茶色長髮盤到後頸，綁出一個丸子，再用水嫩雙唇叼著的小花髮夾固定住。

接著，她套上綴有荷葉邊的長圍裙，反手繫緊。

比濱媽媽穿圍裙的模樣，讓我不由得心跳加速。

比企谷家很少會特地穿圍裙。

這跟我家廚房的情景截然不同。換成我們家，小町會居家用暗紅色超土運動服，唰唰唰地甩平底鍋，我媽則是穿著休閒服，帶著死魚眼將食材扔進鍋子，燙一輩子的麵線。至於幾乎不會進廚房的老爸，他會穿著裝模作樣的睡衣，開心地用微波爐熱牛奶。若到達我這種等級，連半裸都有可能。但就算是這樣，也從來沒有人問我「那樣的裝備沒問題嗎？」

在這種凡事都很隨便的家庭環境下長大，自然會對穿好圍裙下廚的模樣抱持憧憬。

所謂「細緻的生活」，是否就是這種感覺呢……

我茫然地看著比濱媽媽，她也注意到我的視線，露出微笑，接著輕輕拉起我的手，將一件深藍色的半身圍裙塞過來。

「抱歉喔~只有爸爸的圍裙。」

「啊，不會，完全沒關係……」

其實不給我圍裙也無所謂，全裸就行了啦……本想這麼說，她硬是把圍裙塞給我，我也不好意思拒絕。

我迫於無奈，將圍裙牢牢繫在腰間。這件圍裙似乎很常使用，穿起來意外地合身。看來在由比濱的家庭，爸爸也會親自下廚。

如果雙親都會做菜，為何女兒的廚藝卻那麼差？

我用懷疑的視線看著由比濱，她正俐落地穿好軟綿綿輕飄飄的少女圍裙。儘管已經忘了確切日期，那是之前我跟雪之下一起挑選的。跟掛在店裡的時候比起來，多了一些使用痕跡，但還是看得出她很珍惜這件圍裙。

由比濱拎起綴有荷葉邊的下襬，露出得意的笑容。

「怎麼樣？看起來很會做菜吧？」

「……」

想不到挺適合的。

從天窗照進來的斜陽與牆邊的間接照明參雜，形成帶有暖意的光。再加上這裡

是廚房，整個畫面洋溢著幸福感，宛如商品型錄上的照片。

託她的福，愚蠢的妄想不小心浮現腦海。

為了揮別這些妄想，我用有點快的語速說道：

「很適合很適合。我穿起來也挺不錯的吧？」

我輕拍腰間的半身圍裙，由比濱皺起眉頭，面色凝重。

「嗯……嗯，很適合。」

「前面那段沉默很令人在意喔。」

「咦，啊，看起來像店員，挺不錯的。可是圍裙感覺……」

由比濱愁眉苦臉，鄙視地接著說：

「……臭臭的。」

「太過分了吧？對我來說當然很過分，不過這是妳爸的圍裙吧？」

「嗯。所以……」

「別擔心，洗得很乾淨～」

比濱媽媽輕笑著說。

「趕快開始吧～」

比濱媽媽溫柔穩重地說，由比濱活力十足地舉起拳頭。

「喔——」

「喔，喔……」

我也不得不像招財貓一樣，輕輕舉手。好難為情……

流理臺上已經擺滿材料。除了現成的塔皮、桃子罐頭、鮮奶油等主要材料，還有巧克力米、其他水果等小東西，可能是用來裝飾的。

實際動手後，我發現比濱媽媽推薦的水果塔不怎麼難。她大概考慮到我是沒有做點心的經驗，才特地選擇這道食譜。

將切成薄片的冷凍海綿蛋糕鋪到塔皮上，抹好鮮奶油，放上桃子，最後塗滿叫做果膠，看起來像潤滑油的膠質液體，讓表面看起來光澤亮麗即可。桃子接觸到空氣就會變色，但只要塗上果膠，即使在外面放上長時間，也能維持鮮豔的顏色。

第一個水果塔大功告成。比我當初想像得還要簡單。

「機會難得，要不要多做幾種看看～」

比濱媽媽從我的身後探出頭。在她的建議下，我們決定再做幾個。

既然這麼簡單，會想多下點工夫乃人之常情。

比濱同學很快地有了靈感。

「啊！塗上巧克力絕對會很好吃。」

她拍一下手，一副「我想到好主意囉」的樣子。

看著由比濱掰開巧克力片，我便開始感到不安。最後，我再也看不下去，忍不住開口：

「為什麼要這麼做？只要按照正常的做法做，不是就做得到？」

「咦……我想說那樣……比較可愛，感覺比較美味。」

她將碎巧克力片插進水果山裡，白桃顫抖了一陣子，便滾落下來。這幅景象不但不可愛，反而顯得驚悚。這樣的組合很明顯一點也不搭，還讓人覺得「我好像看見了不協調音」。

「先打好基礎再創新吧。」

「小雪乃也說過同樣的話……」

她突然提到的名字，使我的表情瞬間僵住。

「……不意外。因為這是常識。」

我勉強持維持鎮定。

由比濱好像並不在意，哼著歌，繼續掰巧克力片。

「之前她來住的時候，我們也一起做飯。我以為好吃的東西跟好吃的東西配在一起，也會很好吃……」

「這個觀念很恐怖喔……」

「咦，會嗎？」

雖然可樂跟漢堡都很好吃，用可樂煮漢堡絕對超難吃……有所謂的正常做法好嗎……

我為之愕然，張大嘴巴啞口無言。由比濱見了，將碎巧克力片往我的嘴裡扔，還叉起一片桃子塞進來。

我在出乎意料的情況下被餵食，也沒辦法難為情地說「不、不行，妳媽在看啦」，只得用手指擦掉嘴角的糖漿，咀嚼食物。

「看，好吃吧？」

「妳喔……」

我邊吃邊抱怨，順便瞪了她一下。我沒有絲毫不滿，只是希望妳至少先說一聲，這樣我也能做好心理準備，甚至思考如何拒絕——正準備這麼說時，我先意識到口中的異樣感。

桃子的清爽和巧克力的香氣……嗯……超不搭……

「……這種東西要先自己試吃過才對吧？」

由於不是完全吃不下去，我努力統統嚥下，以非常委婉的意見代替感想。

不曉得是不是我說得太委婉，由比濱聽不懂我的意思，納悶地歪頭。

「咦？我覺得一定很好吃的說——」

她說完後，也跟著試吃一口。

數秒後，她露出非常複雜的表情輕輕點頭，然後沒再說話。看吧，果然不搭！

由此可見，由比濱的味覺是正常的，只是做事的順序不太正常……

這時，在一旁觀看的比濱媽媽掩著嘴角笑出來。

「想用巧克力的話，這樣應該比較好～」

她像要示範般，在旁邊開始動手，將剩下的塔皮切成適當大小，塗上巧克力，放上水果，一個迷你水果塔便瞬間完成。

比濱媽媽輕輕拿起成品，送到我嘴邊。

「來，啊——」

「謝、謝謝您。我自己吃就好。」

無的境界，要進入無的境界。我無視腋下冒出的汗水，和頭皮滲出的汗水，努力裝作冷靜，同時小心翼翼地接過水果塔，避免碰到她的手指。

「……唔——」

比濱媽媽不太滿意，可愛地噘起小嘴。哈哈哈！只要事先知道，扼殺內心這點小事對本人比企谷八幡來說根本算不了什麼。哈哈哈！話說回來，她還真可愛哈哈哈！無來由的可愛朝我襲來，我勉強閃避，專心品嘗水果塔。

「……好吃，太好吃了。」

剛才的味道跟密寶島殺人事件（註20）一樣支離破碎，新的水果塔則是由巧克力溫柔地包覆酥脆的塔皮與新鮮的桃子，彷彿聽得見風聲……

我脫口而出坦率的感想，比濱媽媽立刻綻放笑容，鬆了口氣。

「太好了～那麼，來。結衣也嘗嘗。啊——」

「啊——」

她將水果塔送到正在做事的由比濱嘴邊。由比濱毫不猶豫，一口吞下。這對母

註20《金田一少年之事件簿》中的分屍案。

女平常就是這樣嗎……我對兩人投以溫暖的目光。由比濱注意到我在看，才猛然回神，紅著臉默默揮手。她的口中有食物，所以不好發出聲音，但我感覺得到她在否認「不是啦！剛才那是誤會。總之不是啦！」。

放心放心，我知道我明白。那樣也滿好的，我覺得可以——我欣賞著這幅溫馨的情景療癒自己，同時點點頭。不知由比濱是否理解，她繼續品嘗著食物，最後驚訝得兩眼發光。

「嗯，真的很好吃！」

「巧克力要塗在塔皮內側，而不是外側。這樣吃起來會脆脆的，很美味喔～」

「喔～原來如此——」

由比濱一副「那我就懂了」的模樣，立刻動手在塔皮上塗巧克力。此情此景令我有點感動。說給他聽，做給他看，讓他實際操作，給予稱讚，如此方能使人動手去做（註21）……我親眼見證了何謂培育人才。

「喔喔……果然非常熟練啊……」

我喃喃說道，比濱媽媽挺起胸脯，嘿嘿地笑著。

「對吧～我很擅長下廚的～」

不，我是在稱讚您懂得如何應付女兒……算了，無所謂！比濱媽媽得意的笑容可愛就好！

註21 日本軍人山本五十六的名言。

「水果塔沒有固定的做法，加入自己喜歡的東西就行。有時也會出現意想不到的美味組合。」

「這樣啊。」

「對呀～」

比濱媽媽溫柔地笑著說。但我認為這也是擁有足夠的烹飪基礎，能在腦內想像味道的人才做得到的事……

跟比濱媽媽交談的同時，我的眼角餘光瞥見由比濱正在發揮創意。她剛剛放了什麼東西上去……

「媽媽，怎麼樣？」

「嗯，不錯呀。再加入獨門祕方就完成了。」

「獨門祕方？」

「沒錯，最棒的調味料。」

比濱媽媽把手放到由比濱耳邊，講了什麼悄悄話。由比濱一聽，立刻臉泛紅潮。

「討厭啦——別說這種話，走開啦！」

「唉唷～」

由比濱氣呼呼地把母親趕到我這邊。既然女兒不肯搭理，我自然地成為下一個目標。

「那麼自閉男同學，你覺得是什麼？」

「嗯——是什麼呢？哈哈。空腹感之類的吧——」

我裝作忙著擠鮮奶油，順便抽空聽她說話的模樣，說出標準答案。比濱媽媽聽了，雖然臉上維持笑容，時間卻彷彿靜止了下來。

糟糕。這是不說出讓她滿意的答案，就無法繼續推進劇情的事件。像勇者鬥惡龍那樣！

「……還是，別人請客的大餐……很好吃呢。」

我試探性地說，比濱媽媽用手扶著臉頰，垂下眉梢微笑。由比濱則整個人傻住了。

「自閉男，你好扭曲喔……」

「是很好吃沒錯～」

「媽媽，不可以同意他啦！」

被女兒一念，比濱媽媽清了清喉嚨，重新說道：

「希望你往親手做的料理的方向去想～」

說到讓料理更美味的最佳調味料，不外乎空腹感、免錢飯、吸大麻引起的食慾旺盛狀態（其實還有各種說法）。對我個人來說，只要有大蒜、豬油、味精，什麼食物都好吃。不過在甜點方面，這個答案絕對是錯的。

既然如此，她想聽的答案顯而易見。

「那就是誠意了吧。」

我靦腆地笑著說，比濱媽媽以微笑代替回答。

× × ×

「接下來，就是等它冰透。」

比濱媽媽關上冰箱門，這麼說道。

為了使那個叫做果膠的東西定型，我們把水果塔放進冰箱冷藏。嗯，大部分的水果都是冰過後更好吃。

甜點製作告一段落後，我脫掉圍裙，走向客廳。由於我還不太會做甜點，儘管難度不高，還是有一定的疲勞感及確實的成就感。

接下來就好好休息吧——我正準備晃去沙發那邊時，突然被人抓住衣服。回頭一看，由比濱單手抱著愛犬酥餅，揪住我的襯衫下襬。

「那個，來一下……」

她用酥餅的身體遮住嘴角，小聲說道，然後拉著我的襯衫，打算帶去什麼地方。

「喔，喔……啊，先失陪了。」

我對比濱媽媽低頭致意，被由比濱拉著離開客廳。

「好——不急不急。好了之後再去叫你們～」

比濱媽媽銀鈴般的笑聲從背後傳來，我跟上快步走掉的由比濱。

目的地是由比濱的房間。

我照著指示坐到椅墊上，由比濱抱著酥餅，坐到自己的床上。

「嗯……怎麼辦？要做什麼？」

她看起來有點不知所措。記得之前煙火晚會的時候，她也問過類似的問題。拜其所賜，我反射性地再度脫口而出無意義的話語。

「這個嘛……先回家一趟嗎？」

「誰要回家！這裡就是我家！還是我的房間！」

由比濱一喊，酥餅也跟著叫了幾聲。

「但事實上就是沒事做啊。」

「啊——嗯，是啦……啊，要不要看畢冊？」

由比濱靈光一現，將手伸向床邊的櫃子，抽出天鵝絨封面的相簿。

「看那個幹麼……只能辦『幫醜女取綽號大賽』吧。」

「誰要辦那種比賽！差勁！太差勁了！」

她不斷低聲碎碎念著「差勁，差勁」，似乎真的發自內心，害我的心痛了起來。

「對男生而言，畢業紀念冊就是這種東西啊。據我聽說，其他用途頂多像是介紹女生用的目錄。根本是交友軟體。」

「這個也超級差勁！」

這只是我在教室聽戶部那群人提過，一知半解的知識。由比濱露出驚愕的表情。

「你也會做這種事嗎？讓人介紹女生給自己，之類的……」

「我的話，得先找人幫我介紹願意介紹女生給我的人。」

「啊——嗯，原來如此……」

您明白就好。

「啊，不過我有點想看妳國中的樣子。」

「……還是算了，好丟臉。算了算了。」

她暫時放開酥餅，迅速將相簿收進櫃子深處。

……可惜。

我輕輕聳肩，這時酥餅對我使出身體撞擊。

「喔，怎麼啦。」

我接住很有活力地吐著舌頭的酥餅，全身上下摸一遍，牠的毛紛紛飄到空中。

由比濱看到我滿身是毛，不禁尖叫出聲。

酥餅大概正在換毛期。難怪剛才做甜點時，不讓牠靠近嗎……

「啊！對不起！酥餅，過來！」

「沒關係，我家有貓，所以習慣了。總之，給我一把刷子。」

「嗯，嗯……」

我讓酥餅坐在自己盤起的腿上，接過刷子，輕輕撫摸牠的背，幫牠梳毛。這段期間，酥餅非常乖巧，發出安穩的呼吸聲。

經過一會兒，由比濱跪著移動到我旁邊，好奇地探頭觀察。

「喔——真的挺習慣的。」

「有養寵物自然會變成這樣。味噌湯裡有貓毛也不會在意。」

「這不對吧……」

由比濱垂下肩膀，無言以對。接著，她似乎想到什麼，起身走向衣櫃，又立刻回來。

她以鴨子坐的姿勢坐到我旁邊，拿出一個東西。

「鏘鏘——」

那個東西是俗稱的滾滾棒——膠帶式清潔滾輪。對有養寵物或中年大叔的家庭來說，無疑是必需品。那些傢伙超會掉毛的……而且枕頭很臭。

平常打掃自不用說，跟寵物玩時沾到身上的毛也能輕鬆去除，相當方便。

「謝啦，我之後再用。」

「我幫你。」

話剛說完，由比濱便取下滾滾棒的蓋子，在我的肩膀及背部滾來滾去。

「不用了，沒關係。住手，好癢。」

我扭動身軀試圖閃躲，由比濱卻壞心地笑了，滾得更加起勁。我越想逃，反而越刺激她的嗜虐心，讓她開心地追過來。

「我滾我滾～」

沾到毛的地方八成都被她滾過一遍。又癢又難為情又柔軟還有股香味，我根本承受不住。

胡亂抵抗可能導致意料外的肢體接觸，因此逃跑時也得繃緊神經。具體來說，我拚命使用著交感神經，所以全身上下都泉湧出汗水。

「我說，可以停了嗎？比起Corocoro我更喜歡BomBom啊（註22）。啊！啊，喂，不要，真的不要……」

不，不行！怎麼不是Corocoro，而是BomBom碰到人家啦～！在我差點發出怪聲時，有人敲響房門。

玩得很開心的由比濱瞬間停下動作，迅速與我拉開距離。

「結衣，方便打擾一下嗎～」

「嗯。」

她一臉鎮定，用平靜的聲音簡短回答，剛才的興奮模樣蕩然無存。我則抱著酥餅喘氣，像極了危險的獸控。

在我努力調整呼吸時，房門開啟一條縫，比濱媽媽探出頭來。

「自閉男同學，要不要留下來吃晚餐？」

「沒關係，我也不方便打擾到太晚……」

總不能煩勞人家到這個地步。抓準時機瀟灑離去，方為精明的男人。

註22　日本漫畫雜誌名。「滾滾棒」日文為Corocoro。

「是嗎？」

聽見我的回答，比濱媽媽露出有點遺憾的表情。

然而下一刻，她又浮現燦爛的笑容。

「可是，我已經煮好了♪」

她還吐出舌頭，比出橫V手勢拋了個媚眼。

多麼令人安心啊，哪像雪之下的母親……我本來是這麼想的。沒想到這個人也是策士！

× × ×

夜風吹在火熱的臉頰上，很舒服。吃完晚餐，離開由比濱家後，街道已沉入夜色中。甜點也大功告成，我捧著裝成盒的水果塔，小心翼翼地走著。特地出來送我的由比濱，擔心地看著我的臉。

「剛才是不是吃太多了？還好嗎？」

「喔，那點量還行……」

我嘴上這麼說，腹部卻湧上強烈的飽足感。

跟由比濱母女一起享用的晚餐十分美味。只不過在不知比濱爸爸何時回來的情況下，我始終維持在緊張狀態，坐立不安。

因此，我始終只會應聲附和她們說的話，結果在不知不覺間，碗裡的白飯被添得跟山一樣高。

……沒辦法。要吃多一點，比濱媽媽才會高興嘛。

每當我把一大口白飯扒進嘴裡，她就會露出「男生就是要這樣」的表情，害我也有種「我做得到」的感覺，忍不住再來一碗。

最後當然就是吃得太多。光是走在路上，快撐破的肚皮便讓我頻頻皺眉。由比濱愧疚地雙手合十道歉。

「對不起喔，媽媽太興奮了。看到男生吃很多，她好像很高興。」

「當媽媽的就是這樣……我們家也是，每次回老家都會被塞一堆食物。跟Stamina太郎（註23）一樣。」

「這麼誇張？」

由比濱驚恐地說，我點頭表示所言不假。啊，我並不討厭喔。因為奶奶煮的飯跟Stamina太郎都很好吃！最喜歡Stamina太郎了♥喜歡到會一屁股坐上放大鏡的地步（註24）。

我和由比濱一面閒聊，一面走向車站。當我們開始並肩而行時，由比濱小聲呢

註23　日本連鎖吃到飽店家。

註24　改自Hazuki眼鏡式放大鏡的廣告。廣告中為了彰顯眼鏡之堅固，讓人直接坐到眼鏡上，最後說「最喜歡Hazuki放大鏡了」。

喃：

「今天謝謝你。」

「該道謝的是我吧。」

「嗯。不過，很開心……一起做點心真不錯。好開心。」

「但一個人做更有效率。」

我不小心潑了一盆冷水，由比濱鼓起臉頰。我回以苦笑。

「可是親手做過之後，會覺得不像在工作耶。一起做點心確實很愉快。」

「嗯，對呀。」

由比濱靜靜微笑，我點頭回應，並重新拿好手中的盒子，確認內容物的狀況，緩緩說道。

「……那樣小町應該也比較高興。那傢伙超愛做家事的。」

最近流行體驗型活動，生活娛樂也相當興盛。所以說，想送小町禮物的話，或許該將體驗本身送給她。

有的價值用再多錢也買不到。至於買得到的東西，則靠家人的錢解決。叫我尼特大師。

在我想著這些無意義的蠢事時，由比濱發出感嘆。

「喔——對耶。一起做點心或許也不錯！」

「嗯，所以……」

我默默遞出手中的水果塔。由比濱看了，納悶地歪過頭。

「餅乾，很好吃。所以，嗯，算是回禮……雖然有點早。」

我戰戰兢兢地把盒子交給她，由比濱輕笑出聲。

「材料不都一樣。」

「不完全一樣。我加了獨門祕方……」

由比濱說得沒錯，那些材料在廚房裡都找得到。但是，我有遵照比濱媽媽的指導，加了些獨門祕方。

由比濱盯著盒子，調侃似地抬起視線瞄過來。

「喔……加了什麼？」

「講出來就不算獨門了吧？」

「也對。」

由比濱笑著接過盒子。

「送我到這就好。拜啦。」

「嗯，學校見。」

她在胸前輕輕揮手，我點頭回應，走向車站。

走沒多久，我轉過頭，發現由比濱還站在那裡，用力對我揮手。我輕輕舉起手，再度邁步而出。

謳歌假日夜晚的人們，在寒意消退的站前大道漫步而行，讓人感受到漫長的冬天即將結束。

季節更迭似乎也反映在照明上。街燈、霓虹燈、大樓、公寓散發的微光，看起來特別耀眼。

或者該說，今後等待我們的，正是這樣的日常。

對於之前三浦的問題，我忽然想到類似答案的回答。

若能在往後的日子，逐一實現她的願望——

腦中浮現了這種不可能成真的想法。

Prelude4

我們聊了許多。

春假的計畫、要去哪裡玩等等，盡是這些事。

我早已明白，那是笨拙的她在用自己的方式扯開話題。

扯開話題的方式相當拙劣，微笑也不太自然。真的很笨拙。

明明其他事都很拿手，卻不擅長說謊，不擅長打馬虎眼，以及說出真話。

如果能一直這樣下去就好了。可是，時間過得很快，氣溫稍微降低，車站前的行人越來越少，我們也越來越沒有話聊，最後會連電車都沒得搭，到時候，我和她都哪裡也去不了。

真想假裝沒發現這件事，跟過去一樣，聊著與此無關的愉快話題。

其實，我覺得一直維持這樣也很好。

若能跟她說的一樣，我的願望得以實現，那也不錯。

然而，光是這樣無法讓我滿足或接受。

「……有好多想做的事喔。」

我抬頭望向逐漸暗下的大樓，喃喃說道。她小聲附和，發出像微笑的呼吸聲。

「是啊。」

「嗯。我全部都想做，全部都想要。」

接著，我稍微拉近一些距離，與她肩膀相碰，把頭靠上去，彷彿就要這樣墜入夢鄉。

「……我很貪心，所以全部都要。連小雪乃的心意，都要統統收下。」

因為，我很貪心。

開心的事、愉快的事、美妙的事，我都很喜歡。我不擅長做菜，也不擅長做甜點，但我一點也不討厭。我想加入所有配料，嘗試各種組合。就算失敗，再怎麼難以下嚥，都沒關係。

所以，再問一次看看吧。

假如她什麼都沒說，我也什麼都不會說。假如她說了，我也會說出口。

我明白這樣很狡猾。

可是，我和她和他，都一樣狡猾。大家都很狡猾。明明知道做不到，不會成真，還是貪心得希望願望能夠實現。

不過，我大概是最貪心的。

甜的、苦的，疼痛的、難過的。

以及傷痕和痛苦，我統統想要。

我抬起頭，與她正面相對。在近到臉快要貼在一起的距離，注視她的雙眼。

「……所以，把妳的心意告訴我吧。」

這句話說出口的瞬間，她吐出一口像是猶豫，又像困惑的氣息，雙眼因不安而動搖。

柔軟的嘴唇輕啟，修長的睫毛微微顫動，她露出快要哭泣的表情。

但我已經無法移開目光。

過去的我一直不願去看，假裝沒察覺，不知道。但我再也裝不下去，所以選擇默默地凝視她。

凝視那美麗的髮絲、水亮的雙眸、雪白的臉頰。

她像要咬住嘴唇般，閉上嘴巴，然後掃了周圍一眼。

站前除了我們，幾乎沒有任何人，聲音傳達得到的距離內也不見人影。儘管如此，她好像還是在意其他人，輕輕把肩膀靠過來。那有所顧忌的動作，宛如一隻小貓。

接著，她把手放到嘴邊，說了僅僅一句的悄悄話。

那大概是我不想聽見的話。

但聽見之後，我還是忍不住笑出來。

臉頰、嘴角，或許還包括眼神，都不受控制地變柔和。

她迅速離開我，表情看起來既恐懼又不安，臉紅到在黑暗中都看得出來。

看到她的表情，我打從心底感到糾結。

如果能夠討厭她就好了。

×　×　×

我說出口了。

真的說出口了。

明明打算不說的。

因為我知道，一旦說出口，一旦承認，將再也無法挽回。一直用薄膜包覆的事物，會瞬間迸裂，如同滿溢而出的水，如同用針輕劃飽滿的氣球。

所以，我緊抿雙唇。我明白只要將這句話吞回去就好。

然而，她的眼神不允許我這麼做。

我大概是第一次對別人說這種話，肯定也是最後一次。

我抱持只告訴她一個人的念頭，張開顫抖的嘴唇，用顫抖的微弱聲音，彷彿懺悔般地吐露一句話。

她會露出什麼樣的表情？會怎麼答覆？我提心吊膽地看過去，她的臉上浮現溫暖的微笑。

然後，一語不發，輕輕點頭。

明明是第一次說出口的話，她似乎早已察覺。即使如此，她還是一直等待我開口。

「那麼，我也要說囉。」

她閉上眼睛，將一隻手放到我肩上，另一隻手湊到嘴邊，慢慢將臉靠過來。

纖細指尖上的凝膠指甲，抹上淡淡腮紅的粉色臉頰，嬌嫩豐滿的嘴唇，稍微卷曲的睫毛。

她可愛的部分、時髦的部分、美麗的部分，全部都在慢慢接近。

如同要親吻我。

這不合時宜的念頭，害我突然感到難為情，忍不住想往後退。但我勉強克制住，跟著把臉靠過去。

接著，她如同一隻咬著人玩的小狗，在我的耳邊呢喃。

那肯定是我一直想聽見的話。

我放心地吁一口氣，將差點脫口而出的話吞回去，靜靜點頭。

她放開我的肩膀，拉開一些距離。和我四目相交時，她害羞地笑一笑，撫摸頭上的丸子。

「我們的願望，大概是一樣的。」

「……嗯。」

恐怕，只有這一點是能確定的。

只不過，要分毫不差地實現這個願望，難度實在太高。因此，我選擇了最接近的形式。總有一天，當我能做得更好時，我相信一定能實現。

我懷著近似於祈禱的心情點頭，她卻輕輕搖頭。

我不明白她在否定什麼，用視線詢問。她說出截然不同的話。

「自閉男大概也一樣。」

突然出現的名字，令我瞬間僵住。她把手放到我手上，好讓我放鬆下來。

「他應該不希望你放棄什麼吧。」

她的語氣輕描淡寫，卻深深刺進我的心中。在不知不覺間垂下肩膀的我，倏地抬起頭，她已經望向遠處不再閃爍的星空。

「我們之間的距離，不是物理上的距離。就算去了很遠的地方，就算見不到對方……也無法改變心的距離。」

「……是嗎？」

「嗯，大概……一旦心變了，不管離得多近，都會覺得很遙遠。」

我在比任何人都還要近的地方，聽見這句話。

本來只是交疊的手，不知何時已經牽在一起。

輕輕勾著的小指，如同立下約定。

相觸的面積絕對不大，體溫稱不上高，氣溫也不低。

可是，熱度確實傳達了過來。

「既然我跟妳的願望相同，就連我的心意一起收下吧？」

「嗯。一定。」

因為只要這麼做，一定有辦法維持現狀——她簡短地說。

倘若真的不會改變，該有多好啊。

我跟她交換了言語及熱度，懷著祈禱般的心情，默默閉上眼。

這股溫度，我一定不會忘記。

所以，放開這隻手時的寒冷，想必也無法忘懷。

4 於是，雪之下雪乃靜靜揮手。

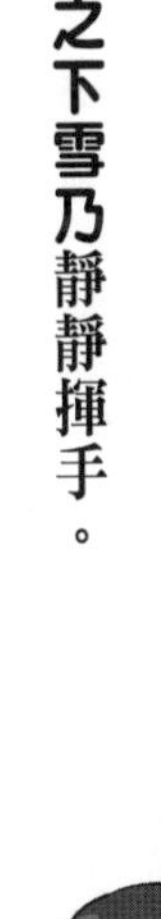

初春的陽光從窗戶灑落。

肅穆的空氣中，不時傳出忍俊不住的啜泣聲。

站在眼前的人們，穿著以黑色為基調的制服。

我稍微轉頭，周圍盡是身穿正裝的人們。如果不是因為在學校的體育館，看起來可能更像葬禮。

只不過，高掛在臺上的「畢業證書頒發典禮」八個字，以及前排的人別的胸花，為整幅場面增添些許色彩，告訴我們這是值得慶祝的場合。

跟身旁的朋友肩並肩，手牽手，輕輕吐氣，免得哭出聲來的女學生們，儼然是離別的具現化。由於捨不得與自己高中三年的青春分別，自然會散發出類似的氛圍。

但是，那值得慶祝的氣氛也只存在於當事人之間。對我這種外人來說，僅僅是

被迫看其他人難過。我跟學長姊沒有半點關係，只能被困在折疊椅上打瞌睡兩、三個小時。

看著要在今天這個好日子踏上新的旅程的人，我不怎麼感傷。對我來說，畢業典禮只是觀賞那些人從長期束縛中解脫的活動。

然而，我也不是毫不感動，毫無情緒起伏。我多少有一點同感。

離開這間學校後，他們將被剝奪高中生的頭銜，以及小孩子的身分。儘管熱情被綁在椅子上，夢想被課業消磨，仍然得從這個支配下畢業。無論是從小被叫臭小鬼的人、十幾歲開始被叫不良學生的人，還是跟刀子一樣銳利，任何人碰到都會受傷的人都一樣。畢業照中的他們，將隨著人流逐漸改變。

在場的大部分學生應該會繼續升學，所以可以多拖幾年再進社會。即使如此，世人對待大學生的方式，還是跟高中生有差別。這不過是緩刑而已，將來一樣會被逐出庇護及保護。

想到這一點，便覺得毫無差異，統一規格的學生排在一起的模樣，簡直像等待出貨的物品。產生這個念頭後，現場的靜寂開始讓人覺得毛骨悚然。

去年似乎也有過類似的想法。在不能玩手機的狀況下，消磨時間的方法很有限，頂多胡思亂想這類無聊的事。去年的我是自己跟自己猜拳，明年要怎麼打發時間呢……

等等。仔細想想，明年就輪到我的畢業典禮。

原來如此。本來還在納悶，為何我們學校要求低年級生參加畢業典禮，現在我終於明白。

這是為了讓我們知道，剩餘時間是有限的。

臺上的不知名大人物正在致詞。

我把那些話當成耳邊風，偷偷轉頭。

一定，也許，恐怕。

映入眼簾的這些人畢業後，我十之八九再也見不到面。

男女左右分明，按姓氏列隊的各班學生當中，有多少人畢業後會再見面呢？

只要保持聯絡，總會有辦法見面。可是依照我的個性，八成不會主動這麼做。越適應新環境，越不會回顧往昔。雖然我不知道自己能不能適應新環境，至少身邊的人大多是這樣。

隨便找個在視線範圍內的人來說好了，例如戶塚彩加。我大概會不時跟他聊個幾句，維持一定的聯繫。像我現在也是最先看他！

然後，還順便看到坐在他旁邊的戶部。戶部的話，嗯，絕對不會保持聯絡。再說，我根本不知道他的聯絡方式。

戶部的隔壁——也就是我左邊的葉山隼人，單方面地知道我的聯絡方式。不過，他應該不會特地聯絡我。即使真的收到聯絡，我肯定會產生青春情男子的標準反應，猶豫「立刻回訊息的話，會不會被認為是很想聊天啊……」最後肯定不會回覆，直接放著不管。

真要說的話，葉山知道我的聯絡方式，並非我的本意。只是因為我和折本佳織偶然重逢，為了解決由此衍生的麻煩事，才把手機號碼告訴他。我到現在都還不知道他的聯絡方式。

結果，葉山做了一件蠢事，擅自把我的手機號碼告訴陽乃。託他的福，害我惹上多餘的麻煩。

一回想起來，便覺得不爽。我斜眼瞪向葉山。

葉山發現我在看他，用視線詢問什麼事。我好像不小心看過頭了。

我搖頭表示沒事，順便望向遠方。

坐在前面的C班的隊伍中，身材高大的材木座相當明顯。那傢伙喔……嗯，總覺得畢業後還會再見面。

那麼，其他人呢？

想到這個問題，心情就莫名躁動，視線自然地開始到處亂飄。

黑中帶藍，晃來晃去的長馬尾，閃著異樣光芒的眼鏡，以及不太安分的紅褐色鮑伯頭——海老名、川崎、相模南三人的座號似乎相連。若不是這種類型的活動，我根本不會發現這種事，感覺有點新奇。但即使現在知道了，大家一起待在這個班級的時間，剩下不到兩個星期，所以也沒有什麼用處。尤其是相模，別說畢業了，從好久以前開始，我們便沒有任何交流。知道這件事真的沒有半點用處。

至於川崎，之後可能會在補習班碰面，但大概僅止於分不清是打招呼還是點頭的交流。海老名也是，若不透過其他人，我們應該不會再見面。

連接我和海老名的那條細線，說到底還是由比濱結衣。少了由比濱，我跟海老名恐怕再也不會見面。

當然，不僅限於海老名，我現在稱得上認識的人，大概都是如此。

我作勢舒緩僵硬的肩膀及腰部，稍微伸長脖子。

這一刻，我看見夾雜粉紅的褐色丸子頭在搖晃，她的隔壁是微卷的金髮。

由比濱結衣和三浦優美子坐在一起。雖然從遠處看不清楚，她們好像輕輕牽著手。

不曉得是受畢業典禮的氣氛影響，還是想到不久之後升上三年級，大家又要分班，三浦吸著鼻子，用袖子擦拭眼角。

由比濱見狀，苦笑著遞衛生紙給她，並且講一些悄悄話。講著講著，由比濱也抽出衛生紙，按住眼角。

看著她靜靜拭淚的模樣，我忽然想到。

畢業後，我跟她還會見面嗎？

明明只是一年後的事，我卻無法想像。我們屬於相同的班級和社團，所以目前還會見面，藉以保持聯繫。如果之後分開了，還能維持同樣的關係嗎？

本想繼續張望。

……最後決定作罷。

坐在我後面的班級，怎麼樣都看不見吧。更何況，按照姓氏排列，那個人想必會坐在角落，不可能看得見。

那個擁有柔順黑髮及雪白小臉的人，此刻帶著什麼樣的表情，我大概是永遠無從得知。

我輕聲嘆息，乖乖轉回前方。

這時，左邊的人湊過來，在我耳邊低語。他的聲音悅耳，語氣爽朗，卻有種拒人於千里之外的感覺。

「你靜不下來耶……」

「……因為很閒啊。這種場合除非坐在旁邊的是朋友，不然根本沒事做。」

「講得好像平常有朋友的樣子。」

面對葉山的挖苦，我輕輕聳肩做為回應，並刻意調整坐姿，將視線對著前方，看都不看他一眼。我藉由這個動作表達自己沒回答的意願。

不過，葉山隼人並沒有閉上嘴巴。

「在找她嗎？」

「……找誰？」

前一秒還想回頭的我，有種被看穿內心的感覺。我發出不耐煩的聲音，斜眼瞪向葉山。他抬起下巴，指向斜前方。

坐在那裡的不是學生，而是身著正裝的大人。亦即所謂的來賓席。

我在其中發現雪之下的母親。

以黑色為底的和服，加上那副容貌，使我從遠處也能一眼看見。

「……她怎麼在這裡？」

「地方議員參加這種活動並不稀奇。不過，很多學校都選在今天辦，她應該是以代理人的身分參加。」

「喔……」

我敷衍地應聲，但也能理解葉山的說明。

先前的確有一位不認識的議員在臺上致詞。再仔細回想一下，擔任司儀的老師好像也代讀了哪位議員的賀電，之後因為賀電的數量眾多而省略。

「的確，國中好像也是。」

「公立學校特別多。只要碰到開學或畢業典禮，就會找機會來露面。」

葉山輕聲嘆息，回應我不經意的自言自語（特技）。看來他願意陪我打發時間。

「是嗎……學生跟家長都沒在聽吧。我看這只是懶得改掉的落伍習慣。」

我們都面向前方，沒看對方的臉，繼續僅限於當下，沒什麼意義的你一言我一語。

葉山不耐煩地嘆了口氣。

「那樣講太難聽了……應該說是傳統。而且這不是沒有意義。教師跟家長可是票倉。」

「你講得絕對更難聽……」

我也不耐煩地嘆氣，身旁傳來蘊含得意笑意的吐息。此刻的他，想必帶著在其他人面前幾乎不會顯露，有點扭曲的爽朗笑容。用不著特地看過去，那副表情便鮮明浮現於腦海，害我更加煩躁。

除此之外，害我煩躁的還有另一件事。

我瞄向來賓席，雪之下母親的身旁，是跟她的容貌相似的女性。

雪之下陽乃穿著體面的黑西裝，雙手放在大腿的皮包上，靜靜垂眸。

「……那麼，為什麼她的女兒也在？」

「誰知道。帶出來打招呼吧。」

「喔……」

我回以無意義的嘆息，內心卻湧起不祥的預感。

陽乃會參加之後的舞會嗎？儘管這件事已經與我無關，她留下的話語，仍像淤泥似地盤踞在我的心中。

在我將這個想法說出口之前，葉山苦笑出聲。

「這個理由說服不了你嗎？」

「不，還滿合理的吧。雖然我不清楚啦。」

我匆匆回應，語氣似乎在不自覺間動搖。從眼角的餘光中，我瞥見葉山帶著一抹淺笑。

「這種言不由衷的話就算了。」

「彼此彼此。」

我斜眼瞪著他，葉山不為所動，當作沒聽見，望向來賓席。

「……大概，是來見證的。」

「喔——原來如此。」

我收起下巴，給予用來結束話題的回應。

只要說一句「原來如此」，即可結束大部分的對話。這是對對方的話題毫無興趣，希望早點結束的訊號。

但葉山並未因此作罷。他壓低音量，繼續說道：

「這次你沒有問要見證什麼呢。」

他的語氣平靜，挑釁的意味卻很濃厚。葉山隼人——以及影響他最大的雪之下陽乃——用這種調侃語氣說話時，沉默以對並無意義。他們會試圖藉視線及氛圍，撬開你的嘴巴。

葉山和陽乃在我討厭的部分極為相似。雖然我沒看過他們單獨交談，那想必是非常愉悅的談話時光。

然而，最近我終於習慣這種說話方式。以經驗來說，現在該唬弄過去，中止這個話題。

「我也不是不懂。只要是妹妹做的事，她都會來看吧。那個人未免太閒了，我說真的……」

我無奈地說，葉山忍不住噴出笑聲。

「是啊，甚至會為此特地抽出時間。她就是這麼關心妹妹。」

「咦，好恐怖……執著於妹妹的程度跟我相同……」

她竟然跟我這種人一樣閒。我也總是為了小町而保留時間——好吧，最近沒做到這個地步。因為管太多的話，會被她嫌煩的。妳有聽見嗎，雪之下家的姊姊！管太多的話，妹妹會嫌煩喔！還有，比企谷家的哥哥也要好好記住喔！

我不小心發出乾笑。葉山大概也被影響，跟著笑出來。

本想就這樣靠開玩笑帶過去。

可是，葉山已收起笑容。

「不過，不只妹妹。她想必也是來看你的決定。」

「……」

面對這一句話，我根本無法隨口應聲。

葉山所言絕對是事實。

他看我沒有反應，用手肘撞過來一下，確認我有沒有在聽。我因此嘖了一聲，脫口念了他幾句。

「你靜不下來耶。會被寫在成績單上喔。」

「因為我很閒嘛。這種場合除非坐在旁邊的是朋友，不然根本沒事做。」

他用我先前的話回敬，我無法反駁，只能癟起嘴巴。可是，照你這個說法，戶部跟你也不是朋友了喔？

這時，那位跟葉山不是朋友的戶部從他後面探出頭。

「什麼？坐在旁邊的人怎麼樣？」

「沒事。戶部你好吵。安靜點。」

「哇咧……」

葉山的臉上掛著燦爛笑容，對他講的話卻毫不留情。戶部碎碎念著，無精打采地把頭縮回去。

耳根總算清靜後，我再度望向臺上。

大人物的致詞已經結束，司儀宣布下一個環節。

「接下來，請在校生代表致歡送詞。」

某著甜美可愛的聲音答一聲「是」。正當我覺得那做作又裝可愛的回應很耳熟時，一色伊呂波走到臺上。

對喔，她好像說過要負責致歡送詞，還特地跟平塚老師商量，途中甚至放人家鴿子，四處逃竄……

那麼，讓我見識一下一色和平塚老師——主要是平塚老師——努力的成果吧。我挺直背脊，看著在麥克風前鞠躬的一色。

「嚴冬已過，在柔和的陽光下，我們迎來飄盪著淡淡芬芳的春天。」

她攤開折疊好幾層的講稿，像個好學生般，沉穩地開始朗讀。平常大而化之的態度隱藏得很好，體現出教師及家長追求的學生會長形象。

一色流暢地朗讀歡送詞，提到對學長姊的回憶，以及社團、學生會上與學長姊的歡樂小插曲時，還稍微哽咽一下。

「回首往昔，學長姊總是在幫助我們……」

她還不時加入啜泣，擦拭根本不存在的眼淚等小細節。不愧是鬼靈精……

在此之前，我大多是在幕後，以製作人的角度旁觀這類型的活動，今天則是在觀眾席。隨著場所不同，觀點自然也有差異。例如搖滾區的規矩，當然是像個木頭人杵在原地，裝出男朋友的樣子。

不過，在這種時候站起來，只會讓人覺得有病。今天姑且先想像成親友團，懷著「妳也找到自己渴望的容身之處了。如今的妳，比當時更加耀眼」的心情，在腦中播放山崎將義的歌，以前男友的角度來看，才是正確答案吧。雖然這樣也很有病。

不管從哪個角度來看，含淚朗讀歡送詞的畫面，總是能觸動人心。明知是帶動氣氛用的假哭，那用心的程度還是值得稱讚。

嗯，一色很努力呢。好可愛好可愛。即使挨平塚老師罵，照樣放她鴿子，隨便找理由偷懶，妳還是很努力呢。這樣真的算努力嗎？

我懷著像父親又像哥哥的心情看著她，突然一陣鼻酸。我用連葉山都察覺不到的小動作微微仰頭，抬起下巴。

如果一色明年也擔任學生會長，我畢業的時候，也會由她朗讀歡送詞吧。我現在看在眼裡的這個畫面，明年大概也會看到。

對喔……畢業之後，也就見不到一色了……

當我沉浸在感慨時，歡送詞進入最後的段落。

一色闔起手中的講稿，停頓一會兒。

然後，她望向前方，以指腹拭去眼角的淚水，展露微笑。

「最後，我在此致上賀詞。祝福各位學長學姊身體健康，鵬程萬里……在校生代表，一色伊呂波。」

最後，她提高音量報上名字，一鞠躬結束致詞。下臺時，她抬頭挺胸，不帶一滴淚水，姿勢相當優美。

身為一年級學生，一色伊呂波便完美達成這項重大任務。我和所有出席者，毫不吝惜地為那凜然的身姿獻上如雷掌聲。

掌聲逐漸平息，我的情緒也過了最高潮。

接下來便是頒發畢業證書。想必會有人誤以為自己被點到，大喊出「有，我很有精神！」（註25）這種腦袋有病的回應，把氣氛搞僵吧。

參加一群陌生人的畢業典禮，果真無聊透頂。

註25 千葉的小學生點名時的回應是「有，我很有精神」。

×　×　×

……之前的我的確這麼想過。

「接著，請畢業生代表上臺致答詞。」

經司儀宣布，前任學生會長城迴巡學姊精神百倍地應聲，走上舞臺。她在中央行了一禮，環視臺下一圈，彷彿要看遍每一位學生。連我都覺得自己似乎跟她四目相交。

最後，她揚起嘴角。那是對我也展露過的溫暖笑容。

巡學姊用柔和到足以融化嚴肅氣氛的聲音，開始朗讀答詞。

「在陽光和煦的這一天……」

然而，她只有剛開始面帶笑容。念著念著，巡學姊便哽咽起來。她咬住嘴脣，發出啜泣聲。顫抖著的喉嚨彷彿在鼓勵自己不要哭。

那堅強的模樣，只有感動兩字可以形容。我忍不住在心中感動起來。

傷腦筋的是，宅男是感動感動果實能力者，隨便都會被感動。

看演唱會時被感動到哭；演唱會結束後，回程途中用推特發表文青風感想，又不小心感動到哭；發行藍光光碟時，再被感動到哭一次。每每在不經意的瞬間，便莫名地感動起來。

我們就是如此喜歡感人的場景，是在聲優在廣播節目中來電，或在見面會上忍不住裝酷的傲嬌人種。

若不想一些這樣的無聊事，我真的有點要哭出來。

「另外，學生會活動是我的高中生活中，無可取代的經驗。我們和各個班級、社團、志願幫忙的學生合力舉辦許多活動。印象最深刻的是校慶，還有體育祭……當時真的很辛苦呢！」

她停頓一下，露出花朵般的燦爛笑容。看見那抹笑容，我瞬間感到鼻酸，視界開始模糊。

回想起來，這一年發生了許多事呢——我為之感慨，各種回憶閃過腦海，跟走馬燈一樣。我是不是快死了？

站在臺上的人，是我唯一肯稱呼學姊的人。

我的學姊輕輕拭去眼角的淚水，聲音哽咽。

我抽了一下鼻子。這時，旁邊伸來一隻手，拍拍我的肩膀。

幹麼啦煩死了。沒看到我正沉浸在感傷中嗎？小心宰了你喔——我擺出臭臉轉頭，葉山的表情比我更臭。他不發一語，用大拇指指向旁邊，示意我看過去。

隔著兩個座位的戶塚，正急急忙忙地從口袋拿出衛生紙。

「八幡，你還好嗎？」

戶塚壓低音量，擔心地說道，並且把衛生紙傳過來。坐在我們之間的戶部也關心道：

「比企鵝，花粉症是唄？很討人厭唄。我懂。」

才不是啦，閉嘴。我沒有花粉症。雖然初春到初夏這段期間，眼睛和鼻子總是癢癢的。但那一定是錯覺。承認就輸了。我咕噥了一聲代替否定，但不知戶部是怎麼理解的，他又多加了一包衛生紙。

「這也給你吧。唉唷，我也有花粉症喔。每次春天都超痛苦的。」

「戶部，你太大聲了……」

戶部被葉山念了一句，用嘴型說「慘了……」。明明只用氣音講話，怎麼還這麼吵？這傢伙真的很吵耶。他是個好人沒錯，但真的好吵。話說回來，不愧是花粉症患者。隨身攜帶衛生紙的男生，我個人給予好評。至於不會隨身攜帶衛生紙的我，個人給予差評。

衛生紙經過葉山後，數量又增加了。他也從胸前的口袋拿出一包塞過來。我接過它，用力擤鼻涕。

「洩些尼……」

我哽咽著說，將衛生紙還回去。葉山接下後，一臉驚恐地說：

「……你未免哭太慘了。」

「不是啦。是因為上了年紀，淚腺開始脆弱……最近光是看到光之美少女起身對抗敵人，我便忍不住哭出來……」

「那你每週日早上都會哭嗎……」

「還有重播，所以平日也會哭。」

「這，這樣啊……」

葉山更加驚恐。

我的淚腺經過光之美少女和偶像活動的訓練，幾乎可以在一瞬間流下眼淚。每到星期六、日，我大多都會哭。現在MX和千葉電視臺還會重播，所以共哭四次。看到第四部「on Parade！」後，光是聽到片頭曲，我的眼淚便以加侖為單位湧出。

在我哭泣的期間，巡學姊繼續致詞。

「今後，我們會用自己的雙腳，一步步在各自的道路上前行。即使未來碰到巨大的阻礙，我們仍會將從總武高中得到的回憶、知識、榮耀，當成人生的糧食，堅強邁進。真的非常感謝各位。」

尾聲即將到來。用演唱會比喻的話，就是「接下來是最後一首歌」。臺下也表現出「咦——才剛來的說」的態度。

不過，我們這些客人再怎麼期望不要結束，演唱會終將會落幕。巡學姊的答詞也進入終曲。

「在此向提攜我們的所有人致上謝意……畢業生代表，城迴巡。」

語畢，巡學姊深深一鞠躬，維持美麗的姿勢良久不動。在這段沉默的其間，只聽得見聽眾的嗚咽及吐氣聲。

「真的很謝謝大家！我真的過得很開心！謝謝！」

經過好一陣子，巡學姊緩緩抬起頭，換上她的招牌笑容。

「大家今天校慶了沒——」

離開前，她握緊麥克風大喊。出席者交頭接耳起來，家長們更是一臉困惑。臺下的學生則立刻回想起來，大聲回應。

「喔喔喔喔喔喔喔！」

得到回應後，巡學姊揚起嘴角，深吸一口氣。

「千葉名勝——」

「祭典和舞蹈！」

「既然都是大傻瓜——」

「不跳舞就！」

「Sing a song——」

不論畢業生在校生，都像傻瓜似地一起呼口號。大家想起校慶上的那一幕，紛紛露出笑容。

方才催淚的氣氛瞬間一變。

當然是往好的方向改變。

這正是巡學姊以學生會長的身分，營造出的氣氛。我可以說是對三年級的學生完全不熟，也沒有興趣。但我還是認為，這是一場很棒的畢業典禮。

光是能看見巡學姊的那副笑容，這趟便已相當值得。

啊～真是太棒了。

回家後要趕快用推特發表文青風感想！

× × ×

畢業典禮結束後，大家開了簡單的班會，很快就放學了。

今天不只是畢業生，對在校生來說，也是離別之日。有加入社團的人，或因為其他關係跟學長姊認識的人，匆匆離開教室，去跟他們道別。

平常總是留在教室的葉山等人早已不見蹤影，擔任網球社社長的戶塚，也扛著大行李離開教室。

這麼一來，跟學長姊沒什麼關係的我，只需直接回家。

教室顯得稀稀落落，我俐落地收拾東西。這時，由比濱走來我的座位。

「要不要去學生會看看？聽說巡學姊在那裡。」

「嗯……我是想跟她打個招呼啦……」

今天想必是我最後一次見到巡學姊。我受過她許多關照，應該去說聲再見才不失禮。

但我剛剛才大哭過一場，有點不好意思見她。真的沒問題嗎？我的眼睛有沒有腫起來？討厭，人家不想用這張臉見巡學姊……得學那支給進社會第三年的ＯＬ看的化妝水廣告，背靠著冰箱坐在地上，用冰湯匙按著眼睛，自言自語「我不能輸」才行！

在我猶豫不決時，由比濱大概是不懂我為何沉默，疑惑地歪過頭。

「怎麼了嗎？」

「不，沒事。什麼事都沒有。走吧。」

要說明少女迴路即將短路時的少女心，只能說是恥上加恥。我果斷地結束這個話題，拿著外套跟書包起身，邁步而出。

由比濱一頭霧水，但還是小跑步跟上。

但是當我們走出教室，她似乎想到我猶豫的理由，繞到我的面前，凝視我的眼睛。

「啊——我知道了。你剛才哭得好慘，好好笑。是在害羞嗎？」

由比濱忍著笑，調侃我幾句。在她那大姊姊般的眼神下，我感到不悅及害臊，瞬間說不出話。

「哪有，我才沒害羞。」

我有點不耐煩地說，以掩飾難為情。這個態度又逗得由比濱輕笑出聲。

「優美子也哭了，之後整個人害羞到不行。超可愛的……」

由比濱似乎在回想那個模樣，心滿意足地笑著。原來如此，難怪三浦小姐趕著回家。因為她也覺得難為情。那傢伙真可愛……

我能理解她控制不住淚水的心情，因為我也差不多……想到這裡，聽起來像在辯解的話便脫口而出。

「只要是正常人都會哭吧。一色的歡送詞也是，想到那麼笨拙的她苦思許久，不覺得已經很努力了嗎？重點是巡學姊，開頭努力維持著笑容，但還是忍不住哭出來，再加上念完後的那張笑容。更重要的是最後跟大家一起呼口號的地方，那絕對是即興演出吧。那邊真的有夠感人。」

「你太激動了吧！好噁，好可怕，走開……」

妳會產生那樣的反應，也是無可奈何。宅宅動不動便說即興演出，在那邊感動半天。即使只是照著劇本演，也說是即興演出，看來宅宅滿適合看摔角比賽的。由此可見，宅宅跟摔角很合得來，所以武士道真的很厲害（註26）。那種「戰到贏為止」的精神很厲害。這可以說是握有IP的公司最需要的資質之一。

我大可拚命找藉口反駁。不過，其實有一個更有效的論點。

「……妳自己不是也哭了？」

我用死魚眼看向由比濱，她立刻癟起嘴。

「唔唔……因為優美子哭了嘛。再加上之後要分班，一想到真的快畢業了，就忍不住跟著哭出來。」

註26　以製作、販賣卡牌遊戲為主的日本企業，於二〇一二年買下新日本職業摔角股份有限公司。

由比濱用靦腆的笑容敷衍過去。不過，她立刻別過紅通通的臉，噘起嘴，咕噥道：

「……別在人家哭的時候盯著看啦。」

「妳也是……」

我們一邊鬥嘴，一邊走下樓梯。這裡的人突然多了起來。

三年級的教室位在主校舍的一、二樓，所以走廊上滿是在聊天和拍照的學生。

大家並肩拍完照後，並沒有馬上解散，而是找一件事開啟話題，繼續交談。不曉得他們是真的離情依依，還是錯失離開時機的社交障礙者，無論如何，那些人短時間內大概無法離開。

我們左右閃避畢業生，在走廊上前行。途中遇到一群別著胸花的人，珍惜地將畢業紀念冊抱在懷中。他們大概是要找人簽名，填滿最後的空白頁。

與他們擦身而過時，由比濱喃喃說道：

「明年我一定會哭得很慘。」

這大概是她的自言自語。我發出沒什麼意義，類似嘆息的「喔」「嗯」做為回應。

明年的這個時候，由比濱大概也會哭成淚人兒。她肯定會跟三浦和海老名聚在一起，握著手，離情依依地輕聲交談。

她今天哭的原因，恐怕不只是被畢業典禮的氣氛影響，或是把自己投射至眼前的情景，想像未來將踏上的道路。

而是為比那更真實，更加切身，近在眼前的離別流淚。

我們稍早離開二年F班的教室。從那扇門進進出出的機會，已經所剩無幾。枯燥的課堂、無所事事的午休、平凡的放學光景，都將在不久的未來消失。即使升上三年級，仍然會看到類似的景象，其中的面孔將不再相同。

三浦肯定對現在的班級很有感情。葉山隼人的存在自不用說，與友人建立的關係也彌足珍貴。更何況，她跟由比濱起過爭執，感情會更加深刻吧。由比濱也一樣。

那麼，我又如何？

只不過是分班而已——我並非沒有這種想法。在此之前，我從不為這種事情感慨。我不會特地與人保持聯繫，或嘗試縮短及維持分開後的距離。國中畢業後，我見過的同學只有折本佳織，何況那還是偶然的產物。

彼此不再見面後，關係逐漸疏遠，乃世間常理。產生新的邂逅後，原本拉開的距離會從這裡彌補。每當環境有所變化，人類總能立刻適應。

認識，相熟，再度分離，珍重再見。

我們時時刻刻處在道別的途中。

分班和畢業典禮，或許是我們學習好好道別的場合。藉由事先定好的期限，無視每個人的心情，設置不容拒絕的分別。如此親切的設計，讓再嚴重的社交障礙者，都能乾脆地說再見，而且還附贈「因為畢業了」、「因為分班了」等等極其正當的理由，做為再也見不到面也無可奈何的藉口。

我經歷過幾次小型離別，所以算是個道別專家。我道別的技術已經爐火純青，根本用不著說一句話，便將人際關係清理得乾乾淨淨，過程自然到對方甚至沒察覺。這就是專業。電光石火般的道別，恐怕只有我看得見。我已經習慣隱藏氣息活著了。（註27）

所以，換句話說——

我從未跟人好好道別過。

我的離別總是讓人印象深刻，例如打工時直接不告而別，之後再逕行寄回制服，還不忘由收件人負擔運費。之後要跟巡學姊說什麼呢……還在傷腦筋時，我們已經來到學生會的門口。

我有點緊張，敲響學生會的大門。

「請，請進……」

裡面傳來斷斷續續的應聲。雖然隔著門有點難辨認，我想是一色的聲音。為什麼她聽起來很疲憊……我納悶著打開門，這個疑惑瞬間得到解答。

在學生會辦公室的中央，巡學姊抱著雪之下跟一色大哭。

「真的太謝謝妳們了——我真的超喜歡學生會的！」

「好近……」

註27 兩句皆改自《獵人》中的臺詞。

雪之下困惑不已，一色偷偷別過臉，不耐地嘆氣。嗯，貼心地沒讓巡學姊看到這一點，值得稱讚。

看到好東西了……我站在原地旁觀。這時，巡學姊發現了我們。

「啊，由比濱同學和比企谷同學！你們來啦——」

她接著撲向由比濱，相當習慣女生間身體接觸的由比濱自然地抱回去。果然不簡單……我可是擔心了一下「哇哇哇！萬一她連我也一起抱怎麼辦」喔。

「也謝謝你們兩個！雖然很累，不過超開心的！」

「我也是！」

巡學姊和由比濱牽著手，聊起天來。雪之下因重獲自由而鬆一口氣。那懷念的動作讓我忍不住笑出來。

在這瞬間，我們四目相交。

雪之下立刻移開視線，望向時鐘，對旁邊的一色說：

「廠商差不多要送東西來了，我先過去。」

「我覺得沒那麼快耶……」

一色疑惑地歪頭，從口袋拿出時間表。

「嗯……說早也沒有很早。好吧，總比遲到好。我也一起去吧？」

雪之下搖頭。

「只是需要有人在場而已，我一個人就夠。那麼，城迴學姊，稍後舞會見。」

「嗯！等等見！」

巡學姊笑咪咪地回應。雪之下行了一禮，離開辦公室。巡學姊用力揮手，目送她離開後，同樣瞄了時鐘一眼。

「還要準備舞會呢。我也得去換衣服……」

巡學姊咕噥道，旁邊的由比濱兩眼發光。

「哇！妳會穿什麼樣的禮服？」

「很讚喔——該怎麼說呢，很性感。」

「性感……」

巡學姊講得太直接，害由比濱愣了一下。不僅如此，巡學姊還得意地拿出手機。由比濱看著螢幕，兩人開始竊竊私語。

「雖然露出度不高，妳看這剪裁，整體都好性感。」

「啊……真的。」

在她們交頭接耳時，一色從中探出頭。

「大膽挑戰舞會規則的尺度呢。基本上是可愛風，卻帶有性感的氣息。」

「對吧？我看目錄的時候，就決定要穿這套，還特地去試穿喔！」

「三年級的人一起去的嗎？大家一起試穿，感覺很好玩耶！」

「對對對。畢竟我負責許多聯絡事項，就順勢組了試穿團。」

巡學姊一邊說，一邊滑手機。由比濱不斷發出「喔」「哇」等各式各樣的驚嘆，雙眼閃閃發光。相較之下，一色則相當冷靜。

「喔——原來如此。啊，謝謝學姊幫忙宣導和整理舞會規則。」

「不客氣！好久沒有辦活動，超開心的～」

三個女生看得不亦樂乎，我則是在一旁心神不寧，左顧右盼，想著能不能一起欣賞。

這種時候，男生真的不方便加入話題。我也很清楚，不加入這類話題才是正確答案。即使有勇氣請對方讓我看，我也說不出不踩紅線的感想，頂多像是「喔，滿性感的」之類的話吧。這樣一來，還不如不要說。

於是，我在旁邊聽她們興奮地聊天，進入地藏時間。

差不多真的有人要來放供品時，巡學姊收起手機，對我微笑。她大概是顧慮到我。

「平常沒機會穿這種衣服，所以舞會能順利辦成，我真的很高興！比企谷同學，謝謝你。」

「呃，跟我沒什麼關係……是雪之下他們負責的。」

「這樣啊……」

面對突如其來的道謝，我一時不知所措，露出不自然的苦笑。巡學姊聽了，有點沮喪下來。那表情勾起我的罪惡感，胸口隱隱作痛。我忍不住想了一句安慰的話。

「……但我有打算幫忙，所以會去露個臉。」

「這樣呀，太好了～之前就一直希望能見到大家。畢竟都最後了。」

巡學姊露出柔和的笑容，彷彿真的放下心來。只不過，最後那句話蘊含一絲寂寥。她或許也有自覺。

「真沒想到自己會畢業……」

她愛憐地環視學生會辦公室，低聲說道。

這句話想必不是對我們說的。

見我們一語不發，她像是要掩飾什麼，搭配開心的手勢激動地說：

「啊，我當然明白喔！我本來就打算正常畢業，繼續念大學！可是，不是那樣的。總覺得……」

一如往常的柔和微笑，與話語一同中斷。巡學姊忽然泛起淚光。

「總覺得……該怎麼說呢？」

她對我們笑了笑，彷彿要掩飾眼角的淚水。由比濱溫柔地點頭，回應那抹微笑。

「我覺得，我能理解。」

巡學姊害羞地小聲道謝，重新面向我們。

「……你們要繼續一起做開心的事喔……雖然我要畢業了。不過，你們還有時間！」

「是……」

「……我盡量。」

我跟著由比濱回答。

我不認為她的願望會成真。但現在講這個也是枉然。

我和由比濱大概都在壓抑某種情緒，露出忍耐著什麼的表情。我輕咬下唇，默默垂下視線。

巡學姊沒有再說什麼，溫柔地看著我們，然後將視線轉向一色。

「一色同學，總武高中學生會，就拜託妳了。」

她彎腰行了漂亮的一禮。一色似乎不知道該做何反應，愣在那邊，眨了兩、三下眼睛。不過，她馬上挺直背脊，直視巡學姊。

「是。我接下了……不如說，大部分的事都已經交給我處理了。」

「啊哈哈，說得也對。」

一色苦笑著說，巡學姊傻傻地笑了。笑了一會兒，巡學姊拍拍臉頰，為自己打氣。

「嗯，好！告別完畢！」

她踏出腳步。

「那麼，待會兒見！舞會上再好好聊吧！一言為定！」

她用力揮手，轉身離去。

直到關上門之前，她都還從細小的門縫間探出頭，對我們揮手，好像《鬼店》裡的傑克·尼克遜。拜託不要。妳都做到這個地步了，我會覺得自己也必須揮手回應……

門緩緩關上後，我終於得以放下手臂，疲憊地嘆氣。

一色似乎一直看著我們的互動。她喃喃說道：

「總覺得，學長挺喜歡巡學姊的。」

「啊，我也這麼認為。」

「啥？有人會討厭她嗎？」

「嗯……應該沒有。但你幹麼那麼凶……」

由比濱發出無奈的笑聲。不過，為何一色要在這種時候沉默？她抱著胳膊，一副「我倒認為未必沒有」的表情。那怎麼行？妳這個人就是這樣！

我用視線責備一色，她察覺到之後，清了清喉嚨，然後擺出「先別說這個了」的態度轉換話題，露出不懷好意的賊笑。

「那麼，為了最喜歡的巡學姊，努力工作吧。」

嗯……這個說法好像怪怪的……

×　×　×

一色帶我們來到的地方，是做為舞會場地的體育館。

西斜的夕陽將地板及牆壁染成淡橙色。設置於後方的暖爐熊熊燃燒，使廣大的體育館不怎麼寒冷。

我掃了室內一眼，布置工作正順利地進行，隨處可見氣球、花籃、迪斯可球等裝飾。不久前還瀰漫畢業典禮的莊嚴氣氛，現在則顯得熱鬧起來。

華麗的館內，唯有雪之下所在的地方顯得務實——或者說是冷淡。她似乎在跟穿工作服的廠商人員討論事情。

我在遠處看著，當他們的談話告一段落，一色便丟下我們，自己跑過去。

「雪乃學姊，時間差不多了——」

聽見一色的聲音，雪之下對廠商人員行了端正的一禮，轉身面向我們，快步走過來——

——接著停下腳步。

「……比企谷同學。」

她揪緊外套的領口，露出欲言又止的表情。下垂的眉梢和低垂的視線，正在詢問我為什麼會在這裡。

或許我該解釋一下。

不巧的是，我沒有足以說服她的理由。而且我也明白，隨便編的藉口沒有任何意義。我只是任憑事情發展，毫不抵抗，將責任推到別人身上，結果才出現在這裡。

我無言以對，只是輕輕收起下巴，點頭致意。

「小雪乃，辛苦了！我們來幫忙囉。」

由比濱站到沉默不語的我和雪之下之間。雪之下愧疚地低下頭。

「是嗎……不好意思。」

「怎麼會，別在意！我一開始就打算來幫忙。」

「謝謝。」

由比濱開朗地說，雪之下才終於露出笑容。正當我心想自己也該說些什麼，張開嘴巴時，一色拍拍我的肩膀，打斷我說話。

「人手愈多愈好嘛。學長，拜託你囉。」

雖然一色說得輕鬆，我強烈地感受到她在暗示「要是你們再吵起來，我可受不了」。她立刻分活動流程表，也表現出這個意圖。

「那麼，大家來討論吧。」

所有人拿到流程表後，一色從胸前的口袋抽出筆，開始主持會議。

「雪乃學姊是總監，我負責主持和音響。副會長是燈光，書記處理外燴，至於其他雜物，則以足球社的菜鳥為中心，從各個社團找人幫忙。」

我隨意聽著一色發言，同時環視體育館，確實發現不少學生會以外的生面孔。多虧有社長會之首的葉山幫忙，現場作業的人手還算充足。這樣一來，雪之下和學生會成員就能專注在主要工作上。

才剛這麼想，一色又自然地補充一句：

「啊，還有，那個恐怖的人會來幫忙處理服裝上的問題。」

恐怖的人是指川崎嗎？怎麼講得好像不良分子。她人明明那麼好……我在內心為川崎抱屈，一色則繼續在流程表上做筆記，然後抬起頭，用又大又圓的眼睛看向雪之下。

「這兩位要怎麼辦？」

雪之下把手放到嘴邊，陷入沉思。

「要幫忙的話，接待、音控、燈光還有缺。」

「那我幫忙接待。畢竟讓他接待的話，有點……」

由比濱輕輕舉手，立刻認領工作。她的後半句語意不清，一色還是理解了意思，點點頭。

「說得也是。」

不愧是比濱同學和伊呂波，非常了解我。我也很了解自己，所以跟著點點頭。

雪之下沒有加入其中，轉頭面向由比濱。

「雖然賓客不多，還是有些家長參加，到時請幫忙記錄。另外，要用學生手冊檢查學號。」

「我會叫戶部學長那些打雜的待在接待處。萬一起了爭執，先丟給他們，再去叫我或雪乃學姊。」

「好──」

一色細心地補充，由比濱也輕鬆地回應。原來戶部算打雜的嗎……他得一直站在那裡喔……

「至於學長……」

「嗯……」

一色來回看著我和雪之下，雪之下沒有繼續說下去。她輕咬下脣，似乎在想什麼，但也沒下達指示。

從剛才的對話判斷，我剩下音控和燈光這兩個選項。

「燈光必須配合各種演出，沒掌握整個流程的話，大概做不來。」

我望向旁邊的一色，她也點頭。

「是啊。那麼，麻煩學長協助音控。基本上都是由我負責，但我總有必須暫時離開的時候。如果有個人能一直看著就太好了。」

「了解。有什麼要特別注意的地方？」

「流程表上有曲目編號，只要照著曲目表播放即可。要放音樂的時候，我們也會打信號。應該沒問題吧。」

「這樣啊，我懂了。」

既然有整理好的曲目表，音源也就緒，還有人會在要放音樂時打信號，之後只要注意技術方面的問題即可。

「可以先試試看嗎？」

我用拇指指向左舞臺夾層的控制室。雖說只是從旁輔助，沒人知道開場後會發生什麼事，所以我也該掌握簡單的實際操作。

「啊，也對。那走吧。」

在一色的帶領下，我們一同走向控制室。

一行人爬上從側臺延伸的灰暗階梯，進入小小的房間。由比濱跟著雪之下進來後，好奇地東張西望。

這裡不是我們平常會進入的地方。之前在校慶幫忙時，我有看過一遍音響設備，但是沒實際操作過。

我一面擔心自己能不能做好，一面望向放在牆上小窗附近的擴音系統，上面的紅色小燈亮著微弱的光芒。

我照著一色的指示，坐到桌子前。桌上放著護貝過的說明書，以及寫滿筆記的曲目表。

擴音系統上有紙膠帶明示上限刻度，好讓學生也能操作。可能會用到的音量旋鈕上，也纏著彩色膠帶，讓人一目了然。看來操作部分應該沒問題。

「我練習放一下音樂。」

「請便。」

徵得一色的允許後，我按下按鈕。接著便傳出戶部那種人會跟著打拍子的電子舞曲。

我對照流程表跟曲目表，檢查音源有無缺漏，並且實際播放一遍，熟悉整體操作流程。看起來是沒什麼問題。

接下來該檢查的是……我看著流程表跟擴音系統，忽然想到。

照理來說，音控應該不只放音樂，還負責所有跟聲音有關的部分。既然如此，管理麥克風也是我的職責。

「麥克風放在哪裡？有幾支？」

「咦？啊，等我一下……」

一色急忙翻閱流程表。

在她回答之前，雪之下開口說道：

「右舞臺那裡有一支我的有線麥，一色同學有一支無線麥，左舞臺還有一支備用的無線麥克風。」

雪之下從外套口袋拿出白色素面紙膠帶，撕成三段，分別貼在三支麥克風的音量控制器上。我拿起桌上的簽字筆，在膠帶上寫下「雪之下」、「一色」、「備用」。

這樣一來，麥克風也檢查完畢。剩下是……我翻閱流程表確認，看見一行陌生的文字。

「這裡寫的投影片是什麼……」

我敲著流程表問，一色探過頭來看，發出「啊——」的聲音。

「這個啊。我們跟許多人收集畢業生的照片，做成影片。雖然說不上很精緻。」

「喔……」

看來在不知不覺中，舞會的企劃更新了不少。現在這個時代，只要一支手機，即可輕鬆編輯影像。姑且不論品質如何，不用花費太多勞力就能讓畢業生開心，又能炒熱氣氛，可說是相當划算。

原來如此，考慮得挺周全的。我在心中佩服，同時在流程表的那個部分用紅筆打圈。

「這樣的話，大概只有投影片比較麻煩。要用什麼器材播放？」

我坐在椅子上轉了圈，正面對上一色。不過，問題的答案立刻從她旁邊傳來。

「從電腦輸出。之前技術彩排時，已經跟燈光一起確認過。影片由我們這邊播放，你只要幫忙調整音量就好。」

雪之下已經準備啟動電腦，似乎打算實際操作給我看。這樣的話，我也趁現在把所有問題都問清楚。

「了解。開頭會有黑幕嗎？幾秒？」

「十秒黑幕後會有十秒倒數。」

「能實際播放一次嗎？」

「好。一色同學，能麻煩妳嗎？」

「……咦？啊，是！」

一色突然被雪之下點名，嚇了一跳，立刻回過神。雪之下見她驚慌的模樣，露出不解的神情。

「怎麼了？」

「沒有啦，只是覺得你們難得好多話……」

一色望向由比濱，尋求她的贊同。由比濱露出苦笑。

「他們一直都是這樣……」

她笑著撫摸丸子頭，不知該如何回答。我和雪之下聽了，不約而同閉上嘴巴。室內的氣氛變得尷尬，大家瞬間沉默下來。我受不了這個氣氛，反射性地挖苦自己一番。

「真對不起喔。平常完全不說話的人只有這種時候特別多話，很噁心對不對？」

「噢？是，是沒錯……」

……沒錯嗎？一色覺得我很噁心嗎？我怨恨地看著她，她則是輕咳兩聲裝傻，順便確認喉嚨的狀態。接著，她單手假裝拿起麥克風，擺出一副怎麼看都只是在排練的態度，毫無幹勁地開口。

「好的。那麼，接下來是投影片時間。大家掌聲鼓勵鼓勵——」

「……好，一色同學退場，燈光慢慢變暗。完全暗下來後，開始放投影片。」

雪之下儼然是舞臺導演，一面說明之後的流程，一面操作電腦，最後按下ENTER鍵，表示大功告成。

舞臺上的銀幕顯示出黑色畫面。這段期間，我調低音樂和麥克風到靜音，提高電腦音源的音量。

我從小窗戶探頭望向舞臺，銀幕切換至倒數計時的畫面。數字隨著膠捲捲動的咔噠聲減少，倒數至0後，隨即響起常在廣告聽見的催淚系旋律，開始播放投影片。畢業生過去的回憶，伴隨動人的音樂逐一映在銀幕上。

喔，做得不錯嘛——我抱持旁觀者的心情欣賞時，忽然發現一件事。

投影片內的內容，我應該是第一次看見才對。

那麼，這股湧上心頭的情緒是什麼……正當我疑惑著，由比濱喃喃回答：

「有種熟悉的感覺……」

「配上這首曲子，自然會這樣……」

我無法用言語形容這股熟悉感。製作這部影片的一色哼了一聲。

「有什麼關係，簡潔易懂最重要。能催淚不就好了嗎？」

「我倒覺得，會被笑說是模仿什麼作品……」

雪之下無奈地苦笑。

不過，我也並非不能理解一色所言。

影片本身沒有什麼稀奇的手法，或出神入化的特效，只是將畢業生的各式照片串接起來。但是在催淚的音樂下，從那些畢業生的角度來看，肯定會變成感人的影片。這種感動想必無法言喻。

投影片來到尾聲，音樂慢慢淡出，漂亮的背景浮現「恭喜學長學姊畢業」字樣，影片播放完畢。

「影片放完後，燈光慢慢變亮。再進入MC時間。」

我點頭回應雪之下，在流程表上記下影片的長度。

「……大致明白了。這樣我應該也能放影片。」

「你能幫忙就太好了。技術彩排時是由有空的人負責，但正式播放時，很難有多餘的人手……」

「嗯。我基本上都會在這裡，所以我來吧。我可以操作看看機器，確認一些東西嗎？不過會弄出聲音。」

「開場前都沒問題。」

「了解。那差不多了吧？」

我翻著流程表，然後抬起頭，詢問有沒有其他該確認的事項。結果，我跟雪之下四目相交。

水亮的雙眼明明因微笑而瞇了起來，我卻覺得她在凝視遠方，害我反射性地移開視線。

「……嗯，之後就麻煩你了。一色同學，去檢查燈光吧。」

雪之下呼喚一色，轉身離去。一色連忙跟上。

「啊，了解。那麼學長，等等見。」

我微微抬手代替回應，轉了圈重新面向擴音系統。

身後慌張的腳步聲逐漸遠去，其間夾雜拉椅子的吱嘎聲。

轉頭一看，由比濱坐在旁邊的椅子上。

「沒問題嗎？」

她擔心地問，我聳一下肩膀。

「……嗯，應該沒問題。」

我這麼回答，由比濱仍然顯露淡淡的不安。

「是嗎……剛才的內容聽起來好複雜，所以我有點擔心。」

「只要習慣，總會有辦法的。」

我對她微笑，將視線轉回手邊。

沒錯。只是還不習慣而已。

為了盡快習慣，我將冰冷的手指伸向擴音系統的播放鍵，慢慢將音量控制器往上推，播放不知名的樂曲。

這是一首我從未聽過的電子舞曲。

感覺會在夜店聽到的流行樂，使我下意識地皺眉。但只要多聽一陣子，總會習慣這種類型的樂曲吧。

混音器的用法、陌生的舞曲、刺耳的汽笛音、從音響深處傳出的重低音。

到最後都會變得理所當然，逐漸習慣。

× × ×

夕陽從貓道上的黑色簾幕縫隙間照進。一道聚光燈的光芒，以及迪斯可球反射的光芒參雜其中。

從這個景象看來，他們大概在進行最後的燈光檢查。

距離開場時間已所剩無幾。

負責音控的我，也在忙著最終確認。

「測試測試……啊——測試……」

我在側臺確認有線麥克風。一開口，音響便傳出自己的聲音。

我望向位於另一端的調整室，同樣負責音控的一色從小窗探出頭。我對她比出大大的圈。

一色看了，也笑著微微歪過身體，跟我一樣用雙手比出大大的圈，有如白鶴圓滿清酒的商標。裝什麼可愛……

「比企谷同學。」

我回頭望向聲音來源，發現是雪之下。她拿著由纜線、麥克風、耳機接在一起的黑色物體，亦即所謂的對講機。

「等等用這個打信號給你。」

「喔，真懷念。」

我接過對講機，仔細觀察。每次遇到校慶等活動，都會用到這個東西。我不經意地發出內心的感想。

「……」

不過，雪之下沒有多說什麼，轉過身去。

「……另一個幫我交給一色同學。」

「喔，好。」

僅此一句，無法延伸出稱得上對話的對話。

剛才開會時明明沒有想那麼多，能夠侃侃而談。現在，昏暗的側臺卻籠罩著沉默。如果手邊有什麼工作，我便不會在意這一點沉默，但我現在已無所事事，剛才的有線麥克風還拿在手中。

「啊——對了。麥克風需要支架嗎？」

我忽然想到，開口問她，雪之下回過頭。臉上帶著困惑。

「嗯……我是這麼打算的。」

我聽了，一把抓住放在側臺深處的麥克風架，拿到雪之下面前，設置麥克風。

「高度呢？這樣可以嗎？」

我蹲下來調整高度，頭上傳來雪之下困擾的嘆息聲。

「……剛剛好。不過……這點小事我自己來就行。」

她垂下頭，低聲說道，我不禁停下手。雖然是為了緩和尷尬的氣氛，又不小心多管閒事了。在自我厭惡感之下，口中變得苦澀起來。

「……也對。抱歉。」

我放開麥克風架，站起來退後兩步。

「不，用不著道歉……」

「啊……是喔。」

燈光照不到的幽暗側臺中，無言的嘆息聲彷彿凝結成形，使人甚至不敢動彈。

明明沒過多久，我卻覺得自己僵直了很長一段時間。雪之下似乎也感覺到同樣的尷尬，不久後，她輕聲嘆息，一副難以啟齒地開口說道：

「……如果我的態度很不自然，我跟你道歉。」

「咦？啊，不會啊。挺正常的……」

那出人意料之語，使我一時反應不過來。

「我不知道該怎麼面對你。」

這傢伙真厲害……還以為在沉重的氣氛中要說什麼，沒想到是這個……

不過，的確很符合她的個性。

雪之下不是會看氣氛的人，甚至可以說她不懂如何看氣氛。或者該說是，她從未生活在需要看人臉色的環境。

在跟我和由比濱相處的近一年中，她似乎逐漸學會這一點。我不知道這是否為好事。因為像我這樣太過於看氣氛，時時留意著要表現出自然的態度，也會有白忙一場的時候。

事實上，連我也不太明白，究竟該採取什麼樣的應對。

對方露出分不清是困擾還是害羞，似乎隨時會哭出來的表情，就更不用說了。她不停整理瀏海，頻頻梳理肩上的黑髮，視線游移不定，心神不寧。看到那副模樣，我根本想不到該如何回應。

「是嗎……平常心，就行了吧……」

經過漫長的猶豫，說出口的是斷斷續續，不得要領的回答。

「平常心……說得也是。」

雪之下點頭，彷彿在好好理解這句話。我也像在應聲般默默點頭。從旁人看來，我們大概像是搶地盤的鴿子。

雪之下喃喃自語著「平常心，平常心」，大概是想讓自己靜下心。看到她這樣，我倒是先冷靜下來，自然而然地揚起嘴角，說話也流暢起來。

「現在這麼忙，妳也沒太多時間想其他事吧。之後就會恢復平常心了。雖然我也沒把握啦。」

「也，也對。等事情處理完，應該能表現得更自然……」

我們相信這樣才正常。正因如此，才試圖表現得正常。因為我們想相信，這樣的關係不是異常。

或許是因為我的語氣正常了些，雪之下似乎也逐漸恢復平靜。她輕咳一聲，改變話題。

「剛才那句話沒有其他意思……人手不足是事實。就這一點來說，我很感謝你……」

「嗯，我大概明白。我也沒有多想什麼……之前聊著聊著，便過來幫忙了。我實在沒辦法完全不插手。」

我苦笑著說，雪之下搖頭，要我不用在意。

「沒辦法。因為一色同學也很依賴你。」

然後，她終於露出笑容。隱含調侃之意的語氣，感覺也很久沒聽見了。「很依賴你」還真是漂亮的換句話說。這是最近流行的政治正確嗎？

「一色也成長了許多，到時候就沒我的事了吧。這樣一來，我也不用再做這類型的工作。」

「是嗎？我不認為她會輕易放過你。」

「好可怕的說法。不要啦，嚇死人……」

嘴巴動起來後，僵硬的身體也隨之放鬆。我一邊做事，一邊隨口回應。在我整理麥克風的線，以免它纏在一起時，旁邊傳來些微的震動聲。

「不好意思。」

雪之下拿出手機，盯著螢幕，然後疲憊地嘆息。舞臺的背光燈照亮深鎖的眉間。雪之下維持那個表情，抬頭看向控制室的小窗戶。我也跟著看過去，一色在窗邊雙手合十，朝這裡低下頭。

「……怎麼了？發生了什麼事嗎？」

「小事而已。」

語畢，雪之下有點急促地走出側臺。出問題了嗎？我有點擔心，跟在她後面從側臺探出頭。

她和平塚老師在臺下交談。雪之下的母親和陽乃也來了。

為什麼老師會在這裡……更重要的是，為什麼雪之下的母親和陽乃也在……在我感到疑惑時，平塚老師隔著雪之下，與我四目相交。

「喔，比企谷也在啊。不好意思，在你們準備的時候打擾。」

「啊，不會……」

平塚老師揮手跟我打招呼。雪之下的母親也注意到我，揚起嘴角微笑，還模仿平塚老師輕輕揮手。

「比企谷同學，又見面了呢。」

「哈哈……您好……」

可以的話，真想打完招呼後，立刻離開現場。

不幸的是，對方很明顯想繼續對話，招手示意我過去，一旁的陽乃也緊盯著我。看樣子是逃不掉了。我迫於無奈，拖著沉重的步伐走近幾步，雪之下的母親愉快地開口。

「你會參加舞會呀。期待你得意的舞步。」

「哈哈哈……」

我乾笑著回答，陽乃投以懷疑的目光，似笑非笑地開口。

「喔？你擅長跳舞？」

「是啊，很擅長喔。連我都跟著起舞呢。」

雪之下的母親開玩笑地說，露出意外可愛的表情，咯咯笑著。

「唷……」

陽乃發出佩服的聲音，目光卻寒冷如冰。在我被她別有深意的眼神束縛住時，雪之下介入其中，擋住她的視線。

「妳們是來勘查的吧？後面還有很多事要做。可不可以快一點？」

「說得也是。」

面對焦躁地嘆氣的女兒，母親收起笑意，慢慢環視體育館內。

從她們的對話判斷，她大概是來檢查舞會是否保有高中生的健全性。先前剛才聯絡雪之下，便是請她負責應付吧。雪之下是統籌一切的負責人，自然是適當人選。

「在這麼短的時間準備到如此程度，真不簡單。特地擬定廢案爭取時間，也算值得了。」

雪之下的母親從牆壁到天花板看了一圈，點點頭之後，跟我對上視線，定睛停下。

「而且，看了規模那麼大的企劃書，實在沒什麼好抱怨的。那些有意見的人應該也會接受吧……很不錯的計畫。」

「呃，不是我做的。這些全是——」

全是妳的女兒——正要說出口時，她身後的陽乃瞇起眼睛。陽乃一句話都沒說，視線卻彷彿在試探我。

託她的福，我才沒說溜嘴什麼。

我不該在這個地方插嘴。刻意大聲主張不是自己的功勞，不但沒有任何意義，還會造成反效果。

我閉上嘴巴，雪之下的母親則是歪過頭，等待我把話說完。

我沒有回答，而是望向雪之下。

即便只是三言兩語，該出面的不是我，而是雪之下本人。畢竟對方可是會在雞蛋裡挑骨頭，最後索性將雞蛋敲碎的人。要是我隨便幫雪之下說話，可能反而害了她。

這時，平塚老師大概理解了這陣沉默，抑或我的視線之意，輕笑出聲。

「這一切全是多虧各位家長的體諒及協助。對吧，執行主委？」

她開玩笑似地輕拍雪之下的背，對她微笑。雪之下忽然被點名，一時不知所措。但她隨即明白平塚老師故做鄭重的口吻，以及最後那句話的意圖，立刻回神。

「是，是的。身為本企劃的負責人，我在此致上謝意。」

雪之下用跟先前完全不同的恭敬態度道謝，對母親行了漂亮的一禮。

「雖然可能有不完備之處，今天是值得慶祝的日子，還請您多多包容。各位來賓若有疑問，我會負責解說。」

雪之下緩緩抬頭，筆直凝視母親。她的動作、表情，都包含明確的距離感與緊張感。

「嗯，儘管身為母女，態度還是要莊重。總算有負責人的樣子了……那麼，我也以家長會理事的身分仔細評斷。」

「請儘管評斷。」

看見愛女堅毅的態度，雪之下的母親露出得意的笑容。她打開扇子，擋住那扭曲的嘴角，再次用銀鈴般的聲音輕聲說道：

「方便立刻請教幾個問題嗎？首先，關於預定結束時間跟散場後的處置……」

「是。關於會場周邊的安全對吧。我們已在那邊備妥資料，可否勞煩您移駕？」

雪之下帶著母親及平塚老師離去。

最後，陽乃慢了幾步邁出步伐。在經過我旁邊時，觸碰我的肩膀，附在我耳邊說：

「忍下來了嘛……那樣就行了。」

溫柔的聲音甜美到我的背脊發涼，還伴隨在此之上的寂寥。

陽乃留下這句話，不等我回應便離去。

獨自留在原地的我憂鬱地深深嘆息，仰望天花板。

× × ×

若是以前，我肯定會耍小聰明，多管閒事。

不過，今後再也沒有這個必要。更正確地說，是不能這麼做。我終於理解這一點。

我有能力做，以及可以做的事非常有限。

以現狀來說，我該做的只有一件事。

那就是工作。

吁出一口長氣後，我也動身回去準備室。

叩叩叩地踩著狹窄的樓梯，打開門。

「辛苦了——」

一色靠在旋轉椅上轉圈，一副無聊的模樣。我拉開旁邊的椅子，坐到擴音系統前，順便把一組對講機交給她。

「辛苦了。這個給妳。」

「好。謝謝——」

一色挪動椅子靠過來，接過對講機後，把臉湊到我的耳邊，說起悄悄話。

「沒問題吧？那個老太婆說什麼？」

「老……妳喔……」

以年齡來說，對方還算年輕吧。雖然我不知道她幾歲啦。只不過，不愧是那對姊妹的母親，也是一個大美人，同樣散發出恐怖的感覺，但偶爾會表現出可愛的一面喔。這樣反而讓人覺得更恐怖啦。

本來打算為她說話，仔細想想，講了八成也沒用。一色之前跟她起過衝突，想必不會有什麼好印象。真巧，我也是我也是！

因此，我放棄幫她說話，只回答問題。

「放心，雪之下處理得很好。」

「喔～」

一色以手托腮，興致缺缺地應聲，然後咕噥道：

「看來不需要翻譯了呢。」

「什麼？」

「你不是能正常地跟雪乃學姊說話了嗎？開會的時候，還有剛才也是。」

一色抬起下巴，指向那面小窗。看來剛才在舞臺的那一幕，被她看得一清二楚。

「……呃，工作方面不需要翻譯吧。我只是不擅長對話跟閒聊，談公事反而很拿手。」

「誰會為這種事得意啦……」

她揮揮手，露出無言以對的樣子。接著，她將手貼上臉頰，發出困擾的嘆息。

「也是啦。的確有光是談公事，就自以為在對話的男生。」

「別再說了。就是有些男生沒藉口便不敢跟女生說話。他們很可憐好嗎？」

一色無視我的阻止。

「那種人大概講個三次話便開始直接用名字稱呼，第五次便想約出門。實際告白後，卻又不再找我說話。」

「別說了別說了別說了，拜託妳別說了……咦，等等，妳難道跟我同一間國中？」

「並不是……不過，學長你也會像這樣找藉口……」

一色對我投以鄙視的眼神，然後忽然想到什麼，迅速跟我拉開距離。

「啊！難道學長是想借公事靠近我最近差不多要告白了嗎跟你出去玩是可以不過更進一步的事請等統統告一段落再說對不起。」

她一口氣說完後，恭敬地對我鞠躬。

「好好好，等統統告一段落再說。所以快動手工作，否則哪裡做得完。」

「出現了……完全沒在聽人說話的態度……」

認真聽妳胡扯的人才有問題吧……

「話說回來，我並不討厭工作喔。」

一色氣呼呼地戴上對講機，裝模作樣地翻開流程表，還拿出筆記型電腦，開始打字。我將她晾在一旁，著手確認擴音系統的操作方式。

忽然間，一色露出笑容。

「……我滿喜歡這種時間的。」

「是啊，幕後人員特有的樂趣。」

實際上，操作擴音系統之類的機器，戴上對講機當起助理，有種莫名的充實感。我也戴上對講機，檢查功能是否正常。這時，一色將椅子轉過來面向我。

「學長明年還有興趣嗎？」

「明年輪到我被送走耶……」

儘管不排斥這類工作，若連自己畢業時都得幫忙，實在有點說不過去。我露出苦笑，但一色一臉正經。

「……不對。我說的是侍奉社。」

她將手放上大腿，挺直背脊，面色凝重，語氣誠懇。這句話一定有許多種含意。但無論是哪一種，我的答案都不會變。

「這種事應該去問社長。我對此沒有任何權限。」

儘管如此回答，緊盯著我的那雙眼睛，不允許模糊的答案。我敵不過她給的壓力，忍不住移開目光。

「……而且，這個社團會消失。」

我大概是第一次，實際說出這件一直深有所感的事。

至今以來，由比濱和雪之下，或者平塚老師也是，應該都隱約地注意到，只是一直沒有明言。即使是包裝成玩笑，在對話中隨口說出過，也沒人當成明確的宣言或加以確認。因此，才得以一直不去正視。

此時此刻，我將其化為言語，使其成為不可避免的明確事實。

「所以，我沒有工作的理由。」

我如此斷言後，終於敢正視一色。我們目光相交，一色的眼神轉為溫柔。她笑了笑，輕描淡寫地說：

「我有感覺到。不過，有什麼關係？」

「咦，什麼叫有什麼關係……」

「不是以社團的身分也沒關係。形式不是問題。以學生會的身分也可以……其實，我們有一個空缺。」

她露出不服輸的笑容，還開玩笑似地補充道。因此，我也笑著回應：

「去找雪之下啦。她應該滿喜歡這種事的。」

「……是有那個打算。我還會找結衣學姊。只要能大家一起做事就好。」

「別胡思亂想。空缺不是只有一個？」

一色挺起胸膛，得意洋洋地笑著。

「到時候就炒掉副會長。」

「好過分……」

人家那麼認真耶……我太過同情他，差點淚崩。呃，不過他跟書記妹妹的感情不錯，好像沒有同情的餘地？別小看工作了，給我乖乖幹活！

我明白一色是在開玩笑，也明白那是無法實現的夢想。所以，我不會刻意否定，而是讓這個話題停留在閒聊的階段。

否則，我可能真的會開始認為那樣也不錯。

本以為自己笑得很自然，看來我果然還是不擅長。

一色面帶淺笑，溫柔地看著我。她的表情和將頭髮撥到耳後的動作，看起來十分成熟。不，遠比我成熟。

「我覺得這樣才最實際耶～聽從可愛的學妹可愛任性的請求，維持和樂融融的關係。不賴吧？」

這個建議非常吸引人。說不定是最接近理想的型態。

我明確地感覺到，內心產生瞬間的動搖。

一色彷彿看穿我的想法，露出誘人的笑容，從椅子上探出身子。

亞麻色髮絲輕輕搖晃，撫過我的臉頰，留下洗髮精的味道，甜蜜的香水也搔弄著鼻尖。她把手放在我的椅子扶手上，另一隻手放到嘴邊，在我耳邊呢喃。

「……我可以提供藉口給你喔？」

我反射性地退後，椅子的輪子發出喀啦聲，跟她拉開距離。一色也坐回自己的椅子上。

我心臟狂跳，汗如雨下，小鹿亂撞，一色卻神情自若，甚至有種確信什麼事都不會發生的感覺。

倘若一色真的認真拜託我加入學生會，無論是要擔任副會長還是庶務，我八成都會答應。即使沒有職位，我也不排斥以個人身分幫忙。

一色很清楚該如何使喚我，跟吾妹小町同樣拿手。我想這點小事她不會不懂。我可是公認對妹妹跟學妹沒轍的人。如果她認真拜託我，就算嘴巴上抱怨不停，我最後還是會幫忙。事實上，至今以來都是這樣，一色理應也知道。

然而，現在她卻耍了小伎倆。她的意圖，連我都明白。

「妳真是個好人……」

笑聲與深深的嘆息一同傳出口中。

一色比了個橫V，對我眨眼。

「對吧？別看我這樣，我可是個好使喚的女生。」

一色伊呂波笑著說道，她的表情及動作，只能用可愛小心機來形容。她藉由這樣的動作，盡全力以我的學妹，以對我們來說的一色伊呂波的身分，陪伴著我們。

好不好使喚我不知道，至少她肯定是個好女生。

既然如此，我也該說出符合我個性的回答。

「我會好好考慮妳的建議，妥善處理。」

「那不是絕對不答應的意思嗎……算了，很有學長的風格。」

一色無奈地嘆了一小口氣，立刻露出奸笑。

「不過，別看我這樣。我也是個不死心的女生。」

「看得出來……」

我們相視而笑。

一色忽然望向時鐘。

「……時間差不多了。」

戴在耳中的對講機傳出雜訊，接著是冷靜的聲音。

『這裡是雪之下。舞會準時開場，請各位做好準備。現在開始讓來賓進場。』

「一色收到！播放會場音樂──」

一色對我使了個眼色，我點頭回應，按下播放鍵，慢慢將音量控制器往上推。目前沒有問題。我的工作只有循環播放快節奏的曲子，炒熱等待時間的氣氛。

隨著來賓進場，會場逐漸熱鬧起來。如果這裡有螢幕，就能清楚看見會場的狀況，不過現在也不能要求那麼多。我從控制室的小窗戶探出上半身，察看情況。

底下是華麗的景色。遠遠看過去，七彩禮服四處穿梭的模樣，有如櫻花的花瓣。

有句話說，盛開的花朵正因為會凋謝才美。此情此景，或許正是因為即將迎來結局，才顯得美麗。

我們最後的活動，終於要開始了。

× × ×

雖然歷經一番波折才走到這一步，舞會開始後，一切都按照計畫順利進行。有個好起頭，之後也沒出問題。

本來擔心的投影片也順利結束。短暫的閒聊過後，終於進入舞會時間。

一色上臺帶動氣氛，我則聽從雪之下的指示，按照曲目表播放音樂。舞會用的音源已經統統設定好，根本用不著我動手。

我深深靠上椅背，盡情伸展因長時間坐在桌前而僵硬的背部。椅子吱嘎作響，腰骨也發出清脆的喀喀聲。

「看起來很累呢。」

我望向聲音的方向，剛才還在臺上的一色已回到控制室。

「嗯？喔，辛苦啦。」

我簡短回應後，一色一臉「拿你沒辦法」的模樣，拉開旁邊的椅子。

「要不要去休息一下？我留在這裡。」

她大概聽見我剛才活動筋骨發出的聲響，貼心地說道。雖然不是很累，我正好想去洗手間，就恭敬不如從命吧。

「嗯，那我出去走走。」

「慢走──」

在她毫無霸氣的應聲下，我離開調整室。

我扭動肩膀，取下耳機，踏著變輕快的步伐，輕盈地跑下樓。噠噠噠的腳步聲，與撼動全身的舞曲重低音重疊。

來到舞池，中間聚集著許多人，館內被熱氣所籠罩。

從旁看來，可謂盛況空前。

在盛裝打扮的人群中，制服顯得特別醒目。我在舞池的一角，擺放外燴及飲料的長桌角落發現由比濱。

她也看到我，對我揮手示意。我點頭回應，走向那邊。

「辛苦囉。」

為了避免說話聲被從音響傳出的巨響蓋過，由比濱站到我身旁。

「妳也辛苦啦。不用接待客人了？」

「嗯，都這個時間了，應該不會再有人來，所以我們輪流休息。」

「畢竟以時間來說，已經接近活動尾聲了。」

「對呀。肚子好餓喔。」

由比濱一邊說，一邊搜刮桌上的點心。

「你也會吃吧？」

雖然還沒有很餓，我還來不及回答，眼前便出現一座甜點帝國。佇立於國土中央的，是蜜糖吐司宮殿。

原來如此，很適合拍照分享……

這裡的甜點跟園遊會裡由學生賣的不同，上面堆滿水果及鮮奶油，十分美觀。不過，說到底還是麵包吧？怎麼看都是麵包。不管擺得多漂亮，麵包終究是麵包。為什麼不多費點心思，減少一點麵包感呢？

「嘿！」

由比濱發出不像分菜時會有的吆喝聲，將麵包分到紙盤上。妳直接用手撕喔……好吧，我是無所謂。

在我困惑的期間，由比濱拿起麵包大嚼特嚼。

「好吃！鮮奶油超好吃的！」

還是老樣子，吃東西時一臉幸福……看她吃成那樣，蜜糖吐司的確越看越美味。之前吃的蜜糖吐司，是由外行人所做。這次則是由熊貓還是Uber Eats外送過來，由專業人士製作的蜜糖吐司，當然沒有不好吃的道理。

我如此相信，決定也嘗嘗看。

嗯……不就是麵包嗎……

嘴巴好乾喔。可能放太久了……應該盡早品嘗才對。算了，鮮奶油和蜂蜜的確很美味，是沒差……我動著嘴巴，由比濱咯咯笑著。

「你的表情跟之前一樣。」

有什麼辦法，這就是麵包啊……口中到現在還塞滿分不清是海綿還是橡皮擦，又硬又會吸收水分的物體，因此我嚼了幾口，用眼神對她訴說。

好不容易把最後一口吞下去，總算活過來了。正當我將手伸向桌子，準備拿咖啡喝的時候，舞池的音樂一變，燈光也換了顏色。

本來在慢慢旋轉，反射七彩燈光的迪斯可球，配合浩室音樂的節奏，灑下如同閃光燈的白光。

在閃著光的視線中，由比濱的笑容彷彿忽然罩上陰影。

「……你想好願望了嗎？」

為了聽見她壓低的聲音，我的臉自然而然朝她湊近。

「不……我還沒有特別想實現的願望。妳呢？」

「我之前說過的事，幾乎都實現了……幫忙舞會，開慶功宴，幫小町慶祝……啊，忘記要一起出去玩了。」

她扳著手指計算，想起還有事沒做，又把一根手指扳回去。

「等期末考結束，看要去哪裡吧。」

「期末考啊……嗯，不過想到考完就能出去玩，我比較有幹勁了！」

聽見考試一詞，由比濱沮喪地垂下頭。但是想到之後的計畫，她又開心地笑出來。這麼乖巧的孩子，會讓人想多給一點獎勵。

「如果還有其他願望，儘管吩咐。」

「真的嗎？那再拜託你一件事好了。」

由比濱踏著輕盈的步伐，遠離我一步，然後揪住制服的裙襬，右腳往後踏，微微屈膝，彎下腰。

「……可以跟我跳支舞嗎？」

她優雅地對我行禮，頭上的丸子頭晃了下，有如小小的皇冠。

這副模樣令我當場愣住。

不，是看呆了。

不久後，由比濱慢慢抬起臉。

本來應該是莊重的表情，現在羞紅到連在黑暗中都看得出。

「開、開玩笑的啦……啊哈哈……」

看到她快速地撥弄丸子頭以掩飾害臊，我的身體終於不再僵硬，露出淡淡的苦笑。

「現在不是跳那種舞吧……」

「說，說得也是！啊……好丟臉……」

由比濱哀號著遮住臉，隨後又仰望天花板，不停用手搧風。

妳被氣氛沖昏頭啦。還沒跳舞就這樣怎麼行？

我無言以對，發出深深的嘆息。

真是連自己都看不下去。

對於我接下來的行為。

我再度吁出一口氣。這次不是對自己嘆氣，而是為自己打氣。

我離開放餐點的桌子幾步，側身回過頭。由比濱看著我，一臉不解。

「……把手給我。」

我將手放在胸口，彎腰鞠躬，輕輕伸出右手。

由比濱愣了一下，立刻笑出來。她輕輕遮住揚起的嘴角，像在調侃我般，抬起視線問：

「現在不是跳那種舞耶？」

「不是妳先起頭的嗎……」

還不是妳在那裡裝模作樣，我才跟著如法炮製，僅此而已。不過，真的很難為情。早知道就別做這種事……後悔及自責一口氣湧上心頭，伸向由比濱的手迅速垂下。

然而，在那隻手放下前，由比濱用力抓住它。

「走吧！」

她牽著我的手，避開人潮走向舞池。

聚光燈和迪斯可球活力十足地在各處投射光芒，舞池裡的群眾也不甘示弱，興奮地擺動身體。

目前播的是輕快的流行曲。這種音樂的分類相當精細，我不知道該如何稱呼，姑且稱為電子舞曲應該不會有錯。至少不是男女貼著臉跳舞時播放的音樂。

她牽著我的手一甩，我的身體隨之轉了圈，還跟著踩著舞步，沒有跌倒。在音樂、熱氣與眩光籠罩，以及人群的推擠下，離時髦相去甚遠的拙劣舞步。

不過，再怎麼拙劣都無所謂。

大家都是玩得開心就好，沒人會管其他人是在跳舞還是呆站著。誰都沒在看。注視著我的，唯有由比濱一人。

燈光不是為特定一人照亮，而是配合節奏四處移動。我們甚至看不清彼此的表情。

只有她的笑容及牽在一起的手，看得一清二楚。

在盛裝打扮的人群中，穿著制服的我們有點突兀。但在享受短暫時光的人們似乎不介意，我和由比濱都極其自然地融入其中。在人多到快要滿出來的舞池中，為了避免撞到人，我時而環著她的肩膀，時而轉圈閃躲，繼續共舞。

兩腿隨著高處的音響灑下的音樂打著節拍，肩膀隨韻律擺動，雙手握拳舉到空中！

不管是再隨便的舞步，在旁邊看跟實際下去跳截然不同，比想像中還要累許多。

主要是精神方面……

不經意碰觸到的手、近在咫尺的臉龐、拂過耳朵的吐息。

累得要命的我跟由比濱對上目光。

她開心地笑了。

「你的表情好不甘願！」

「這種願望太難了……」

「對不起對不起！我不會再說了啦！」

笑聲參雜在音樂中，一同消失。

由比濱的呢喃融進其中。

「……下次，是最後的願望。」

在伸手可及的距離下，由比濱將額頭靠上我的肩膀。

我用斷斷續續的聲音，回應她的輕聲細語，但同樣被音樂蓋過。

不久後，樂曲的音量逐漸降低，進入下一首曲子。舞會時間大概快結束，下一首的節奏偏慢。根據曲目表，再下一首是相當動感的標準舞曲，以迎接終場。也就是說，這是最後一首慢舞曲，我也不得不回到工作崗位。

「……我得回去了。」

「嗯，我也是。」

我們同時放手，各退一步。

不久之後，類似鐘聲的重低音，宣告魔法般的時光結束。

× × ×

我的腳步聲在通往控制室的樓梯迴盪。

沒有玻璃舞鞋，沒有美麗的雙腳，有的只是又舊又髒的室內鞋。魔法般的時光結束後，便得像灰姑娘一樣，回到那積滿灰塵的房間。

等待魔法解除的灰姑娘回家的，是壞心的繼母及義姊。等待我的又會是誰？我這麼想著，打開控制室的門。

「歡迎回來！好慢喔。要先工作？還是要工作？……還是說～要．工．作？」

等待我的是露出燦爛笑容裝可愛，當起新婚妻子，卻明顯在生氣的母老虎學妹。

明明充滿新婚妻子感，三個選項裡卻沒半個有家庭味。

「是，對不起。我去工作……」

「我用對講機叫了很久耶！雖然時間上來得及，是沒關係啦。」

一色鼓起臉頰抱怨了一番，倏地起身。

「那我去準備最後的致詞。剩下的交給學長了。」

「好。慢走。」

「我走了！」

一色精神飽滿地回應。目送她離開後，控制室裡剩下我一個人，在場只聽得見音響深處傳來的重低音。

我看了看時鐘和流程表，儘管多少有點延遲，他們大概在各個環節做了調整，使活動得以準時結束。

之後，一色會為上臺做最後致詞，為舞會劃下句點。我重新戴上在休息時間取下的對講機。

一陣雜訊過後，傳來冷靜的聲音。

『──一色同學，準備好了嗎？』

是負責管控流程的雪之下。回應在數秒後傳來。

『──一色到達左側臺了。準備完畢。我要拿掉對講機囉。』

『──了解。在廣播通知上臺前，先在那裡待命。』

『──收到。等等見。』

對講機的對話到此結束。

椅背發出吱嘎聲，我將手交叉於後腦杓，仰望天花板。過沒多久，進入最後一首樂曲。這首曲子大概很有名，各處的舞廳都聽得到，舞池傳來興奮的歡呼。

我輕輕握住胸前的麥克風，按下按鈕，等待幾秒再開始說話。我已經了解如何使用，才能讓麥克風確實收到聲音。

「──這裡是音控，現在是最後一首。」

『──了解。我在右側臺打結束的信號給你，小心別看漏。』

聽見雪之下的回應，我從小窗戶探出頭。

雪之下站在右側臺的簾幕後方。

我在窗邊撐著臉頰注視她，她抬頭瞄了這邊一眼，將嘴巴湊近領口的麥克風。

『——看得見嗎？』

「——嗯。清清楚楚。」

『——是嗎？那你在哪裡？觀眾席？』

雪之下從側臺探出頭，作勢四處張望。

「——上面啦。看上面。妳剛才不是往這邊看了嗎？」

我用非常苦悶的語氣回答，回到簾幕後面的雪之下微微駝背，肩膀在晃動。由於她沒打開對講機，麥克風收不到音，但我還是看得出她在笑。

不久後，雪之下帶著未完全收起的笑意，看向控制室。

『——不小心的，因為我不習慣抬頭看你。』

「——意思是低頭鄙視我就很習慣囉？是沒差啦，反正我也習慣被鄙視。」

『——你的奴性倒是挺值得瞻仰的。只是可能會看到脖子和肩膀痠痛。』

沒有大到會肩膀痠痛吧……我可不會說是什麼喔！

才如此心想，雪之下便投來凶狠的目光，握緊別在平坦的胸前的麥克風。

『——你說什麼？我沒聽清楚，可以再說一次嗎？』

「什麼都沒說啦……」

我反射性地瞬間回答。前幾個字可能來不及被收音。

想起之前也像現在這樣，兩人隔著對講機講閒話，我不禁失笑。當時還有其他人聽到，害我丟臉得要命。

不過，現在應該只有我和她兩個人。

只要隔著足夠的距離，透過機器，以及無關緊要的話題，我們就能像這樣自然交談。這段對話甚至可以永遠持續下去。

唯有時間會為此劃下句點。

擴音系統顯示著音樂剩餘的秒數。

離結束剩下短短數十秒。

我從螢幕上移開視線，再度將頭探出窗戶。

右側臺的簾幕後方，雪之下抬頭看著這邊，微微歪頭，用視線詢問怎麼了。她似乎是納悶我為何突然從窗邊消失。

沒事啦。

我幾乎沒動嘴唇，也沒開對講機，只是在口中呢喃。以距離來說，她不可能聽見這句話。

雪之下依然歪著頭，一臉納悶。

我搖頭表示什麼事都沒有，她才輕輕點頭，大概是姑且明白了。

側臺處於黑暗中，迪斯可球的光不時照入，將她端正的面容、天真的動作、美麗的微笑照得一清二楚。從她那邊看過來，控制室位於逆光處，應該看不清楚。

多虧如此，雪之下看不見我現在的表情。這麼滑稽的表情，哪能讓她看見。腦中的想像太過愚蠢，我自己都忍不住笑出來。

肯定是因為這個關係，才讓我產生那愚蠢的想法。

左舞臺跟右舞臺，一方抬頭仰望，另一方低頭俯視。

如同以前看過的舞臺劇。

陽臺的高窗和控制室的小窗差了十萬八千里，男女位置也正好相反，雙方輕聲說出的話語根本稱不上甜言蜜語，而是透過機器討論公事。因此，我們迎接的結局，肯定也不會相似吧。

腦中浮現這樣的想法，我忍不住笑了出來。

我們大概無法迎接那種幸福快樂的結局。不過，屬於我們的這段時間也將迎來尾聲。

我從時鐘顯示的數字逆推結束時間，握住對講機。

「——音樂差不多要播完囉。」

由於我隔著對講機說話，無論如何都會產生延遲。雪之下按住耳機，垂下目光。

『——了解。』

簡短的回答後，仍然傳來沙沙聲。她大概還按著對講機的開關。

過了兩、三秒。

雪之下連同領口捏緊麥克風，像呢喃般地說道：

『那個，比企谷同學……』

我怎麼等都等不到後半句話，只聽得見雜音及細微的呼吸聲。

『……一定要實現她的願望喔。』

聲音到此中斷。

雪之下微微低頭，看不見她的表情。

在時差及距離隔閡下，參雜雜訊的單行道。

單純討論公事，開無聊的玩笑，避免提到其他話題。

想必這才是正確的距離感。

我該說的答案已經很明顯。

「——我知道。」

樂曲即將結束。

最後的高潮後，尾聲的殘響逐漸消失，燈光跟著逐漸轉暗。來賓意識到舞會結束，離別之時就要到來，紛紛用掌聲、指笛及喝采迎接這一刻，場面一片歡騰。

『——謝謝。到此結束吧。』

等會場的喧鬧平息，雪之下舉起手，對我打信號。

「收到囉。」

我沒有用對講機回應，而是喃喃自語。

登場音樂輕輕流瀉而出，觀眾逐漸安靜下來。我看準這個時機，慢慢提高音量。非常感性的演出。

我按下對講機開關，靜待數秒後開口。

「——好，音樂放了。」

『——了解。廣播完後，一色就定位便降低音量。我會打信號給你。』

音樂播完一個段落，來賓已經安靜下來，默默等待結束的那一刻。

雪之下看時間差不多了，開始朗讀講稿。

「感謝各位畢業生今日前來參加總武高中舞會。再次恭喜各位畢業。最後，由執行委員上臺致詞。」

一色伴隨掌聲登場，聚光燈跟著她的身影移動。最後，光線的軌跡到達舞臺正中央。

雪之下抬頭看過來。

在飛舞的閃亮光粒間，陰影深處，她靜靜地舉起纖細的手臂。

手臂的高度不上不下，難以判斷究竟是要舉起還是放下。

她帶著悲傷的笑容，對我發出結束的信號。

然後，輕輕揮手。

我配合她的指示，一點一點地降低音量，如同拉下帷幕。

Interlude

從黑暗中仰望的控制室的小窗，實在太過遙遠，無法觸及。

將手伸向無法觸及的高窗，宛如莎士比亞作品的情節。

我和他的關係、立場，一切都大不相同。只因為構圖相似，便產生這種想法。

我下意識地露出自嘲的笑容。

我們的關係不會迎接那麼淺顯易懂的幸福結局。

而是一直維持甚至不知如何稱呼的關係。

我、他，還有她。

我們三人的關係，沒有稱呼方式。

不過，如同玫瑰還有其他名稱，芬芳的香氣並不因此改變。

既然如此，我們的關係也會是這樣吧。

就算用其他名字稱呼這段關係，也不會改變。

一定是這樣。肯定沒錯。

明明完全不相信，我卻嚥下甜美如毒藥的話語，讓自己陷入沉睡。

儘管看不清楚背光處的他帶著什麼樣的表情，總覺得他好像突然笑了。

正打算詢問什麼事時，對講機發出雜音。

接著，便被告知結束時刻的來臨。

愉快的聊天也到此為止。

這樣就結束了。

我回應後，補上一句極其簡短的話，放開麥克風。

用舞臺簾幕後的有線麥克風念出講稿，閉幕典禮正式開始。只要開始放音樂，演員站上舞臺，就結束了。

之後只需要打信號給他。

我朝控制室舉起手。

可是，我沒有將手伸向高窗，因為我明白那遙不可及。

我只是輕輕揮動。

揮動那失去目標，無處可去的手。

5 颯爽地，平塚靜邁向前方。

舞會按照預定時間結束，會場善後完畢時，天色已暗。

我離開曲終人散後顯得寂寥的體育館，走向主校舍的會議室。

舞會的相關人士都在那裡集合。

雖說是相關人士，其實也沒有那麼多人，主要是學生會、以雪之下為中心的工作人員、我和由比濱、來幫忙的運動社團雜工，以及平塚老師和部分家長會成員。

活動結束後，我們辦了一場只有相關人士參加的小型私人慶功宴，以慰勞大家。

眾人圍著擺滿輕食及飲料的長桌，排成一圈。

一色站在前方左顧右盼，確定每個人都拿到飲料後，用手肘戳了戳身旁的雪之下。

「雪乃學姊，帶大家乾杯吧。」

「我，我嗎？」

一色對困惑的雪之下點頭，默默施加「動作快」的壓力。她們兩人大眼瞪小眼，經過一番攻防戰後，雪之下輕嘆一口氣。

「那麼，恕我僭越……」

她心不甘情不願似的，苦著眉梢和嘴角，拿著紙杯向前一步。

然後，倏地抬頭，露出清爽的微笑。

「多虧各位協助，舞會才能順利舉辦。非常感謝各位。工作人員也真的辛苦了。希望這個舞會能成為本校的固定活動，明年也用這個方式為我們送別……乾杯。」

她一掃先前的不甘願，還頗有幹勁地講了一長串。眾人跟著喊乾杯後，我也稍微舉起紙杯，旁邊的由比濱輕輕把杯子靠過來。

「辛苦了～」

「嗯，辛苦了。」

我們乾了杯，卻沒有繼續交談……

剛才一起跳舞的事，讓我既尷尬又害臊，不敢直視她的眼睛。由比濱似乎也一樣，她只是小口小口地喝飲料，無所事事地滑手機。過沒多久，由比濱大概想到什麼，拍拍我的肩膀。

「對了，折本同學傳訊息給我，問之後有什麼安排。」

「啥？啊……」

我納悶了一下，又很快想起來。為了增加假舞會計畫的真實感，我把海濱綜合高中扯了進來。儘管我們為了宣傳及拿出實際成果，開過一次會，之後因為忙著辦舞會，事情就這樣不了了之。

慘了，我忘得一乾二淨……既然舞會已經平安落幕，假舞會那邊也得處理一下才行。具體上來說，身為發起人的我必須下跪，或是在鐵板上下跪，或是在油鍋裡下跪，炸得酥脆又多汁。

「我會去跟他們說。電子郵件或手機都行，可以幫我問一下她的聯絡方式嗎？」

「嗯，了解。」

話剛說完，由比濱立刻聯絡折本。過沒多久，對方便傳來回應，由比濱的手機發出「叮咚」聲響。

「嗯，傳給你了。」

「謝謝……」

我向她道謝，拿出手機確認，的確看到由比濱的簡訊。

好了，該如何道歉呢？在我思考之時，跟由比濱的對話再度中斷。雙方明明坐在一起，卻只是各自滑手機，宛如現代日本的縮圖。

在這麼近的距離下不說一句話，反而表現得太在意剛才的事。話雖如此，我也想不到能化解尷尬的幽默話題。

「抱歉，打斷一下——」

我低聲沉吟到一半，一色走到會議室中央，把手舉高，吸引眾人的注意力。

「雖然很抱歉是剩下的外燴餐點，請大家不必客氣，盡情享用這些輕食。要是再剩下來，就只能丟掉。所以盡量吃吧！」

她用力握拳，爽朗地說道。但那過於坦白的表達方式，讓在場所有人略為退卻。

「誰聽了那種話還會有食慾……」

「啊哈哈……啊，不過我還是拿點東西好了。」

由比濱苦笑著說，噠噠噠地跑出去。我看著她離去，靠到牆邊。

沒話題的時候，有點食物或飲料動動嘴巴很忙就太好了。這樣一來，就能用「我現在嘴巴沒空，所以不能說話」當作藉口。香菸也有同樣的效果。根據調查，約八成的吸菸者是為了掩飾沉默跟沒話聊才抽菸（我調查的）。

不曉得是不是因為剛好想到這種事。

我聞到一股濃厚的焦油味。

「辛苦了。你挺努力的嘛。我在旁邊也看得很開心。」

平塚老師大概剛去外面抽菸，她揮著手走過來。

「只是在旁邊看嗎？機會難得，怎麼不加入？」

這場舞會是為即將離開學校的人策劃。畢業生自不用說，平塚老師應該也有資格。聽我這麼說，平塚老師輕輕聳肩。

「我的舞臺在離職典禮。到時候，我就是主角了。」

她有點誇張地開玩笑，我不禁苦笑。離職典禮預計在四月初舉辦，那的確是為平塚老師準備的舞臺。

然而，既然是學校辦的活動，氣氛不會像今天輕鬆自在。她將以教師的身分，我則以學生的身分莊重道別。僅此而已。

我並不是完全不會寂寞。只不過，講了也沒意義。我像平常一樣微微揚起嘴角，露出嘲諷的笑容。

「離職典禮上應該不可能跳舞吧。」

「是啊，真可惜。我也想跟你跳一次舞。」

聽到平塚老師的輕笑，我忽然覺得不太對勁。

她「也」想，也就是說……

理解那個意思的瞬間，我手中的飲料泛起波紋。

「……您看見了？」

我壓抑著內心的動搖，瞇眼看著平塚老師，她露出意味深長的微笑。看到這裡，她剛才說的「辛苦了」和「在旁邊也看得很開心」顯得別有深意。嗚啊，好想死！

我抱著垂下的頭，聽見愉快的交談聲。抬起臉一看，雪之下和由比濱正往這裡走過來，一色也小步跟在後面。

「辛苦了。」

雪之下對我說，我點頭回應。她輕輕舉起紙杯示意乾杯，我也跟著拿起杯子。

「……辛苦了。一切都很順利，太好了。」

「謝謝……」

我們沒有碰杯，只是冷靜地交談。杯中的飲料甚至沒有晃動。

由比濱跟一色微笑著對彼此道謝，互道辛苦，一片祥和。

現場聚集了核心人物，各處打招呼的人自然也往這邊走。雪之下的母親當然包含在內。

「很出色的活動呢。」

她帶著陽乃過來，雪之下將紙杯放到桌上，挺直背脊，彬彬有禮地低頭致謝。

「十分感謝您的協助。多虧有您的指導，舞會才能圓滿落幕。」

「不。我才要感謝妳答應我們突如其來的要求。」

雪之下的母親也鄭重回應，深深一鞠躬。

接著，兩人抬起頭，相視而笑。

「這次擔任負責人，辛苦妳了。做得非常好。媽媽很欣慰喔。」

雪之下的母親將扇子抵在嘴邊，露出柔和的笑容。聽見母親帶著調侃的話，雪之下略顯害羞地扭動身子，頻頻注意周遭的視線，輕咳一聲。嗯，在這麼多人面前跟母親說話，有點難為情呢……

溫暖的視線落在雪之下母女身上。含笑的吐息聲中，傳出格外愉快的笑聲。

「我也看得很開心。太好了太好了。」

這只是平凡無奇，單純的談笑。

可是，由雪之下陽乃說出口，便難免懷疑有另一層意思。表面上和樂融融，我卻感覺到一絲緊繃，而皺起眉頭。這時，陽乃笑得更開心了。她帶著有如柴郡貓的微笑，站到母親與妹妹之間。

「因為這就是雪乃想做的事。妳不是也打算報考這類型的系所嗎？」

「想做的事？」

雪之下的母親微微歪頭，凝視陽乃。陽乃以冷笑面對她的視線，立刻移開目光。

「不如去問她本人？」

陽乃輕描淡寫地說，母親的視線緩緩回到雪之下身上，雪之下的手指顫了一下。這個舉動顯示出她的緊張感。

「關於這件事……我對父親的工作有興趣，希望未來能參與其中。」

聽見女兒緩緩說出的話，雪之下的母親將手拿到嘴邊。這個動作，看起來像驚訝得倒抽一口氣。

雪之下大概忍受不了她的目光，而垂下視線。

「我明白這次的活動跟將來沒有直接關聯，也明白這無法保證什麼。而且，這是很久以後的事，不是現在……」

雪之下一字一句從口中擠出話語之後，吸了一小口氣。

「不過，至少想先讓妳知道，我有這個想法。」

她慢慢抬頭，與母親四目相交。

雪之下的母親始終沒有應聲，默默聽到最後，「喀嚓」一聲收起扇子，瞇細雙眼。

「……妳是認真的。對吧？」

連只是旁觀的我，都為她的聲音不寒而慄。剛才的柔和眼神蕩然無存，釋放出有如看到弒親仇人的寒意。在場所有人都緊張得屏息以待，現場的空氣彷彿快要凝結。不知不覺間，我也下意識地移開目光。視線前方，只見陽乃百無聊賴地看著自己的手指。

母親銳利的視線，令雪之下畏懼了一下。但過沒多久，她便點頭回應。母親默默觀察她緊張的面容，最後，忽然揚起嘴角。

「是嗎……我明白妳的心情了。如果妳真的這麼希望，我也會給予支持。之後慢慢思考吧，沒必要著急。」

在母親的微笑之下，雪之下點了點頭。雪之下的母親見了，挺直背脊。

「時間差不多了。我該走了。」

她看了陽乃一眼。陽乃只用眼神回應，彷彿在說「妳先請」。

「那麼，容我先失陪。」

雪之下的母親深深鞠躬，平塚老師立刻跟到她身旁。

「我送您。」

「不，沒關係。」

「不不不，請讓我送您到大門口。」

「不用，真的沒關係。還有學生留在這邊呢。」

「十分感謝您如此貼心，那麼，至少讓我送您到外面。」

「哎呀，不好意思，謝謝您。今天小女真的受您照顧了。」

她們展開一長串的推辭，一點一點地往門口移動。看到這幅景象，我莫名感慨起來，平塚老師也是個社會人呢……

「我們也該散會了。那麼──學生會的各位，開始送客跟檢查門窗。」

一色拍拍手，學生會成員立刻行動。他們嘴上跟前來幫忙的人道謝，實際上則是在趕人。

我們感到一陣虛脫，當場大嘆一口氣。

「剛才超恐怖的……」

「對吧……雪媽超恐怖的……」

「你怎麼這樣叫人家……」

我的語氣透露太過強烈的實感，由比濱不禁苦笑，現場的氣氛也緩和了一些。

由比濱對旁邊的雪之下微笑。

「不過，太好了，小雪乃。」

「嗯……是啊……謝謝。」

雪之下的笑容還有點僵硬，大概是剛才與母親對峙的緊張感仍未緩解。但她慢慢把話說出來後，緊繃的肩膀跟著放鬆下來。

「姊姊，謝謝妳幫那麼多忙……」

雪之下咕噥道。陽乃表現出疑惑的模樣。

「謝什麼？」

「很多事……幫我說話，之類的。」

陽乃問道，雪之下紅著臉頰，支支吾吾地回答。參雜害羞的冷淡語氣相當可愛，由比濱為此露出笑容。

我想起陽乃答應過，她會在母親面前幫忙說話。這人也有姊姊的一面嘛，挺意外的。

陽乃本人則是愣住了。不僅如此，她還不耐煩地用手梳理頭髮，興致缺缺地說：

「啊──那個啊。我其實沒那個意思。」

陽乃的語氣冰冷至極，彷彿完全不記得那個約定。溫馨的氣氛瞬間一變。她無視不知所措的我們，豎起食指抵住下巴，歪過頭。

「嗯──好啦，媽媽應該是接受了吧？其他人我不知道就是了。對吧？」

她明明面帶微笑，這種說法卻只感覺得到惡意。

「……為什麼要問我們？」

由比濱勇敢地瞪著她。雪之下握住由比濱的手，大概是反射性的動作。殺氣騰騰的氣氛，害我也下意識警戒起來。

面對他人的敵意，陽乃仍舊不為所動，用一如往常的輕快語調，直截了當地說：

「至少我還沒接受。」

「……咦？」

我忍不住發出聲音。我張大嘴巴的模樣，八成滑稽到不行。陽乃像在嘲笑般吐出一口氣。

「我不能認同。」

講出這句話的，無疑是雪之下陽乃。

不過，那或許也是其他人抱持的想法。

原本打算永遠沉積在心底，任它沉睡，腐朽的些許疑念，如今化為實際的言語。如同被說中心事的錯覺，奪走我反駁的力氣。

不曉得陽乃如何看待這段比任何言詞更有說服力的沉默。她用明亮的聲音補上一句：

「啊，別誤會。老實說，我根本不關心家裡的事喔？我又不是特別想繼承家業。」

「那……」

雪之下的話只講到一半。她的視線前方，是陽乃的冷笑。陽乃掛著笑容，接著說道：

「可是呀，我一直受到那種待遇，哪能一下就服氣呢？自己死心之後，一直妥協，讓步到現在，然後變成這個樣子……不覺得要接受挺難的嗎？」

雪之下帶著困惑及悲慟的表情，咬緊牙關，垂下頭，用比平常還要稚嫩的語氣低喃。

「……為什麼，事到如今才講這些？」

「這是我要說的吧……雪乃，為什麼妳現在才說那種話？」

陽乃用安撫的口吻，說出告誡般的話。她的語氣帶有強烈的悲傷。我第一次看到雪之下陽乃扭曲的表情。

看到那樣的表情，瞬間語塞。

在雪之下看待心痛之物的同情目光下，陽乃輕輕瞇起眼睛。那雙眼睛，正在訴說她的不悅。

「這樣的結局竟然跟我二十年來的價值相同，我怎麼可能承認。如果真的要我讓給妳，請展現相應的成果。」

這句話看似平淡，卻藏不住語氣中的激情。嘴角明明掛著笑容，眼神卻相當有壓迫性。

所有人都被震懾住，啞口無言。

陽乃的輕笑聲，在靜寂中擴散。

「好了……跟小靜打聲招呼就回去吧。再見。」

陽乃留下這句話，悠哉地邁步而出。關上門的前一刻，她對我揮了揮手。

門靜靜關上，直到她的輕微腳步聲消失為止，我們都動彈不得，也不敢看彼此的臉。或者說，只有我一個人的視線落在腳邊。

只剩下三個人的會議室，顯得比剛才還要空曠，寒冷。

在鴉雀無聲，開始變得寒冷的凝重氣氛中，雪之下低聲說道：

「那個，對不起。姊姊……說了很多奇怪的話。」

「她一直都是這樣吧。已經習慣了。」

「好像是這樣呢。」

由比濱綻放笑容，雪之下也跟著露出微笑。

「嗯，謝謝你們的諒解。」

氣氛逐漸趨於和緩。

不過，雪之下的表情仍舊憂鬱。

「……可是，我覺得她今天有點認真。二十年來的時間，就是如此沉重。」

雪之下跟陽乃共同生活那麼長的時間，才會產生這種感覺。像我這樣的外人完全無法想像，連一絲同情都沒有。

這件事不宜隨口蒙混過去。這點小事連我都明白。因此，我能做的只有沉默及點頭。

但由比濱選了不同的做法。

她一步又一步，靠近雪之下的身邊。

「小雪乃的這一年……我們這一年的重量，也不會輸給她。這不是時間長短的問題。」

溫柔的聲音使雪之下抬起臉。我也為她真摯的表情看得出神。

由比濱吸了一小口氣，活力十足地挺胸，雙手用力握拳。

「而且，這段時間真的很奇怪耶！」

「奇怪……」

我感覺到緊繃的肩膀瞬間放鬆，還忍不住發出怪聲。雪之下也一時不知該做何反應，但隨後笑了起來。託她的福，我也總算露出笑容。

「嗯，是很奇怪。這個社團一開始就莫名其妙。」

我瞄向雪之下。

「我認為大部分是你的緣故。」

「對對對，所以超開心的……不過也有難過的回憶、討厭的回憶、辛苦的回憶，因為我們都在做奇怪的事。」

由比濱垂下視線。我和雪之下也被影響，一起望向下方。兩眼注視的並非腳邊，而是至今的軌跡。不必化為具體的言語，我們也能各自想像。

曾幾何時，我們也回顧過這一年的時間。當時的我們天真地笑著，絕對不去觸碰核心，只尋找令人懷念的回憶。

但現在，揪心的記憶、痛心的回憶、平淡的思緒，都浮現腦海。

我們的輕笑重合在一起。

由比濱抬起頭，用溫柔的目光看著我們。

「……不過，也有更多愉快、開心的事，是一段讓人再喜歡不過的漫長時間。」

「是啊……我一定也有自信這麼說。」

「嗯。」

聽見她們倆說的話，我也輕輕頷首，用不著特地說出口。

這想必是我人生中最漫長的一年。

這一年終於要結束了。

雪之下慢慢環視只有我們三人的會議室。

「最後的工作，也告一段落了。」

她的呢喃，在空中游移的目光，都不是針對我們，而是長桌上的餐點、無人使用的紙杯、漆黑的窗外、中庭裡的微弱燈光、沉入夜色的特別大樓、指針持續轉動的壁鐘。

不久後，雪之下的視線慢慢移回我們身上。

「……我覺得，若要做了斷，就要趁現在。因為這個時機真的很適合，跟姊姊說的那些話無關。」

「……我倒覺得如果能繼續下去，維持現狀也沒關係。不過如果小雪乃希望那樣，我沒意見。」

清澈的雙眸不知何時泛起水光，兩人的眼神落在我身上，像在等待我的答覆。

不過，根本不必問。

我不可能反對。

這本來就是被平塚老師逼著開始的活動，而平塚老師即將在今年離職，比賽也在前一陣子以我的敗北作結。

所以，我不會反對。

「我——」

這樣就好，這樣才對，讓一切結束是正確的。我全都明白。如她們所說，這才是理想的型態，正確的模樣，一個了斷。

我卻一句話都說不出來。

唯有嘆息糾纏不清，甚至讓喉嚨發疼。我嚥下帶有水氣的嘆息，試圖止渴，將這口氣連同話語吞回肺腑之中。為了擠出話語，我用力往後頸一按。即使如此，傳出口中的依舊只有嘆息。

這段期間，她們一直在等我。安靜的室內，響起不曉得是第幾次的沉重嘆息，我咬緊牙關。

這時，急促的腳步聲混入其中。會議室大門開啟時，我們同時望向門口。

「辛苦了──咦，大家怎麼了？」

帶著學生會成員回來的一色，錯愕地看著我們。她大概察覺到異常的氣氛。

我輕輕搖頭。

「什麼事都沒有。都搞定了嗎？」

「是的，剩下這裡而已。總之大家辛苦了。」

「是嗎……辛苦了。那我走啦。」

「咦，啊，這裡還沒收拾好……」

我沒有理一色，快步離開會議室。

不過，在走廊上走沒幾步，步伐就開始慢下來。

窗外已經一片黑暗，走廊上只有老舊螢光燈的微弱光芒。

眼前到處都沒有光亮。我拖著沉重的雙腿，緩步前行。

細微的腳步聲從背後接近。

「比企谷同學，等一下。」

一陣著急的聲音叫住我，袖口也被輕輕勾住。

我並不想回頭。

但我不能無視，也不能甩掉它。

唯有勾住我的衣袖，避免我逃跑的指尖，像救生索將我繫在這裡。

我杵在原地。無處可歸的聲音化為嘆息，我下意識地仰望天花板。將肺裡的空氣統統吐出來後，我終於整理好思緒，慢慢側身回頭。

站在我面前的，是雪之下雪乃。比夜色更加漆黑的美麗長髮有點凌亂，她用手整理好。雪之下似乎是趕著來追我的，呼吸有些急促。

她揪住胸口處的制服，一字一句慢慢說道：

「那個……我想跟你說清楚。」

雪之下彷彿在思考措辭，目光游移不定，最後落到走廊的玻璃窗上。我也無法直視她白皙嬌小的臉龐，而望向昏暗的窗邊。

走廊上的燈光照亮玻璃，映出我們的身影。我盯著玻璃中的她。

「今天謝謝你來幫忙……不只今天，你一直都在幫助我。對不起，給你添麻煩了。」

「沒什麼好道歉的。要說添麻煩的話，我給妳添了更多麻煩。當成互不相欠就行了吧。」

我揚起一邊的嘴角，對映在玻璃中的人影微笑。我們隔著玻璃四目相交，雪之下忽然笑了。

「說得也是，真的很累人。那麼，當成互不相欠吧。」

她的聲音帶有一絲調侃，輕快的語氣聽起來很愉悅，映在玻璃上的表情卻有點虛幻。也有可能是光線造成的。

「真的很感謝你。我受了你許多幫助。不過，已經……沒問題了。今後，我會努力靠自己做得更好。」

勾住袖子的力道略微增強，我反射性面向雪之下。

汽車駛過校舍前面的道路，車頭燈照亮了走廊一瞬間。我被燈光刺得瞇起眼睛的那一刻，看見她泫然欲泣的表情。

「所以……」

白光與引擎聲一同遠去，雪之下的聲音也隨之消散。雖然沒聽見之後的話，我大概能理解她想表達什麼。

從短短數日前，我關上社辦的門，手指放開冰冷手把的那一刻，就一直在心中告誡自己。

告誡自己已經夠了，讓它結束吧。

「……嗯，我明白。妳放心。」

其實我什麼都不明白。僅僅是為了結束對話才這麼說。

「那我走啦。」

明明已經道別，纖細的指尖仍然勾著我的袖口，沒有要放開的跡象。

這股力道並不大，只要輕輕一扯，即可立刻掙脫。但她纖細的手指看起來太脆弱，我不敢這麼粗魯。

因此，我用粗糙的手指盡可能小心地碰觸它，像在對待易碎物品般，輕輕將它拉開。

或許是因為猶豫該不該觸碰，我的指尖稍微抖了一下。也有可能是她被碰到，而顫抖了一下。

不過，在確認答案前，我們的手指就分開了。

「再見……」

回想起指尖的冰冷，我將手插進口袋，轉過身，頭也不回地離去。

可是，無論過了多久，走廊上都只聽得見一個人的腳步聲。

× × ×

主校舍二樓，用來接待來賓的入口處，燈光已經完全熄滅。

站在入口看過去，位於左手邊的事務室還亮著燈，但光線相當微弱，門口依然一片昏暗。

靠著從接待處的小窗透出來的光，儘管四周一片黑漆漆，還是能看見一名靠著玻璃門的女性。用不著從體型推測，即可知道對方是誰。

是雪之下陽乃。

陽乃盯著手機，大概在打發時間。手機螢幕的光，照亮她美麗標致的臉龐。然而，她似乎相當無聊，而產生比平常更冷漠的印象。

她似乎聽見我的腳步聲，瞥了這裡一眼。由於她低垂視線，又站在背著街燈的光線，我看不清她的表情，只依稀覺得她好像笑了。

陽乃離開玻璃門一步，我才終於看清她的臉。她的視線冷澈如冰，帶著陰沉的微笑，用嘲笑般的語氣開口。

「……你果然逃過來了。」

我忍不住皺起眉頭，還差點咂舌。看到我板起臉孔，陽乃臉上的笑意更深了。

我真的很不擅長應付這個人。總覺得我的想法及底牌統統會被看穿。因此，我試著抱怨幾句，至少抵抗一下。

「是妳故意講那種話，把我叫出來吧。」

聽見我的回應，陽乃聳聳肩膀，沒有否認，也沒有愧疚的樣子。

她離開會議室前，故意表明之後的去向，還意有所指地看了我一眼。再遲鈍的人都會明白她的意圖吧。

我大可假裝沒發現，直接回家。但就算這樣，她之後還是會打電話過來，或是透過葉山和小町找上我。事實上，之前也有過類似情況，所以由我主動找她還比較省事。

到頭來，我仍然無法無視這個人。

彷彿看透人心的話語，抵在喉頭的懾人聲音，使人凍結的銳利目光，與她相稱的姣好面容，假裝成熟活潑的面具，有時露出的天真神情，溫柔到令人悲傷的微笑，都讓我在意得不得了。

雖然她八成連我這個想法都看透。

明知被她玩弄於手掌心，還是不得不問。

「為什麼要說那種話？妳到底想做什麼？」

我用不耐的聲音，說出一直盤踞在心底的疑問。

雪之下陽乃的言行舉止，總是令我——或者說是我們——心神不寧。在事情終於要平安落幕的這一刻，她還往裡面丟石頭，激起波紋。

不能再讓她繼續搗亂。

我所說的話比想像中更帶刺，語氣比想像中更不客氣。

陽乃若無其事地承受我的瞪視。

「不是說了嗎？我無所謂，是誰都好。我根本不在乎家裡的事。不管是由我還是由雪乃來，都不重要。」

她說了跟剛才類似的話，我忍不住嘆氣。陽乃可能是聽見了，默默地看向玻璃門外。

「……我只是希望，她能讓我心服口服。怎樣的結局都好。」

這句低語跟先前那番話的意思相近，沒什麼意義，語氣卻帶有近似哀傷的寂寥。

又來了。我又搞不清楚這個人了。

用善意包裝惡意，時而故意扮黑臉，不怕被憎恨或厭惡，時而用極其溫柔的聲音跟人說話，露出悲傷的表情。如果這些全是她的演技，我只能舉手投降。怎麼逃都逃不出她的手掌心。

「是叫人家拿出誠意給妳看嗎？價值觀魔人嗎……」

我大嘆一口氣，露出受不了她的笑容，表示自己完全無法理解。陽乃似乎很滿意我的反應，輕笑出聲。

「我不否認……不過，母親大概也一樣無法接受。」

「她的反應還滿正面的。」

我回想起那抹柔和的笑容，陽乃則噗哧一聲笑出來，投以我「你在說什麼傻話」的鄙視眼神。

「她怎麼可能那樣就接受？所以才不置可否，實際上等於沒回答吧。雪乃自己應該也察覺到了。」

不答應也不拒絕，只表明自己知道了，將事情延後處理。這簡直是外交手腕。雪之下大概也明白那句話的意思。事到如今我才想通，那僵硬的笑容和緊繃的肩膀，正是因為這一點。

「……果然是一家人。」

正確掌握對方的細微感情，需要在日常生活長期累積。我跟小町就是個好例子。認識不到一年，不可能理解得那麼深。何況是她的母親及姊姊，想從些微的表情變化、動作、言外之意推測真正的用意，根本不可能。

因此，我沒發現也是無可奈何——才剛這麼想，陽乃就看穿我的想法，一笑置之。

「就算不是家人，誰都看得出來……像你們這種普通朋友，也看得出來吧？」

「我沒自信跟她稱得上朋友，所以沒辦法說什麼。」

「都這個時候了還這樣回答，我喜歡……你真愛垂死掙扎耶。」

陽乃雖然在笑，眼神卻依然冰冷。她彷彿被破壞興致，無聊地嘆一口氣，打開玻璃門。

「……那樣誰都不會服氣吧。」

她留下這句話，走向室外。

我也跟在後面，走下臺階一步。

可是，我還穿著室內鞋。我怨恨地看著室內鞋，嘖了一聲。特地去換鞋子也很麻煩，我索性直接踏出去，急忙衝下樓。

「那個，為什麼不行？」

我在陽乃走下最後一級臺階前，追上她詢問。陽乃停下腳步，慢慢回頭。

烏溜溜的大眼反射出街燈的光，微微泛著水光。凝視著我的眼神，似乎在哭泣。

「……因為，她的願望不過是單純的代償行為。」

聽見這個詞，我不禁踉蹌了一下，反射性站穩腳步。

代償行為——

此乃遭遇阻礙，無法達成某個目標時，藉由達成其他目標，來滿足原本欲求的行為。也就是說，這僅僅是用偽物蒙蔽，欺騙自己。

假設雪之下陽乃說得沒錯，她的願望不過是為了掩飾什麼的權宜之計，我還有辦法認同嗎？

看我啞口無言，陽乃走上一層臺階，與我對上目光，溫柔地輕聲說道：

「雪乃、你、比濱妹妹，都在努力地說服自己，對吧。只糾結於言詞跟表面形式，不去面對……」

住口，別再說了。我自己也很明白。

可是，我再怎麼懇求，陽乃依然沒有停下。她帶著憐憫的眼神，用彷彿在安慰人的聲音說：

「找個好藉口，找個好理由……試著瞞過自己，欺騙自己。對吧？」

她自顧自地說道，完全沒有聽我回答的意思，字字句句仍然確實傳入耳中。她的聲音、呼吸、話語，如流水侵蝕般滲透到心底。

分不清是吸氣還吐氣的低吟，盤踞在喉嚨深處，怎麼樣都發不出聲音。

我心底明白，自以為是地說什麼「男人的堅持」，所作所為卻跟之前完全沒有不同。

不，比之前更糟糕。我甚至強迫她們接受那個漫天大謊。

我用力咬緊牙關，到牙齒快粉碎的程度。陽乃溫柔地撫摸我的臉頰，纖細修長的手指輕輕滑動，彷彿在觸摸易碎物。

「所以，不是說了嗎？」

她露出淺笑，指尖下滑，頂住我的胸口。

「你醉不了。」

「……看來是這樣沒錯。」

聽見我擠出來的聲音，陽乃露出與她極為相似的微笑，表情因悲傷而扭曲。

彷彿下一秒就會哭出來的脆弱笑容，震撼了我的心。

舞臺燈光即將暗下的前一刻，我從小窗戶看見她在側臺輕輕揮手，脆弱的微笑消失於黑暗中。

當時感覺到的疼痛，至今仍折磨著我。

「不確實做個了斷，會一直悶在心裡，永遠不會結束。這二十年，我都是這樣欺騙自己，所以相當清楚……我一直過著偽物般的人生。」

夾雜著悔恨之情的獨白既脆弱又虛幻，凝視遠方的雙眼是溼潤的。平常從容不迫的成熟風範，以及誘人的危險氣息消失無蹤，甚至顯得比我更加年幼。

總覺得，我第一次看見雪之下陽乃的真實樣貌。

陽乃無視困惑的我，退後一步，轉過身去。

「比企谷同學。真物這種東西，真的存在嗎……」

帶著一絲寂寥的話語，消散在夜風中。

陽乃用手整理凌亂的頭髮，邁步而出，彷彿要追尋消失的風。走向樓梯，到達校門口時，她側身回頭，帶著柔弱的笑容輕輕揮手。

我只能茫然站在原地，目送抬頭挺胸的美麗背影離去，連揮手回應的餘力都沒有。

陽乃的身影徹底消失後，雙腿突然無力。

我直接坐到樓梯上。

我所期望的，應該只是雪之下雪乃誠心的選擇、誠心的決斷、誠心的話語。

可是，如果那不過是出於死心的代償行為，那個答案終究是錯誤的。

她所說的話肯定沒有半分虛假。只不過在那之前，用來得出答案的前提先已扭曲。

不對。是我，比企谷八幡害它扭曲的。

明知道答案只有唯一，我卻一直逃避做出選擇，不停辯解拖延時間，用充滿詭辯的詐術，將扭曲的欺瞞強加在他人身上。

依賴對方的溫柔、誠實，假裝沉醉在一時的夢境中，堅持那是正確的答案。

連稱之為錯誤都顯得可笑。

可謂光是存在便不斷貶損價值，徹頭徹尾的偽物。

×　×　×

校舍逐漸沉入夜色，我毫不在意迎面而來的冷風，坐在樓梯上發呆。

幾輛汽車從前方的道路駛過，除此之外便無任何動靜。放學時間已過，好一陣子沒看到人了。

我沒力氣站起來，癱坐在原地。過了一會兒，背後的玻璃門打開，高亢的腳步聲傳來，我反射性轉過頭。

接著，頭上受到輕微的衝擊。

「喂，別把室內鞋穿到外面。」

抬頭一看，平塚老師舉著手刀。原來剛才的衝擊就是來自她。

好久沒被她打了——我摸著頭，腦中浮現不合時宜的想法。平塚老師無奈地嘆了一小口氣，輕輕將舉起的手伸過來。

「要鎖門了。快去換鞋子。」

一直待在這裡也不是辦法。雖然沒看時鐘，應該已經過了一段時間。在平塚老師的催促下，我終於站起來，拍掉外套上的沙。

我兩步併作一步跨上樓梯，平塚老師抱著胳膊嘆氣，似乎是要看我有沒有乖乖回家。

上樓後，我對平塚老師點頭致意，走進校舍。

事務室和教職員辦公室還亮著燈，走廊的燈則幾乎都已熄滅。

多虧外面的光線，以及緊急指示燈的光，走起路來是沒問題，但腳步依然沉重。再加上夜晚的氣溫大幅降低，我下意識地弓起背。

「比企谷。」

背後忽然傳來聲音。

我回過頭，平塚老師半點腳步聲都沒發出，追了過來。仔細一看，她沒穿室內鞋或拖鞋，只穿著襪子。她已經準備好回家，手上還拎著高跟鞋。

她穿著外套而非白袍，輕輕拍了拍我的背，要我挺直背脊，微笑著說：

「……很晚了，我送你回去。」

「不必啦，我有騎腳踏車。」

「有什麼關係。腳踏車留在這裡就好。」

這人是妖怪置行堀（註28）嗎？平塚老師毫不理會，推著我的背催促著，最後跟我一起走到大門口，半強制地將我帶到停車場。

停車場空無一人，只剩兩、三輛車。其中一輛不太適合出現在學校的高級外國車，閃了幾下車燈。平塚老師用智慧型鑰匙解鎖後，走到愛車前，謹慎地四處張望，然後對我招手。

「上車，快點。」

註28 本所七大不可思議之一，會叫漁夫把釣到的魚留下的妖怪。

「喔。」

我被催促著坐上副駕駛座，繫好安全帶。平塚老師也迅速坐上駕駛座，發動車子。低沉的引擎聲開始震動腹部。

平塚老師踩下油門，車子緩緩前行，我靠到椅背上。

好久沒搭她的車了。皮革座椅保養得很好，坐起來很舒服。排檔桿周圍的鋁製部分也擦得閃閃發亮，看得出她很愛惜這輛車。

她的辦公桌明明那麼亂——我差點露出苦笑。可是，想到再也不會看見那堆滿文件、模型、泡麵等雜物的桌子，便忽然感到一抹寂寥。我轉頭望向窗外。

通往我家的路上，橙色街燈出現後又消失。平塚老師對路線很熟，哼著歌轉動方向盤。

突然間，她的歌聲停了下來。

「先跟你說聲辛苦了。」

「嗯。雖然我沒做什麼。」

「不，你很努力。雖然想犒賞你，等事情辦完後去喝一杯，但我還要開車。」

「真要說的話，我還不能喝酒……」

平塚老師沒有看我，面向前方苦笑。

「也對。期待三年後囉。」

聽見這句話，我瞬間語塞。

明明只要隨便應個聲就好，我卻錯愕地張大嘴巴。汽車音響的柔和旋律，填補這陣沉默。

「怎麼了？別無視我，我也會受創的。」

像在鬧彆扭的語氣使我回神。我瞄向駕駛座，平塚老師噘著嘴巴。

「啊……不好意思。怎麼說呢，感覺不太能想像……」

我笑著打馬虎眼，平塚老師微微歪頭，斜眼望向這邊。

「不太能想像什麼？變成大人，還是三年後還跟我有聯繫？」

我明白只要好好地度過每一天，總有一天會自然而然轉為大人。然而，我對「變成大人」一詞還缺乏實感。

只要靠努力和緣分，總有辦法成家立業，在社會上謀生。倘若妄想也行，我是可以想像出將來的自己。不過，我不清楚那樣能否稱為大人。世上也有虛度年歲的廢物，以及虐待小孩的人渣，所以年齡、社會地位、成家與否並非判斷基準。

不過呢，如果只是過著不犯法，不危害他人的生活，我應該辦得到。再把視野拉長到十年、二十年後，說不定也會有修正路線的時機。

相較之下，三年後顯得不長不短，現實感增加不少，導致我連近似妄想的想像都做不到。

「嗯，都有……硬要說的話是後者吧。」

考慮到自己的個性，我不認為今後會繼續跟平塚老師聯絡。

我老實回答，平塚老師嘆了口氣，似乎無言以對。

前方亮起紅燈，車子緩緩減速。

在短暫的停車時間，平塚老師將電動車窗打開些微縫隙，靈活地單手抽出香菸叼起。

打火石的摩擦聲響起，火花在昏暗的車內閃現。這一瞬間，小小的火焰照亮平塚老師溫柔的面容。

不久後，紅燈轉為綠燈。平塚老師吐出的煙霧從窗戶飄散，接替它盈滿車內的，是冰冷的夜風及溫暖的話語。

「你不懂啦。所謂的人際關係，不會那麼容易結束。就算不再天天見面，也會找個為誰慶生或約出來喝酒之類的理由，三個月聚會一次。」

「是這樣嗎？」

平塚老師看著擋風玻璃的另一側點頭，繼續說道：

「接著變成半年一次，一年一次，間隔越來越長，最後變得只會在婚喪喜慶，或同學會上見面。總有一天，甚至根本不會想起那些人。」

「原來如此……咦，聽起來還滿容易的啊？」

由於她的語氣既緩慢又柔和，我差點被說服。不管從哪個角度解釋，都結束得一乾二淨。就我看來，要斷絕人際關係還滿簡單的。

「什麼都不做的話，是這樣沒錯。」

她用菸灰缸捻熄香菸，愉快地笑了。

「要不要繞去其他地方晃晃？」

「悉聽尊便。」

身為被載的一方，怎麼可能有意見。

平塚老師打亮方向燈，轉動方向盤，做為她的回答。

我疑惑著她要去哪裡，望向窗外。不久後，車子開上國道，駛向與我家相反的方向。

平塚老師配合音樂哼著歌，心情很好。她用力踩下油門，引擎發出低鳴，街燈、對向的車燈、隔壁的車尾燈，統統往後方流逝。

經過一陣子，附近的大卡車和聯結車越來越多，遠方出現製鐵廠的夜景時，平塚老師緩緩放慢車度，再次打開方向燈，開進左手邊的設施。

車子在十分寬敞的停車場內悠悠前進，在疑似建築物入口的地方附近慢慢停下。

平塚老師俐落地打P檔，拉下手煞車熄火。看來抵達目的地了。

「到囉。」

平塚老師說道，下了車。

到哪裡了啊……我邊想邊跟著下車。

我仔細盯著建築物看，這裡像是大型遊樂中心。頂樓的部分區域掛著巨大的綠網，不時傳出清脆的敲擊聲。看來這裡還附設打擊練習場。

我站在原地發呆，她招手示意我過去，並熟門熟路地向前走。我隨即追上去。

室內充滿遊樂場特有的喧鬧。這裡不只遊戲機，還有射飛鏢、桌球、投籃機、室內高爾夫等五花八門的遊樂設施。

平塚老師看都不看這些遊樂設施，直接登上中央的樓梯，快步前往打擊練習場。

「喔，趕上金屬球棒的時間了。」

我望向告示牌，這裡為了避免噪音，晚上會更換不同材質的球棒。

平塚老師連忙購買代幣，脫掉外套扔給我。

「拿好。」

她捲起衣袖，穿過網子走向打擊區。

投入代幣，站到右打區，握住球棒，輕輕空揮練習。她的重心穩健，姿勢相當優美。用球棒指向正前方，捲起袖子擺好架式，相當有模有樣。

正前方的螢幕映出的投手高舉雙臂，投出第一球！

「初芝！」（註29）

平塚老師邊喊邊揮棒，清脆的打擊聲響起。棒球劃出大大的拋物線，飛向機器後方。我發出感嘆聲拍手，平塚老師咧嘴一笑，重新擺好姿勢，準備揮第二棒。

「堀！三郎！里崎！福浦！」

她接連把飛過來的球敲出去，每揮一棒就喊一個往年的海洋隊著名選手。接著

註29　千葉羅德海洋隊的球員。之後提到的人名也都是同隊球員。

是大塚、黑木、胡立歐・法蘭柯。雖然棒次亂成一團，陣容還滿有品味的。非常好的選擇。

看來她是藉由吶喊打起幹勁，但姿勢從頭到尾都一樣，我不太懂這個行為有何意義。再說，福浦是左打者，黑木是投手吧……更重要的是，沒半個人是現任球員，平塚老師的年紀危險啦！

看她揮起棒來很輕鬆，似乎沒什麼難度。實際上，剛才的球速可是高達一三〇。這個人有點恐怖，何不乾脆往職業球員發展？羅德隊應該會很歡迎她。

平塚老師打滿足足二十球，出了一些汗。她拉開胸前的襯衫散熱，鑽過網子走回來。那個動作害我不知道該往哪看，請妳別這樣……

「你要不要也去揮幾下？」

「我不用了……」

平塚老師不顧我的推辭，把代幣彈過來，我只好接住。既然接住了，只得硬著頭皮上場……不過，我沒有打擊經驗，不可能打中時速一三〇的球，於是我乖乖選擇一〇〇那棚。我有樣學樣地空揮幾下，平塚老師在後面抱著胳膊點頭，一臉內行人的樣子。感覺好不自在……

我站上打擊區，第一球飛過來，速度比想像中還快，我完美揮空。根本打不中……在我思考該如何是好時，平塚老師從背後下達指示。

「仔細看好球路，球棒拿前面一點，腋下太開了。不要想著揮大棒，慢慢練習擦到球，掌握時機。」

這個人真囉嗦……

雖然這麼想，我還是拿球棒敲敲本壘，重新擺好架式。聽從平塚老師的建議揮棒，這次發出響亮的「轟隆砰叩鏘」（註30）。我感覺到手掌陣陣發麻，興奮地回頭，平塚老師也用力點頭，微微豎起大拇指，還對我眨了眨眼。我既喜悅又害羞，忍不住跟著嘿嘿笑。

好，大概掌握訣竅了……我三度拿起球棒，專心瞄準飛過來的球，時而揮空，時而打得平庸，偶爾發出悅耳的聲音。統統打完時，我吁出一大口氣。

我走出打擊區，平塚老師坐在後面的長椅上抽菸，手邊是不知何時買來的飲料，還有炸彈燒。

「嗯。」

「啊，謝謝。」

她默默遞給我罐裝咖啡，我感激地收下，坐到旁邊。

「心情好一點了沒？」

「如果動動身體心情就會變好，運動選手還會嗑藥嗎？」

她對我投以溫柔的目光，我因為太難為情，嘴巴忍不住變得不老實。平塚老師苦笑著一語帶過。

註30　棒球漫畫《大飯桶》中的角色岩鬼正美專屬的獨特擊球狀聲詞。

「你真是不可愛。」

「……不過，我真的很感謝您的關心……不好意思，直到最後都給您添麻煩。」

平塚老師愣了一下，然後深深嘆息，撥開長髮，把手放到我的頭上。

「你偶爾會露出可愛的一面，真的很糟糕。」

她把我的頭摸到發疼，我覺得丟臉又覺得害羞，心情複雜，更重要的是會痛。

我從她的掌心逃離，隔開一個拳頭的距離，她總算把手放開。

老師帶著淺笑，叼著香菸，把玩著打火機，吐出細煙，喃喃說道：

「你剛才在樓梯口做什麼？」

「啊……有點事。」

這個問題來得太突然，我不禁支支吾吾起來。可是，平塚老師輕輕一笑，彷彿早已看穿一切。

「陽乃對你說了什麼嗎？」

「……嗯，說了很多。」

我逼不得已，只得承認。平塚老師緊盯著我，等待我說下去。我深深感受到事到如今已經騙不了她，於是一字一句地傾訴尚未整理好的思緒。

「我好像醉不了，跟那個人一樣。」

「嗯，陽乃是那樣沒錯……這指的不是酒吧？」

平塚老師略顯不安地問，我苦笑著點頭。

「……應該是指氣氛或關係之類的。那個人說，我們的關係叫『共依存』。我不願意承認，所以試著掙扎過……不過，滿難的呢。」

若換成其他人，我大概不會說這些事。因為根本說不出口。我無法忍受自己的弱點被暴露出來。不是因為膽小的自尊心，而是傲慢的羞恥心。

因此，再怎麼被逼問，我肯定都會打哈哈蒙混過去，用三寸不爛之舌欺騙對方。只有在平塚老師一個人的面前，我不用裝模作樣或逞強。她是遠遠比我成熟的大人，總是幫我畫出界線。

此時此刻，平塚老師也沒有多問什麼，只是抽著菸，思考我所說的話有何意義。

「共依存啊。實在很像陽乃會挑的詞。只是，她的用法比較像譬喻。明知如此還故意講這種話……她真的很喜歡你。」

「哈哈，一點都不高興……」

「若只是從本質上來看，未必不能這麼解釋陽乃的話……對喔，你和她都擅長看穿事物的本質。」

她最後開玩笑似說道，我再度乾笑幾聲。平塚老師也揚起嘴角，用菸灰缸的邊緣捻熄香菸，轉身面向我。

「但我不這麼認為。你跟雪之下，還有由比濱，都不是那種關係。」

一縷白煙即將消失在空中的前一刻，厚重的焦油味飄散過來。

這已經成了再熟悉不過的味道。我身邊沒人會抽這種菸，總有一天，它會成為懷念的氣味吧。

「別用共依存這麼簡單的辭彙概括。」

平塚老師伸出手，輕輕摟住我的肩膀。她手上的香菸味，我肯定無法忘懷。

「也許你接受了她的說法。不過，別用借來的話扭曲其他人的心情，別用簡單的記號解釋那份心情。」

她盯著我的眼睛，溫柔詢問。

「你的心情，是能一語帶過的嗎？」

「……怎麼可能。要是別人用一句話就想解釋，我可受不了。再說，那不是能用話語傳達的東西。」

即使是現在，我仍然無法徹底表達自己的思緒、思考，以及感情。說出口的話若沒有意義，便與吠叫無異。我只是在吠叫著，別把單一的感情套在自己身上，齜牙咧嘴地大吼，這樣怎麼可能傳達。同一時間，卻又夾著尾巴表示，無法傳達也無所謂。

在一片焦躁中，我不禁握緊手中的咖啡罐。

不過，老師放開我的肩膀後，滿意地點頭。

「你心中自有答案，只是不知道如何得出，才想用簡單的話語說服自己，套用在自己身上了事。」

或許吧。我依賴著最能簡單表現自己的感情，將好惡愛憎統統包含的「共依存」

一詞。一旦用它來解釋，便不必思考其他事。這僅僅是停止思考，逃避現實。

「可是啊，做法不是只有一種。同樣的一句話，也有無限種表達方式。」

平塚老師從胸前的口袋拿出筆，得意地揮了幾下，有如魔術師的棒子。

接著，她開始在餐巾紙上寫字。

「比方說，我對你也有很多看法。難搞，懦弱，乖僻，前途堪憂……」

她一邊說，一邊草草地寫下這些字眼。

「喔喔，把我寫得真差勁……」

「還不止呢。我對你有一堆看法，多到特地講出來都嫌麻煩。」

平塚老師索性放棄寫字，直接大筆一揮，亂畫起來。

餐巾紙從四周慢慢染成黑色，只有中間維持一片白。但是過不了不久，中央也開始被黑色墨水侵蝕，空白漸漸化為一個詞的形狀。

「不過，這些部分統統包含在內……」

平塚老師趁我還沒認出那塊空白的形狀，將紙塞給我。

「我喜歡你。」

「……咦？啊，喔。」

我望向手中的紙，一片漆黑中，留白的部分構成「喜歡」二字。

驚訝、困惑、喜悅、害羞、難為情，以及其他各種感情，導致我不知該作何反應。

「別害羞別害羞。你是我最棒的學生。在這個意義上，我真的很喜歡你。」

她笑得像個惡作劇成功的壞小孩，又往我的頭上亂摸一通。好險，什麼嘛，原來是那個意思。

實在太危險了，我不但差點當真，還不小心浮現「我也超喜歡妳」的念頭。頭皮冒了一堆汗出來。

我扭動身體，逃出平塚老師的手，悄悄鬆了口氣。老師愉悅地看著我驚慌失措的模樣，又點燃一根菸。

「無法一語概括，就講到清楚為止。光憑一張嘴不可信，就配合行動。」

她吐出一口煙，看著煙絲飄散。我也隔著老師的側臉看著。

「講什麼做什麼都可以。把它們像一個個小點般收集起來，組織成你自己的答案就好。將畫布填滿，剩下的空白或許會化為言語。」

在空中徘徊不去的煙霧，不久後徹底消散。

視界開闊起來，眼前是凝視著我的平塚老師。

「所以，讓我看看吧。在我還能當你的老師時，將你的想法、心意，全部展現給我看。不留任何一絲辯解的餘地。」

「全部嗎？」

平塚老師在胸前握緊拳頭，用力點頭。

「對。有什麼料全部給我加好加滿。」

「是在吃拉麵喔……」

我無力地說，老師輕笑出聲。那抹笑容使我不再緊張，露出淺淺的笑意。

「好吧，我試試看。雖然我不認為其他人會理解。」

「那麼好理解就不必費心了。不過，你……你們一定辦得到。」

平塚老師輕拍我的頭，然後伸了個大懶腰，表示話題到此結束。

「好，吃碗拉麵回家去。就去成田家吧。」

「喔，好啊。」

「對吧。」

她得意地笑了，撚熄香菸，迅速起身。我也跟著站起來。

我們邊走邊閒聊，平塚老師始終走在我前面。

我看著她的背影，不經意地停下腳步。

她抬頭挺胸，我實在不覺得自己有辦法觸及她的帥氣。

可是，我希望這位老師，我唯一能稱為恩師的人，能好好看著。希望她見證到最後。

就算再狼狽，再噁心不堪，窩囊到無可救藥的地步，依然得拿出比企谷八幡的答案給她看。

結束這一切本身肯定沒有錯。只不過，我們搞錯了結束的方式。

依靠他人的話語，為表面上的妥協阿諛奉承，這段扭曲得無法挽回的關係，恐怕不是我們追求的，而是徹頭徹尾的偽物。

因此，至少要為這個贗品刻下足以毀壞的傷痕，化作獨一無二的真物。

結束我那故意搞錯的青春。

6 如同過去的某一天，由比濱結衣誠心盼望。

我的高二生活即將結束。

畢業典禮跟舞會結束後，在校生上課的日子也剩沒幾天，而且其中大部分是期末考，之後便剩下發還考卷跟結業典禮。

期末考一結束，校內便立刻充滿春假的氣氛。

考試期間，各個社團都停止活動，從今天起重新開放。外面傳來精神十足的吆喝，以及金屬球棒的清脆敲擊聲。

唯有使用體育館活動的運動型社團例外。

在通常的情況下，排球和羽球社會在這裡立柱設網，現在館內則設置了臨時試衣間，還排著折疊椅。在場不見任何社員，只有幾組明年春天將進入本校就讀的一年級新生及家長。

其中一組是我跟妹妹小町。

今天，本校針對獲得入學資格者舉辦說明會，順便測量制服尺寸。

簡言之，今天是小町的制服處女秀。為了代替工作繁忙的雙親見證這一幕，我擅自趕了過來。

眼前是用隔板和簾子隔出來的臨時試衣間。我目送小町走進去，坐到不太習慣的折疊椅上。

等待小町量完尺寸，試穿完畢的期間，我想起教室的景象。

在考完試的解放感之下，教室熱鬧得不得了。

在我迅速收拾東西時，吵鬧的交談聲從未間斷。

有人瀟灑地離去，也有人哀號著「我都不會寫啦～慘了，要補考啦～」我說的那個人就是相模……不愧是相模元祖（註31）。講出來的話淺薄得嚇人。

另一方面，戶塚和葉山等運動社團的人，急忙趕去久違的社團活動，三浦、由比濱、海老名留在教室後方的靠窗老位子，愉快地討論等等要去哪裡玩。我之前跟由比濱提過考完試要一起出去，應該要等到明天以後。

到時該跟她說什麼呢？我邊想邊換一隻腳翹。

座位前方是試衣間。小町跟工作人員好像在簾子後面聊什麼。

「尺寸可以嗎？」

註31　日本品牌的超薄保險套。

「嗯——好像沒問題……啊，這個裙長……」

「那是……」

竊竊私語聲將我拉回現實，中斷思緒。裙長這個詞怎麼感覺不太對勁……

我豎耳傾聽小町的聲音，瞪著簾子，不停地抖腳，迫不及待她的出現。

不久後，簾子拉開。

「鏘鏘——」

從試衣間走出的，是身穿總武高中制服的小町。

「……喔喔~」

我將抱著胳膊的雙手鬆開來鼓掌。小町的心情一好，得意地挺胸，扠著腰擺起姿勢。

「怎樣怎樣？可愛嗎？可愛吧？」

「是是，世界第一可愛。」

「哇~出現了，這個人有夠隨便。」

事實上，小町的可愛豈止世界第一，連「那個世界」都要包含在內，根本是人類史上最可愛。但比起這點，有太多部分令人在意了，害我不小心誇得太敷衍。而那令人在意的部分，我實在無法當沒看見，歪頭皺眉。

「裙子會不會太短了？沒問題嗎？哥哥好擔心。」

「哇，你好煩。」

剛才還很高興的小町，表情瞬間轉為嫌惡。不過，擺出那種臉也沒用，我的服裝檢查可還沒結束。

「算了，裙長可以再調整，但這件外套……」

小町似乎也很在意我說的地方，將手伸向前方，檢查外套的袖口。那件外套的袖子比小町的手臂長很多，甚至遮住半個手掌。小町甩甩袖子，像招財貓似地動一動手肘。

「喔，這個呀？」

「對，就是這樣。很可愛。」

我低聲沉吟，表示「幹得好啊」。小町的臉變得超臭。

「哇，好噁心……算了，可愛就好。」

小町似乎理解了什麼，繼續甩袖子。站在旁邊的工作人員，露出有點困擾的表情。

「看起來雖然有點大，大家訂製制服時，都會多留一些長度喔。」

「啊，完全沒問題！麻煩照這個尺寸做。」

小町慌張地說，工作人員這才笑著點頭。

「那麼，請到這邊……」

試穿告一段落。不過，我還有事要做。

「啊，請問方便拍張照嗎？我想跟家人報告。」

工作人員觀察了一下周遭的情況。

「已經沒人在排隊……您慢慢拍沒關係，拍完再通知我即可。」

可能是因為不少人會拍試穿照，工作人員一副很習慣的樣子，微笑著回答，接著便走進試衣間後面。

我拿出手機，將鏡頭對著小町。

「好，來拍照吧。」

我開啟相機，喀嚓喀嚓地按下快門。讚喔讚喔～再大膽一點～

「來，換個姿勢——轉一圈看看——好，再擺個姿勢。」

小町按照我的指示，一下裝模作樣，一下更換站姿，最後轉了圈，帶著笑容比出橫V手勢。

「嗯，差不多了。好，收工。」

拍完照片，我坐回先前的座位，檢查照片。嗯，拍得真好。我精心挑了幾張，用簡訊傳給雙親。

小町在一旁喘氣，似乎有點疲憊。她走到我旁邊的座位坐下。

然後，她露出滿足的笑容，摸著制服，環視體育館。

「小町很快就要上這所學校了呢。」

「有真實感了？」

「嗯。好期待！」

小町興奮不已，兩眼閃閃發光，有如置身夢中女孩，開始述說一堆想做的事。

「上高中之後，有好多想做的事！念書……先隨便念念就行，還有打工，放學後跟朋友出去玩！也想辦舞會之類的活動。」

不要只是隨便念念，稍微努力一下吧……我如此心想，同時應聲附和。這時，小町忽然垂下視線。

「……還有社團。」

她補充一句，瞄了我一眼。我從她的眼神讀出言外之意，瞬間語塞。

但我不得不告訴她。

畢業典禮及舞會的那一天，比企谷八幡最漫長的一天。

那一天，我受到恩師的薰陶，找到了自己的答案。儘管手段、解法、證明過程仍是未知數，我確實得出了解答。

「社團……侍奉社會解散喔。」

小町露出寂寞的微笑點頭，以代替回應。前傾的身體慢慢靠到椅背上，纖細的雙肩無力垂下，雙眼凝視著全新的制服裙。

「是嗎，會解散呀……」

她垂下頭，喃喃說道，彷彿在自言自語。

「……嗯。我會讓它解散。」

我拍了拍小町蜷起的背，豎起大拇指，指向自己的臉，盡全力露出得意的笑容。

這是當時沒能回答的我，得出來的結論。不是交給其他人，而是憑藉自身的意志，做出這個選擇。

聽了我夾雜虛張聲勢的宣言，小町愣了一下，不久後噗哧一聲笑出來。

「哥哥在耍什麼帥啊……」

她無奈地輕聲嘆息，我試著緩和氣氛。

「如果害妳尷尬，對不起喔？」

「啊，這個不用擔心。小町會自己享受高中生活。因為雪乃姊姊和結衣姊姊都是小町的朋友，跟哥哥和侍奉社無關！」

小町拍拍胸脯，露出充滿活力的笑容。接著，將頭靠到我肩上，輕聲說道：

「所以，哥哥照自己的意思做就行。」

「謝謝。」

我回答後，小町笑了笑，迅速站起來。

「那小町去換衣服囉。」

「嗯……回家吧。」

我也跟著起身，小町卻乾脆地拒絕我。

「啊，小町要去跟其他新生吃飯。」

「咦？什麼？」

「之前不是說過嗎？現在的高中生在入學前，就會靠社群網路認識了啦。所以等等要一起吃飯，加深情誼。」

小町愉快地笑著，走向試衣間。我目送她離開，坐回椅子上，想像起還沒見過面的新生。

入學前的聚餐啊……

……沒辦法參加的人，還沒開學就註定要變成邊緣人了嗎？

社群網路發達的現代社會，對現代的高中生來說是一大考驗呢……

× × ×

我跟小町在體育館道別，回去主校舍。

經過試穿制服、量尺寸、拍照等一連串流程後，已經過了不少時間，從窗外照進的陽光也傾斜許多，走廊開始染上淡紅色。

遠處傳來社團的練習聲，以及管樂器的樂聲，走廊上則只有我的腳步聲，拉長的影子也形單影隻。

這是再熟悉不過，平凡無奇的放學後景象。短短一年前的自己，大概不會有什麼感想，現在卻在這幅景象裡，感覺到寂寞與懷念。

我沉浸在寒冷的空氣及微涼的感傷中，走向大門口。

那裡出現一個人影。

坐在傘架上的那名少女，胸前抱著一個大袋子，看著外面發呆。風從敞開的大門吹進來，丸子頭上的淡粉色髮絲跟著在暮色中搖晃。

我不可能認錯人，是由比濱結衣。

夕陽照在灰塵上，產生不規則的反射，閃閃發光。她那點綴著光粒的臉龐，散發出分不清是憂愁還是寂寥的虛幻氣息，比平常更加成熟的表情非常美麗。

我不敢叫她，吞回差點脫口而出的聲音。相對地，我脫掉室內鞋，塞進鞋箱，將樂福鞋扔到地上。

由比濱聽見聲響，往這邊看過來。

「啊，自閉男。」

她呼喚我的名字時，已經換上一如往常的活潑笑容。我為此感到放心，換好鞋子，走向由比濱。

「怎麼了？」

「我在等你。」

「咦，為什麼……等一下，難道有什麼事？」

我擔心自己是不是忘了什麼約定，由比濱揮揮手。

「啊，不是啦，沒什麼……只是看你的鞋子放在鞋箱，還沒回去，不知為何就……」

在胸前左右揮動的手越來越慢，最後停下。由比濱把不知該擺何處的手移到眼角，將頭髮撥到耳後，略顯害羞地別開臉。

「……就留下來等你了。」

「喔，是嗎……」

從頭髮底下露出的耳朵，以及看似柔軟的臉頰染上朱紅，彷彿將夕陽直接描繪上去。我看了也跟著難為情起來，講話支支吾吾。由比濱看到我一臉困惑，笑了笑以掩飾害臊，撥弄著丸子頭。

「之前說過考完試要一起出去玩，考試期間都沒好好聊，所以想說等你一下。」

「抱歉，我該主動聯絡妳的。」

「沒關係啦！」

由比濱搖搖頭，叫我不用放在心上。她的語氣雖然輕快，笑容卻忽然變得虛幻。

「……因為，我就是想等等看。」

她凝視著窗外遠方的餘暉，那表情令我說不出話。

或許真的如她所說，沒有特別的理由。抑或只是她在避免直接明言。

我不會知道真相。

可是，仔細一想。

她總是在等待。

等待我，或是我們。

我現在才發現這件事，用簡短的話語道謝。

「……這樣啊，謝謝。」

由比濱點點頭，一口氣站起來，順勢將胸前的大袋子塞給我。

「幫我拿東西回家。」

她用空出的手輕拍裙襬，背好沉甸甸的背包。不曉得是不是錯覺，她平常使用的那個背包好像鼓鼓的，大概裝滿學期末要帶回家的東西。

反正都要幫她拿，背包也順便好了。我將手伸向由比濱。

「嗯。」

「嗯？」

由比濱看著我的手，疑惑地歪過頭，然後把手放上來。

這次換我的頭上冒出問號。她怎麼會做出這麼可愛的舉動？

「不對，不是握手。是背包也給我的意思。」

「啊……早，早說嘛！」

由比濱瞬間臉紅，拍打我的手，把背包塞過來，然後小聲說「謝謝」，快步往前走。

我甩了甩被打的手。明明一點都不痛，還是抱怨了一句「好痛」。不隨便講點什麼，我可能會脫口而出其他話……

× × ×

西邊的天空透著餘暉。

通往車站的小徑上，行道樹也沐浴著晚霞。我牽著腳踏車，走在從枝葉間灑下的微光中。由比濱走在我旁邊。

一路上，由比濱主動跟我聊了許多。聊著聊著，她開口問道：

「對了，你剛才去做什麼？」

「小町的入學說明會。還要順便量制服的尺寸，所以我去陪她。」

「咦──我也想看的說。」

「等到四月，隨時都看得見吧。」

儘管這麼說，我的語氣卻有點僵硬。

四月已經近在眼前，我卻無法想像。或許是我不小心表現在臉上，由比濱的表情也瞬間黯淡下來。

「這樣啊，也對……啊，那送她一個適合搭制服的禮物好了。平常能用的最好。」

她似乎也知道自己的語氣低落下來，拍了一下手，表現得更加開朗。我也努力用輕快的語氣回答。

「不錯啊。那傢伙一定會很開心。」

才剛說完，由比濱便跑到我前面，把手伸進腳踏車的置物籃。籃子裡是由比濱塞給我的大袋子，以及她的背包。

她從背包裡拿出手機，開始寫備忘錄。走路滑手機非常危險，乖寶寶不可以模仿喔！我暫時停下腳步，取代叮嚀。由比濱也察覺到我的意圖，停下腳步再繼續操作。

她寫完後，把手機放回背包，對我點頭，表示大功告成。

我也點頭回應，又牽起腳踏車，望向籃子裡的大袋子。

「話說回來，這個袋子是什麼？」

「啊——這個？快放假了，所以想把東西帶回家。統統裝在一起後，發現東西真的好多。」

「嗯，期末常有的事。」

每次放長假前，總會看到這樣的人，其中又以小學特別多。全身上下掛滿水彩、畫板、書法用具等等，像個配備流星裝備的自由鋼彈（註32），隨時有可能跌倒，使飛彈全部發射出去。我以前就常常發生這種事……

正當我沉浸在回憶中，由比濱瞄了置物籃一眼。

「你的東西好少喔。」

「因為我沒放多少東西在學校。」

兩人邊走邊聊，不知不覺已經來到由比濱的家。我們在離門口不遠的便利商店

註32 出自《機動戰士鋼彈 SEED》。

前停下腳步。

由比濱抬頭看了公寓一眼，面向我，略顯害羞地說：

「要不要……進來坐坐？」

她的說法害我忍不住苦笑。

「不用了。到時候又被留下來吃晚餐。」

「這樣啊，說得也是。啊哈哈……啊，對了。等我一下。」

由比濱也回以靦腆的淡淡苦笑。

這時，她似乎突然想到什麼，把我留在原地，獨自走進便利商店。

只是去便利商店的話，我也想進去看看。但對方已經要我留下，我便只能乖乖等待。別小看我，我可是受到公認，智商比由比濱家的愛犬酥餅高喔。

我停下腳踏車，坐到欄杆上，往後瞄一眼。

由比濱在店裡買了咖啡，目前正在用機器沖泡。

等了一會兒，由比濱雙手拿著咖啡回來。

「來，這是謝禮。」

「喔，可以嗎？謝啦。」

大概是幫忙送東西的酬勞。既然如此，我並不排斥收下。

不過今天我是騎腳踏車，邊騎邊喝也不太方便。怎麼辦呢……在我煩惱時，由比濱直接走向一旁的公園。

的確，公園裡有涼亭跟長椅，白天暖洋洋的熱氣也逐漸降溫，現在正是舒適的時候，用來喝杯咖啡再適合不過。

公園裡聚集住在附近的小孩，他們一副坐不住的樣子到處橫衝直撞，跌倒了哭出來，然後又爬起身繼續看不懂規則的追逐遊戲。

我跟由比濱從遠處看著這幅景象，坐到附近的長椅上。

風吹起來很舒服，黃昏時間顯得一片祥和。

由比濱用吸管吸一口咖啡歐蕾，暢快地呼出一口氣，接著望向遠方，彷彿要看盡整座公園。

「感覺好悠閒喔……」

「對啊。前一陣子忙了好多事。」

我喝著咖啡回答，由比濱側身面對我。

「對對對。跟優美子她們玩也很開心，不過要去好多地方，唱歌時還得注意歡唱時間，其實很忙呢。我是不覺得怎麼樣啦，因為很開心。」

「啊——要算時間的都會這樣。去網咖或三溫暖也是，本來只打算待兩小時，等到發現時早已超過時間，趕快匆匆忙忙地離開。」

由比濱用力拍打我肩膀。不過，她的動作忽然停止。

「我懂！三溫暖我不懂就是了。」

「咦，三溫暖妳不懂嗎？妳到底是哪國人……」

「有什麼辦法……首先三溫暖到底是哪個國家的……」

「三溫暖源自芬蘭……眾說紛紜。」

「最後怎麼突然沒自信了！」

「呃，很難說明耶……世界各地都有蒸氣浴的文化，包含日本在內。若將三溫暖定義為狹義的芬蘭浴，發源地的確是芬蘭沒錯。不過日本人的語言觀模糊不明，可能將三溫暖跟蒸氣浴劃上等號。如果問廣義上的三溫暖源自何處，我只能說眾說紛紜。」

我像連珠砲似地小聲說道，由比濱在旁隨口應聲，然後露出茫然的表情，跟我拉開距離。

「你好……好懂喔。感覺好不舒服……」

「起初特地改口的努力跑哪裡去了？」

乾脆一開始就別改口。貼心之舉有時反而更傷人！我疲憊地說，由比濱愉快地笑出聲，繼續喝起咖啡歐蕾。這次，她用力吐出一口滿足的氣，伸了個大懶腰。

「……這樣子的時間，好像還不錯。」

她放下高舉的雙手，看著我的臉徵求同意。我緩緩點頭。

「偶爾的話……要是每天都這樣，就真的沒什麼事好做。」

「啊，要做的事嗎……沒有社團活動確實很閒。之前明明完全不這麼覺得。」

「對啊。升上高二後因為各種理由，幾乎每天都會去。我甚至想不起來，自己高一的時候在做什麼。」

「真的……高三生活要怎麼度過呢？」

由比濱把手放到長椅上，伸長雙腿晃來晃去，凝視遙遠天空的另一端。我則用鞋尖撥弄腳邊的石頭，沉悶地開口。

「到時候馬上要準備考試，也沒空想這些了。」

「或許吧。」

由比濱苦笑著說，我也跟著苦笑。

不久後，我們同時收起笑容。或許是因為我們討論著今後，卻看不見最重要的事，只看見不帶感情，彷彿在處理公事的未來吧。

不，肯定不是。

是因為在談論未來之前，缺少了現在。我不清楚由比濱的情況，但我至少察覺到，自己刻意不提及的部分。

黃昏的風開始參雜寒意，〈晚霞漸淡〉自公園的擴音器流瀉而出。音樂一響起，公園裡的孩子一個個踏上歸途。

夕陽燒紅了西邊的天空，東邊的天空染上薄墨般的靛藍，兩者之間的縫隙是藍紫色。這片天空遲早會變成藍色時段（註33）吧。

我一語不發，默默地仰望天空，身旁的由比濱輕聲說道：

註33 指日出前及日落後，天空呈現深藍色的時段。

「……自閉男。」

「嗯？」

我望向旁邊。她叫了我的名字，卻低著頭，雙脣緊抿，不斷重複短促的呼吸，彷彿在煩惱該不該開口。

過了一會兒，她總算下定決心，抬起頭直視我的雙眼。

「你覺得，這樣真的好嗎？」

這句話是什麼意思，我自認明白。

「沒什麼好不好的……」

決定權不在我身上——還沒開口，由比濱就搖頭打斷。

「仔細想好再回答。如果你真的覺得這樣就好，真的要結束了，我會好好說出我的願望……真的是，很重要的願望。」

她緊盯著我的那瞬間，準備隨口說出的話語消散了。我下意識地輕咬下脣，微微垂下視線。

看到她如此凝重的目光，我體認到不能給出不確切的答案。

不能敷衍了事，不能說謊，也不能假裝為他人著想。就算我用歪理蒙混過去，選擇逃避，她想必也會笑著原諒，但我不能依賴她的溫柔。

不能背叛她。

因為全世界只有這個女孩，我不想被她討厭。

「……我不這麼覺得。」

我擠出聲音回答，由比濱微笑著點頭。她的反應終於促使我說出下一句話：

「解散社團這件事本身，我認為無可奈何。正常來說，我們會跟其他社團一樣，在明年的某個時機退社。而且，擔任顧問的平塚老師也要離開了。所以，讓它結束並沒有錯。因為這是遲早的事。」

由比濱點頭。

「社團解散是無可避免的。我也知道雪之下自己沒有那個意思。解散的理由我統統接受……我認為，讓它結束也沒關係。」

之前無法當面對她們說的話，總算說出來了。

至今以來，我一直認知到終點的存在，卻始終不敢面對。這樣子，總算能跟幼稚的我道別了。

順利說出這句話，使我放心地深深吁出一口氣。

由比濱將杯子放到旁邊，端正坐姿，雙腿併攏，面向我這邊。

「這樣呀……那……」

她猶豫地開口，謹慎思考措辭，放在大腿上的手躁動不安。不久後，她做好覺悟似地揪住裙襬。

「那麼……」

這句話的後續，我沒資格聽。

因為，我還沒把該說的話說完。

「不過，有一件事我無法接受……」

我一打斷由比濱，她立刻為之語塞，眼中浮現驚訝及困惑。不過，她沒有抗議，而是靜靜點頭。這個動作促使我繼續說下去。

「假如她是當成放棄什麼的代償行為，基於妥協，而非真心做出這個選擇，我沒辦法認同。既然是被我扭曲的，那個責任——」

話到這裡，我突然閉上嘴巴。

說著，我意識到事情不是那樣。

差點又用無聊的文字遊戲試圖逃避了。事到如今，我還想用這麼迂迴的理由掩飾什麼？

我該說的不是這個。

由比濱擔心地看著突然陷入沉默的我，眼神透露出懷疑與不安。

我做一次深呼吸，用雙手拍打自己的臉頰。由比濱嚇得抖了一下，將手按住胸口，驚魂未定地問：

「嚇，嚇死我了……幹麼突然這樣……」

「抱歉，剛剛當我沒說。那只是我在耍帥。」

我面向由比濱說。她睜大眼睛，眨了兩、三下，接著笑了出來。

「什麼嘛。」

由比濱大概沒料到我會這麼說，被莫名地戳中笑點，呵呵笑著。我也覺得自己的樣子遜到有點可笑。

真的是壞習慣。無謂的自我意識時時刻刻存在心中，使我在不知不覺間，想盡量在她的面前表現帥氣。

我將苦澀的咖啡送入口中，沖掉黏在舌頭上，裝模作樣的華麗詞藻。這一次，我不挑選措辭，而是直接說道：

「接下來的話會很噁心。簡單說就是，我不希望跟她再也沒有關係。我無法接受。」

說出口之後，連我自己都覺得愚蠢到難堪的地步。過於笨拙的表達方式，使我不禁露出自嘲的笑容。

由比濱好像也很驚訝。

不過，她完全沒有笑我，而是優美地瞇起眼睛，默默垂下視線。

「……我想，應該不會再也沒有關係。」

「正常來說是啦。偶爾找個理由見面，聊個一兩句，或出來聚一聚，就能維持一定的關係。」

我想起平塚老師在車裡提及，與人交流的要點，講出一般論。不過，一般論終究是一般論。

「……但我不一樣。我受不了那種應酬般的關係。」

我將想法傾訴出來，才終於明白。將其訴諸言語，才終於接受。理由其實相當簡單。僅僅是我不想就這樣跟她漸行漸遠。

拚了命地辯解，湊齊理由、藉口、環境，以及狀況，才總算說出口的，是這種拙劣的話語。我到底多幼稚，多沒用啊？

在數落自己的同時，我再度露出自嘲的笑容。

「就算試著努力一陣子，我也有信心絕對會跟她疏遠。因為我是斷絕關係的專家。」

「你自豪這個幹麼……」

由比濱困擾地笑了，但沒有否認。畢竟我們相處將近一年，這點小事自然明白。跟我相處將近一年的，還有另外一人。

「順帶一提，雪之下大概也是。」

「……這個嘛，嗯。」

「對吧？所以如果放棄這段關係，八成就是到此為止……我有點不能接受。」

複雜的歪理、簡單的言詞都想不到。面對這麼沒用的自己，我只能苦笑。由比濱默默盯著我窩囊的表情，最後無奈地嘆氣。

「這種事情，不講的話絕對沒人懂。」

「講了也未必能懂吧……這不合理，也構不成理由，只是莫名其妙的說法。」

不僅自我中心，連自己都難以理解的歪理。也不可能修正成既有的辭彙，打從一開始便已放棄。這樣的想法，自我沒出息又彆扭的嘴巴脫口而出。

然而，連這樣的話語，由比濱都點頭贊同。

「嗯，說實話我完全不懂，莫名其妙，也很噁心。」

「對吧。我也深有同感……但妳會不會說得太過分了？」

由比濱說得毫不留情，連我都有點難過。不過，她的眼中帶著笑意。

「……但我又好像可以理解。這完全是你的個性。」

「是喔？」

她跟我隔開一個拳頭的距離，調整坐姿，從正面凝視我。

「嗯……所以，我認為一定要跟她說。」

「即使傳達不到也要說？」

我的肩膀挨了一記拳頭。由比濱鼓起臉頰，瞪我一眼。

「還是要說！你只是沒有努力傳達吧。」

「妳戳中我的痛處了。」

她說得對。我總是覺得傳達不出去，而一直處於放棄狀態。正因為如此，我才始終無法將最重要的事說出口。

可是，她願意告訴我。

「光靠說的的確無法傳達。不過……正因為這樣，我會試著去理解，所以沒關係。小雪乃大概也一樣。」

懇切的話語，諄諄勸導的語氣，水汪汪的眼睛因耀眼的夕陽而瞇起。

啊啊，原來如此。由比濱的一切一切，使我統統明白了。

現在的我，確實試圖理解她說的話。

雖然那些話絕對不合邏輯，絕對無法用理論說明，還可能混有主觀與直覺。

我們藉由這個方法，填滿彼此的空白。

「我的願望啊，很久之前便決定了。」

由比濱倏地起身，轉過去背對我，仰望日落時分的天空。

從她的背後顯露的夕陽，和之前看過的顏色相近。

大海靜靜晃動，下著雪的那個黃昏。

「……我全部都想要。」

儘管少了潮水的氣味，也沒有璀璨的雪花，她跟當時一樣說了些什麼。最後，由比濱靜靜地，深深地呼出一口氣，轉回來面向我。

「所以，像這樣平凡無奇的放學時間，我希望有小雪乃在身邊。有你跟小雪乃在的地方，我希望自己也在。」

她背對夕陽，在溫暖的光線與寒冷的風中，像許願般輕聲說道。

「……所以，一定要告訴她喔。」

我無視刺眼的夕陽，將她泛著水光卻堅定的眼神，以及如夢似幻的美麗微笑，烙印在眼底。

「放心，我一定會說清楚。」

我告誡自己要誠懇，明白地對她說出口。由比濱輕笑出聲，坐回長椅上，看著我的臉，語帶調侃地問：

「真的嗎？」

「嗯。雖然要做點準備，難度也很高，我會試試看。」

我模糊地回應，由比濱的笑容轉為訝異。

「準備？」

「有很多事要處理啦……我跟她都準備了各種防線藉口場面話，簡潔易懂的身分等等，退路要多少有多少。得先把這些統統封住。」

由比濱露出夾雜不安、憤怒等各種情緒的複雜表情，不滿地緊抿雙脣。等她開口時，傳出的是冰冷的聲音。

「我不覺得。」

「我知道……不做到這個地步，我說不出口啦。必須用這種方式，把我們趕到無路可逃的地方。」

見由比濱微慍，我的聲音開始窩囊起來。事實上，連我都快看不下去自己的窩囊。不過，這個比企谷八幡已經有十七年之久，若不像這樣把能想到的歪理全數擊潰，將自己逼進絕路，便不會有什麼用。

我嘆一口沉重的氣，由比濱浮現溫柔的淡淡苦笑。

「明明只要一句話就行了。」

「一句話哪裡夠傳達？」

正常情況下，一句話或許便足夠。

然而，制式的話語完全無法說服我。一句話既顯得不夠，又嫌太多。我毫不認為自己能恰好地表達。更重要的事，我可受不了用一句話帶過它。

現在也一樣。我的簡潔回應似乎沒確實傳達，由比濱怔怔地看著我。看樣子，果然解釋得不清楚。於是，我又費了不少脣舌補充。

「表面上看起來很聰明，其實笨得要命，還很難搞又頑固，老是把事情搞複雜。就算講明白也會故意曲解，東躲西閃，令人火大。更重要的是，從不相信別人說的話……」

我碎碎念了一大堆，由比濱仍然愣在那邊。過了一陣子，她才輕輕吐一口氣，歪過頭。

「你在說誰？」

「我啊。」

由比濱露出「拿你沒轍」的表情，無奈地笑了。

我也拿自己沒轍。總是像這樣把麻煩事推給人家，得到對方的諒解。我至今都依賴著她的溫柔，受到她的幫助，賴在舒適的小天地，蓋上蓋子假裝沒看見。那些日子是無可取代的重要時光，愉快得無法用價值衡量，幸福到讓人產生再美好不過的想像。

「……抱歉，給妳添麻煩了。」

「咦？」

這句突如其來的話，令由比濱一頭霧水。

「總有一天，我會做得更好。到時我不用扯這些鬼話和歪理，也能好好傳達意思，好好接受。」

我緩慢，慎重，語無倫次地說著。如果有一天，我成為更像樣一點的成熟男人，說不定連這種話也能毫不猶豫地說出口；說不定能用其他話語，將不同的情緒傳達清楚。

「……不過，妳不用等我。」

由比濱握緊杯子，默默聽我勉強擠出聲音，說到最後。可能是因為這段話太空泛，她傷腦筋地笑了。

「什麼啊，我才沒有要等你。」

「是啊。我好像講了什麼噁心的話。」

「真的。」

我為自己的愚昧感到羞愧，輕聲笑著掩飾過去。由比濱也笑了笑，從長椅上站起來。

「那麼……走吧。」

我也站起身，牽起停在一旁的腳踏車，跟在由比濱的後面。

離開公園沒幾公尺，就抵達由比濱住的地方。

「謝謝你幫我拿東西。」

她在大門口前說道，從我的腳踏車置物籃拿起大袋子。

「學校見。」

「嗯，再見。」

我牽著腳踏車，在由比濱揮手目送下離開。

傳入耳中的，只有車輪轉動聲，以及鞋子踩在砂上的聲音。過了一會兒，聲音戛然而止。黃昏的人潮中，來來往往的行人都在走動，唯有我停下腳步。

即使如此，我還是決定邁步而出。

我用力蹬地面，跨上腳踏車前的短暫一瞬，轉頭看向後方。

仍然朝這裡揮著手的她，發現我回過頭，揮得更用力了。

我輕輕抬起一隻手——

不再回頭，喘了一口氣，踩下踏板埋頭前行。

Interlude

我沒有哭。

因為我已經流了夠多眼淚。

所以，目送他離開，不斷揮著手的期間，他的背影仍然清晰，我能夠一直看著，如同要烙印在眼中。

直到終於看不見他的身影，我才把手放下。

沒有絲毫重量，只是撐起的塑膠袋，突然變重了。

我走進電梯，回到家前，懷裡的袋子一直發出窸窣聲。他的聲音彷彿參雜在其中，在腦海迴盪不停。

我假裝聽不見，打開家門，酥餅便叫著跑到我身邊。

「我回來了——」

我在玄關蹲下，撫摸酥餅。牠舔得我的手好癢，我忍不住笑出來。

一滴水珠落在手上。

明明在笑，淚水卻不停滑落。酥餅疑惑地抬頭看著我。

沒事的。別擔心。我沒事。

我這麼說道，抱緊酥餅。

接著，才發現自己根本發不出聲音，只有帶著水氣的呼吸，不斷從揪緊的胸口傳到喉間。

在我想擦乾眼淚，好讓模糊的視界恢復清晰時，手被緊緊握住。我抬起頭，發現是媽媽。

「別揉眼睛，會腫起來的。」

散發淡淡香氣的溫暖手臂，將我摟進懷中，我終於發出聲音。沒必要忍住的淚水奪眶而出。

可是，我依舊說不出話。

根本說不出話。

我無法只說出短短的「我喜歡你」。

現在還輪不到這句話，這個問題，真正的感情不在於此。

我跟我們，第一次真真切切地戀愛了。

Interlude

舞會落下帷幕，期末考也已結束，今明兩天要發還考卷。假日過後，就是結業典禮。漫長的假期在等待著我。

巡學姊畢業後，學生會辦公室正式成為我的城堡。我一面滑手機想著春假計畫，一面指揮副會長跟書記妹妹工作。

之後再整理要請雪乃學姊處理的文件，讓副會長工作到死，再叫書記妹妹幫他復活。要做的事雖然很多，還挺充實的。

照理來說，我的高一生活就要這樣結束。

「我進來囉。」

直到平塚老師突然走進來的那一刻……這個人從來不敲門耶。算了，她就是這樣的人，所以沒關係。

「請問有什麼事嗎？」

我在心中祈禱不要是什麼麻煩事，起身走向平塚老師。她拿出手機湊到我的面前。

「妳知道這是什麼嗎？」

我仔細盯著平塚老師的手機。

螢幕上顯示的，好像是某個部落格。

喔～原來有這回事——我隨便看了一下，全是沒聽說過，莫名其妙又意義不明的資訊。尤其是「總武高中海濱綜合高中地區聯合舞會，今春開辦！」這幾個大字，就算不想看也一定映入眼簾。

「……啊？」

我驚訝地嘴巴合不起來。這是什麼玩意兒？

我用顫抖不已的手指，指著平塚老師的手機，連聲音都在打顫，嘴脣也不斷發抖，充滿光澤。

「這，這是什麼？我怎麼沒聽說……」

「是嗎，妳不知道啊……這樣的話，果然是比企谷吧。」

平塚老師鬆開交疊的胳膊，有點興奮地說。她為什麼一副開心的樣子……我稍微提高警戒，平塚老師則愉悅地哼著歌，準備轉身離去。

「我去問他本人。打擾了。」

她帥氣地揮揮手，我立刻上前抓住，硬是拉著手臂把她留下。

「等等等等一下！這是怎麼回事？學長在幹麼啊！這樣我很頭痛耶，絕對會惹來大麻煩吧！」

「喔，妳不知道啊。」

平塚老師用著不足為道，不足為奇的態度為我說明。

根據她所說，原本籌辦到一半的舞會被挑毛病，差點得停辦時，學長提出一個更慘烈的舞會計畫，讓我們比較正常的舞會順利舉辦。簡單說來，就是把自己當棄子跟砲灰。

「……我搞不懂。」

「對吧？」

我下意識地咕噥道，平塚老師得意地笑了。所以說，她為何那麼開心……

「咦，事情已經結束了吧？舞會不是順利舉辦了嗎……」

「我也是這麼想的……好像是這兩天突然更新的。」

「好像……」

「沒辦法，我也是剛才從家長那邊聽說。」

我眯眼看著平塚老師，她搔著臉頰，露出傷腦筋的模樣。

啊——原來如此。跟之前同樣的情況。雪乃學妹的家人大概又來了。

剩下還不明白的，只有學長那邊。

「不過，都這個時候了，為什麼學長還要做這種事……」

「……他也有自己的想法吧。」

平塚老師宛如溫柔的大姊姊，仍然面露喜色。

真的莫名其妙。

那個人的腦袋有問題嗎？正常人會做到這種地步？不如說，甚至還要瞞著我？好吧，上次是為了我們，所以不是不能理解。但八成不是為了我。實在搞不懂。

我不知不覺噘起嘴巴。平塚老師見了，拍拍我的肩膀。

「總之，我會找當事人問清楚。之後再告訴妳。」

平塚老師帶著溫柔的笑容說道，踏著彷彿要去約會的輕快步伐，離開辦公室。

留在原處的我則頭痛得要命。

不過，在這邊窮緊張也沒有用。不管怎樣，我都必須以學生會長的身分，處理這個問題。事到如今還把我排擠在外，我也不太高興。

既然如此，得先收集情報。

我立刻搜尋剛才的部落格，仔細觀察。從設計品味看來，應該是出自女生之手。學長身邊會幫這種忙的人，除了我以外只有一個。

我複製這個網址，用ＬＩＮＥ傳給對方。

「妳知道這是怎麼回事嗎？」

對方很快便傳來回覆。

「！？！？！？」

她大概也在混亂當中，看得出很不知所措。接著又傳來「不知道啦！」的小狗哭泣貼圖。看來她也不清楚詳情。

「知道這個網站是誰做的嗎？」

我繼續追擊，這次得到正常的回答。

「中二。還有兩個玩遊戲的一年級男生！好像很懂電腦！大家都戴眼鏡！」

之後是一連串眼鏡的表情符號。嗯，完全看不懂。這哪叫正常的句子啊。

不過，學長的交友圈小到不行。光憑眼鏡這一點，即可大幅縮小範圍。

平塚老師應該會審訊主嫌，我就來揪出共犯，收集情報吧。

我轉動椅子，呼喚在角落啜泣著處理剩餘工作的副會長。

「副會長，你知道中二是指誰嗎？戴眼鏡的。好像跟兩個會玩遊戲，擅長電腦的高一男生混在一起。」

副會長停下手邊的工作，開始思考。同學，麻煩你的手不要停喔？

「中二……啊，是那個人吧。感覺有點奇怪的那個……」

副會長似乎有頭緒，選了個非常棒的詞委婉地形容。

「可以把他帶過來嗎？那兩個一年級的也順便。」

「咦？可是，另外兩人我實在不知道……」

啥？把人找出來也是你的工作啊——我實在說不出這種話，所以只是苦笑著回答「也是啦」。這時，旁邊的書記妹妹戰戰兢兢地舉起手。

「那個……」

「書記妹妹，請說。」

我用力指向她，書記妹妹用像蚊子叫的細小聲音開口。

「一年級的那兩個，大概是遊戲社的秦野和相模同學。」

「遊戲社？秦野？相模？」

沒聽過的名字令我一頭霧水，書記妹妹露出苦笑。

「他們跟妳同班……」

「啊……」

慘了——書記妹妹看我的眼神變得好恐怖。最近才覺得跟她的感情變好了說！我的女性朋友很少，她可是相當寶貴的存在！我趕緊清一下喉嚨，雙手一拍。

「啊，對對對。那麼副會長，請你順便把那個金野跟相澤同學帶來！」

我吐著舌頭擺出橫V手勢，外加眨一眨眼，對副會長下令。副會長大概是因為能擺脫現在的工作，幹勁十足地站了起來。

「好。我去找人。」

「我也一起去。牧人，你不認得他們吧？」

「太好了，謝謝。」

兩人一起走出辦公室。我說書記妹妹啊，妳剛才是不是直接叫副會長的名字？你們在交往嗎？是瞧不起我嗎？工作，好嗎？

× × ×

過沒多久，副會長和書記妹妹順利帶來學長的共犯。

如情報所示，是眼鏡男三人組。

我讓他們坐在長桌前，在兩側配置副會長及書記妹妹，避免逃跑。學生會辦公室的特設法庭（法官：我，檢察官：我，律師：我，判決：死刑）開庭。

「可以請你們說明一下，這是怎麼回事嗎？」

我指著做為證據的手機螢幕，溫柔地詢問。

三人不知為何嚇得縮起身子，只是面面相覷。

實在不覺得能跟他們正常溝通……

伊呂波，不要緊張。妳平常都在跟那麼難搞的學長相處，照理說應該就能應付其他人。加油，妳行的！

我先深深吐出一口氣，展露伊呂波微笑，表示「我沒在生氣喔？」溫柔地問：

「為什麼會出現這個學生會也不知道的聯合舞會？可以告訴我嗎？」

為了保險起見，我還俏皮地露出微笑。這次似乎有效了，三人的身體抖了一下。不知為何，連副會長也顫了一下，書記妹妹則小聲地說「好可怕……」很好很好，就用這個方式問話。咦？可怕？是可愛吧？

才剛這麼想，右邊的眼鏡男喘著氣嘀咕了一句：

「我，我要行使緘默權……」

「駁回♪」

這裡是學生會辦公室，我是學生會長。所以說，我就是唯一的法律。我並不認可緘默權。

接著，換左邊的眼鏡男稍微舉起手。

「我要找律師……」

「駁回♪」

我就是律師。如果有什麼意見，我願意聽喔。但也只會聽就是了。

可能是我散發出這樣的氣息，坐在正中間，體型特別魁梧的風衣眼鏡男，不知為何舉起雙手。我對他有印象，那個人大概就是中二學長。

「我的截稿日快到了……」

中二學長站起來企圖逃跑，副會長牢牢抓住他，拍拍他的肩膀，讓他坐回椅子上。

你們最好趁我還笑得出來的時候從實招來……我忍不住拍桌。

「請·你·們·解·釋·清·楚！」

「……是。」

中二學長垂頭喪氣，勉為其難地點頭。

所以是怎樣？我用銳利的視線詢問。左右兩側的眼鏡男互望一眼，口齒不清地說：

「這，這是……昨天上頭突然逼我們做的……」

「沒，沒錯！是他拜託的，我們也不得已！」

「詳情去問八幡本人！我們只是善意的第三者！」

中二學長用嘹亮的美聲說，旁邊兩人點頭附和。

「我是很想直接問他啦……但學長被其他人叫去問話了……」

我按住開始隱隱作痛的太陽穴，望向窗外。

「學長幹麼特地弄出這種麻煩事……搞不懂。」

我嘆著氣碎碎念，瞪向桌上的手機。

三個人對我的自言自語有反應，壓低音量交頭接耳起來。

「對啊，真的搞不懂那個人。明明不可能成功。」

「說什麼情報公開後就是我們贏了……腦袋果然有病……」

「還說什麼『不如說失敗也無所謂』。『搞不懂』。」

中二學長大概以為我聽不見，故意模仿我的語氣。另外兩人也呵呵竊笑。

這裡可是聽得一清二楚喔？我咂舌瞪他們一眼，兩人便陷入沉默。只有正中間的中二學長不會看氣氛，感慨地用異常美妙的聲音喃喃說道：

「……不過，他那麼拚命地拜託，會想幫一把乃人之常情。」

這句話讓我覺得不太對勁。

……為了舉辦聯合舞會，拚命拜託人家，卻又說「失敗也無所謂」？

也就是說，學長的目的不是讓聯合舞會成功。

但他需要「舉辦聯合舞會」這個過程……所以，只要公開情報就成功了。

嗯……等等，等等。我好像快想通了。

在我沉吟苦思的期間，三笨蛋繼續不亦樂乎地講悄悄話。

「的確……他真的豁出去，甚至還向我們下跪耶。我第一次看到別人下跪。」

「我們也是。人家都做到那個地步了，也不忍心拒絕啦。該說男人之間的約定，不需要太多言語嗎？」

「唔。不過，八幡的下跪就只是個姿勢。他只覺得那是一種瑜伽喔。」

「什麼鬼？」

「他的倫理觀果然沒救了……」

啊——我懂……那個人為了達成目的，的確會不擇手段……

中二學長的話害我不小心笑出來。這時，腦袋突然靈光一現。

「哎，之後他又若無其事的樣子，一直退回我們的設計。那個人果然有病。」

「他叫我再提出三種設計稿時，我真的想殺了他。」

「啊——那個真的很莫名其妙。他是不是沒人性啊？根本是魔鬼，惡魔，編輯！」

我靈光一現，瞬間抬起頭來。三個眼鏡男推著眼鏡，搶著說學長的壞話。

「你們幾個好吵我在想事情麻煩安靜點。」

我大聲喝斥，三眼鏡終於閉上嘴巴。真的是，說學長壞話大賽請換個時間舉辦。我絕對會得冠軍。

沒錯，我的學長真的是個人渣，無藥可救的大爛人。主要是眼神腐爛了，性格則爛得更加徹底。

所以，學長會不擇手段達成目的。

聯合舞會可是會牽扯一堆人的重要活動，他卻只把這個當成手段。

那麼，他的目的是——

我得出答案，微笑著喃喃說道。

「……真的搞不懂他。」

7 心意，透過肌膚的溫度確實傳達過來。

至今以來，從今以後，我從來不會圓滿解決問題，總是將不快的餘韻強加在其他人身上。

老實說，我的內心也隱約察覺到，是不是有其他做法。我不是不知道更單純，更簡單，沒有後遺症，誰都不會不愉快的解決方式。

可是，我無法從憑一句話、一個做法就能改變的事物上看到價值。

倘若能靠微不足道的一個小動作輕鬆解決，豈不是否定那些苦痛、苦惱、懊惱，證明它們只是那種程度的存在。

對當事人來說，痛苦、煩惱根本沒有別人說得那麼簡單，而是生與死的抉擇。只用一句話帶過去，未免太不誠實。

倘若一句話就能改變——

自然也會因為一句話又被推翻，之後卻再也無法挽回。

因此，我才老是用這種方法。老是魯莽行事，弄得遍體鱗傷，祈禱那是唯一的手段。

我能做的事情有限。即使盡了全力，依然有一堆怎麼樣都無法觸及的事物。

所以，我決定拿出全力。

說是傲慢也無所謂。若要追求無論如何都不會毀壞的真物，不用盡全力扭曲，粉碎，傷害，藉此確認，我八成不會相信它的存在。

再說，我這種人做得到的事並不多。就算把手上的牌全部打出去，也造成不了多大的影響。

手段、棋子、手牌都沒多少可用的，大多數的情況下總是束手無策。

目前我所能做的，頂多只有一封簡訊、一次下跪、一通電話。

如此一來，才終於掌握一條線索。

儘管不是唯一的手段，也不是什麼聰明的手段，總比坐以待斃來得好。

星期一，發還考卷的第一天放學後，我在教室盯著手中的手機。螢幕上是打著「總武高中海濱綜合高中地區聯合舞會，今春開辦！」名號的活動網站。

理應已經消滅的假舞會計畫，仍在不為人知的地方活著。

不。是我硬讓它復活的。

我趁昨天傳簡訊給海濱綜合高中，扯大謊告訴他們舞會案得到許可，接著再殺到遊戲社，用下跪攻勢拜託他們更新還沒刪除的假舞會網站。

那樣的計畫當然壓根不存在。那僅僅是胡說八道，虛張聲勢，虛有其表。

目前的狀況，跟總武高中舞會的棄子階段毫無差別。

因此，之後的流程也沒有改變。連打電話給雪之下陽乃，請她洩漏聯合舞會的情報這部分都一模一樣。

我跟陽乃並沒有講多少話，不過從聽筒傳來的大笑聲，至今仍在耳邊揮之不去。

『做這種事有什麼意義？』

她這麼問我。

沒有意義。聯合舞會本身沒有任何意義。

所以，我似笑非笑地回答。

——我要讓妳看看真正的舞會……所謂的真物。

回想起來，真的是夠蠢的說法。

就是因為這樣，陽乃才會嘲笑我吧。

『笨蛋。真是個大笨蛋。』

她由竊笑漸漸轉為刺耳的爆笑，沒有回答是否答應委託，便擅自掛斷電話。

我試著再撥一次，但是陽乃沒有接聽。結果，我到現在都還不知道，她有沒有答應我的請求。

結果究竟是吉是凶？明知道不管怎樣，之後都不會好到哪去，我還是選擇踏進真相不明的草叢。因此，該做的只有等待。已經不能回頭，或者說是無計可施，之後只需要孤注一擲。

過了一、兩天，結果終於揭曉。

只有半天的課程結束後，我在教室慢吞吞地收拾東西時，那個人來了。

「比企谷。」

平塚老師站在門口，帶著有點困擾的表情對我招手。

看到她出現，我明白自己贏了第一局。

×　×　×

平塚老師帶我到的地方，是前幾天也來過的接待室。

門一打開，便跟坐在上座的雪之下母親對上視線。她對我露出親切的笑容。

到此為止都跟前幾天一樣。不過，這次還有其他人在場。

陽乃坐在雪之下母親的身旁。她看到我，便輕輕揮手，眨一下眼。雖然陽乃在電話中嘲笑了我一番，她還是幫忙安排好這個場面，所以我還是滿感謝她的。

除此之外，雪之下也坐在靠近門口的沙發上。

「比企谷同學……」

她大概已先聽聞事情經過，臉上透露一抹不安。我默默點頭，回應她擔憂的眼神。

同時，我環視接待室，搔著臉頰傻笑。

「那個，請問我為什麼被叫來……」

理由我自己最清楚，根本不必特地問。但我還是盡可能裝傻。這可是比企谷八幡一生難得一次的大場面。

然而，不曉得是不是我演技太差，雪之下的母親似乎早已看透，她只是淺淺地微笑。在令人坐立不安的沉默中，陽乃發出壓抑不住的竊笑聲。

「……好了，趕快坐下。」

平塚老師板著臉深深嘆息，拍拍我的肩膀。看來她也很清楚我在裝傻。好吧，是沒關係啦……

我聽從指示，坐到雪之下的隔壁，平塚老師則坐到我旁邊。

我們就座後，正前方的雪之下母親依然面帶柔和微笑，從束口袋裡拿出手機。

「……我想，還是要來問一下。」

她開啟話題，將手機螢幕秀給我看。

畫面上是那個假舞會的活動網站。跟之前不同的地方，只有一個。

樸素的網站以鮮豔色彩打出「總武高中海濱綜合高中地區聯合舞會，今春開辦！」幾個大字。

「這是……」

我裝出更加疑惑的表情，用困惑的聲音沉吟，陷入沉默。

「這是我之前看過的企劃案。方便請你解釋嗎？」

雪之下的母親揉著太陽穴，疲憊地嘆氣。

「前幾天的舞會，得到了許多家長的理解。可是現在突然要舉辦這種活動，負責人是不是該做個說明？為何演變成這個事態？」

溫柔的聲音中，明顯聽得出不解。

在雪之下的母親眼中，聯合舞會只是讓真正的目的——總武高中舞會成案的棄子。她立刻看穿這一點，在這個前提上同意我拙劣的交涉，主動讓步，還特地說服那些囉嗦的家長，讓他們閉上嘴巴。

在那個瞬間，假舞會計畫便達成任務。

如今，卻在當事人不知情的狀況下決定舉辦，完全是出乎意料。不僅如此，她甚至會覺得被背叛吧。

雪之下的母親對我投以近似失望的眼神。我只能慎選措辭，誠心誠意為她說明。

「看來中間出了差錯……大概是聯絡上有什麼問題。」

我用力裝傻，雪之下的母親笑了笑。

「原來如此。是單純的失誤吧。那麼，請你們立刻撤下網站，停辦活動……」

「這可能有困難。既然消息已經公開，停辦反而會造成麻煩。」

我打斷雪之下母親的話，她微微挑眉。

「那麼，你覺得該怎麼辦？」

對於她的提問，我露出不羈的笑容。

「事到如今，只能辦下去了吧？」

「你在說什麼？別說傻話了。」

對面的人還沒反駁，一旁的雪之下先制止我。她面向母親，用莊重的語氣接續話題。

「不好意思。舞會是基於我們的判斷決定舉辦。隨之衍生出的問題，也該由我們負責解決。」

母親點頭同意這句話，催促她繼續說。

「這本來是為了讓我們這邊的舞會成立的腹案。照理來說，應該由我們處理。所以……」

說到這裡，雪之下停頓猶豫，並將視線移開。

「……跟他，沒有關係。」

她的母親聽了，像在理解其中含意般，緩緩點頭。

「是嗎……你們會採取哪些具體措施？」

她的雙眼已經沒在看我，而是轉向雪之下。銳利的目光盯著的不是自己的愛女，而是活動負責人。

「盡速與海濱綜合高中協商，停辦舞會並公開致歉，妥善善後。若有需要，我們也會針對家長召開說明會。」

「……我想大概也是這樣。也沒有其他事可以做了。」

「是的。問題還是盡快處理最好。」

雪之下的母親以面對舞會負責人，而非女兒之姿表達同意。平塚老師也點頭表示沒有意見。雪之下看了，露出安下心來的樣子。

就在問題看似解決，現場氣氛放鬆下來的瞬間，我揚起嘴角。

「可是啊，對方會同意嗎？」

「什麼？」

所有人都一臉疑惑，我一笑置之。怎麼能這樣就結束呢？

「我們學校自己辦了舞會，卻說不能跟他們合辦，太不合理了吧。」

「關於這一點，只要解釋清楚就行。」

我輕浮的語氣令雪之下皺起眉頭，立刻反駁。我則予以回擊。

「妳覺得玉繩他們會接受？依照那群人的個性，要是妳不試一下就說不行，他們準會要大家一起思考可行的方法。」

「……或許是這樣沒錯。」

雪之下開始為難。去年的聖誕節，兩校共同舉辦過活動。透過當時的經驗，她應該也深刻體會到說服玉繩那群人有多困難。不愧是玉繩，擁有壓倒性的說服力。

我決定借用他的威力，一口氣發動攻勢。

「而且消息都放出來了，代表對方也已經以校方的名義知會家長。」

我大放厥詞，一副眾所皆知的態度。

不過，這當然是騙人的，只是我隨口胡說。我根本沒跟玉繩確認。更何況，玉繩做事不可能這麼周到。我敢說他絕對沒通知家長。只不過，我絲毫不表現出這股確信，笑著說道：

「我們在那邊反對，跟對方起爭執，也會造成麻煩吧？」

根據之前的經驗，雪之下的母親傾向不與支持者起爭執或惹麻煩。葉山隼人也說過，對議員而言，校方人員可是大票倉，他們理應不想跟其他學校發生不必要的糾紛。只要稍微暗示利害關係人不限於我們學校，她就不會因為單方面的關係，擅自推翻這個企劃才是。

雪之下的母親將扇子抵在嘴邊，沉思了一會兒。這段期間，她依然盯著我，沒有絲毫鬆懈。不久後，她合上扇子，敲敲肩膀，疲憊地開口。

「那樣實在行不通……假設，就算對方已經同意這個企劃，我們這邊的問題也還是沒解決。再說，難道你們忘了舞會被反對的理由？」

她的語氣彷彿告訴我，已經看穿我的謊言。不僅如此，她還指出最根本的問題，防止我轉移焦點。果然不能跟這個人交涉或辯論。

「太天真了。」

她毫不留情地補了一句，我只能苦笑。雪之下湊到我耳邊，小聲說道：

「她怎麼可能這樣就接受？」

「……我想也是。」

我也用細若蚊鳴的聲音回答。老實說，我也不覺得這種程度有辦法說服她。我很清楚對手比我厲害。既然如此，把這一點也考慮進去即可。

「關於部分家長的擔憂，我認為這次能得到他們的理解。」

我將蜷曲的背挺直，信心十足地說道。肌膚感覺到自己正受到注目。我用淺笑承受眾人的視線，揚起嘴角。

「如果明白已經嘗試過，但還是辦不到，學生也只能放棄吧。這樣就再也不會有人說要辦舞會。這不正是那些家長想要的結果？若您願意交給我來辦，我保證會失敗給您看。」

我堂堂發下豪語，在場所有人都愣住了。

「哪有人以失敗為前提……」

「比企谷……」

雪之下頭痛似地按著太陽穴，平塚老師深深嘆息，陽乃拚命忍著不笑出來。

「本以為你是更聰明的孩子……」

雪之下的母親無奈地嘆了一小口氣，眼神訴說著對我的失望。

「這樣根本稱不上交涉。你沒提出足以說服人承擔風險的報酬。」

「您說得對。因為我並不是在跟家長會交涉，只是在說明我要舉辦這個活動。」

我帶著淡淡苦笑，語氣誠懇。雪之下的母親皺起眉頭。

「……是嗎？無論如何，都打算執行企劃呢。」

那銳利的視線，以及寒冷如冰的聲音，使我的背脊發涼。就算這樣，我仍然點頭回應。我只能靠這個態度傳達。這並非交涉，僅僅是說明事情經過，展現決心，說大話騙人罷了。雙方都明白，這段對話沒有意義。

跟這個人交涉並無意義。

我已經沒有手牌可以打。

對她有效的王牌已經用掉。因此，我沒辦法在跟這個人交涉時占上風。

不過，沒有手牌的話，自己創造即可。我就是在出老千。

前幾天的對話，應該讓我在雪之下的母親心中，留下詐欺師的印象。她可能把我看做交涉、辯論遊戲的對手，不會讓她無聊的存在。儘管只是我個人的希望，我要在這個可能性上賭一把。

假如對雪之下的母親而言，我成了無法置之不理的存在，她肯定會思考，為何我不惜演這麼假的戲，也要辦這場不太可能成功的聯合舞會。

「我不明白你為何要這麼做。」

她將扇子抵在嘴邊，揉著太陽穴附近，沉吟著思考。儘管現在不是想這種事的時候，我突然覺得她頗可愛的。

從言行舉止等各種細節上，都能感覺出她們是母女。在我感嘆之時，一旁的人用手肘戳我。

我斜眼看過去，雪之下輕咬下脣，眉頭深鎖。

「……你有什麼打算？」

「什麼東西？」

我故作無知，雪之下狠狠地瞪過來。我將視線從氣勢洶洶的她身上移開，雪之下母親美麗小巧的臉蛋上掛著微笑。那天真爛漫的笑容，宛如玩拼圖的孩子。

「這一切都是你設計的。對吧？」

「怎麼可能。只是人為失誤。」

我聳肩回答，陽乃笑了一下。

「是刻意的失誤吧。」

在場的人默默同意她冷漠的吐槽。事已至此，再裝傻下去只會有反效果。之前的對話，僅僅是為了把對手拉上談判桌。也就是說，勝負現在才開始。

「不管事情經過如何，對我們學校來說，舉辦聯合舞會也是有意義的。因為上一場舞會，好像有人並不服氣……對吧？」

我揚起一邊的嘴角，對陽乃露出嘲諷的笑。

聽見我的問題，陽乃眨眨眼睛，嘴角立刻勾起微笑。但她只是笑著，沒有回答。

暫且不提理由，對本校的舞會明確表達不滿的，只有雪之下陽乃。所以讓狀況產生轉機的突破口，除了陽乃便別無他選。

之前都是我被妳耍得團團轉。都到最後了，該換妳配合我了吧。

我毫不掩飾地看著她，雪之下的母親也跟著瞥向陽乃。

「……妳有什麼不滿嗎？」

「沒有啊？」

陽乃輕輕聳肩，做出俏皮的動作。

「沒有不滿。雪乃好像滿足了，媽媽也覺得那樣就行吧？既然這樣，我也插不上什麼嘴。」

陽乃挑釁的口吻，讓雪之下的母親愣了一下。

看見她的反應，雪之下輕聲嘆息。

雪之下的母親既沒有肯定，也沒有否定，只是帶著柔和的微笑。

但是，不否定就等於說出了答案。

雪之下並未受到太大的打擊，而是平靜地接受。就算沒聽母親親口說出答案，她自己也明白吧。

出乎意料的沉默，如厚重的煤焦油籠罩下來。正因為在這種狀況下，我的聲音顯得格外清晰。

「我也不能接受。」

話說出口的瞬間，所有人的視線都集中到我身上。

雪之下的母親興味盎然地瞇起眼睛，陽乃一副不意外的態度笑起來，平塚老師點點頭，默默看著我。

只有雪之下雪乃垂下目光。母親關心地看了她一眼，接著望向我。

「方便請教理由嗎？」

「因為，怎麼想都是我的企劃比較好吧？所以自然會好奇，真的舉辦的話會怎麼樣啊。」

我故意用開玩笑的態度回答。

同時發出的幾聲嘆息過後，是令人難耐的靜寂。

這陣沉默不只是一個天使經過，根本是跟財前教授的巡診團一樣浩蕩的天使隊伍。（註34）

右邊的平塚老師輕輕撞我，左邊那位則擰我的大腿，發出無言的抗議。我痛得扭過身體，正好看見陽乃別過頭，笑得肩膀不停顫抖。

只有正前方的雪之下母親神情認真，陷入沉思。

「……意思是，這是你個人的任性之舉？」

「可以這麼說。」

我苦笑著回答，雪之下的母親卻歪過頭，無法理解的樣子。她的視線好像在觀察我的真意。

註34 法文的「天使經過」為突然陷入沉默之意。財前五郎為《白色巨塔》中的角色，巡診時背後總是跟著許多人。

「不過，以目前的狀況來說，成功的可能性不大。這點小事應該顯而易見……」

她的語氣明顯表達出困惑。就雪之下的母親看來，會如此疑惑是理所當然的。但對我或她來說，此乃自明之理。

「……就算不順利，也該好好得出答案。若不確實了斷，會一直悶在心裡。」

我露出無奈的笑容，陽乃噗哧一聲笑出來。

「笨蛋……為了這種事特地辦舞會？真的是個大笨蛋。」

用不著妳說，連我都覺得自己笨到想笑。

「妳說得對，這是非常私人的理由，所以我沒有要妳理解或協助的意思。」

然而，我的答案僅此一個。

我給予雪之下陽乃的答案僅此一個。

陽乃的笑容迅速消失。她的手指抵著嘴角，慢慢撫摸嬌嫩的雙唇。凝視著我的視線不帶感情，簡直沒有溫度。我有種冰水流入神經的感覺，全身的汗毛立了起來。我硬是將那股寒意壓制住，開口說道：

「幸好沒有冠上學生會的名義，所以能當成自發性活動……」

「哪裡那麼簡單。」

陽乃打斷我說話。她用手指敲敲桌子，帶著嘲諷的笑容接著說：

「把棄子企劃駁回，讓囉嗦的家長閉嘴的可是我們喔？如果這個計畫付諸實行，那些人一定會來找我們抱怨。」

雪之下的母親也點頭附和。

事實上，聯合舞會對雪之下家來說只有風險，幾乎沒有回報。總武高中的舞會遭到反對時也是，表面上的交涉是由雪之下的母親出馬。但實際上，她的身分是部分家長的代理人，而且更接近居中協調的橋梁。無視雪之下家的意願，擅自舉辦聯合舞會，無異於害她們沒面子。

陽乃用責備的語氣繼續說道：

「這已經發展成我們家的問題。舞會也是雪乃自己決定，自己努力辦成的吧？媽媽也承認了……」

我瞄向雪之下，陽乃用黯淡的雙眼盯著我。

「比企谷，你要否定這一點嗎？你明白干涉我們家的問題，代表什麼嗎？」

「跟——」

雪之下正想開口。她要說的肯定是「跟那沒關係」

可是，我不會讓她說下去。我用不耐煩的嘆息打斷雪之下說話，輕輕點了兩、三下頭。

「我明白。」

我知道刻意說出來很蠢。很久以前就知道了。我被問過無數次這個問題，其意義自然是再清楚不過。

因此，每當有人問及，我都逃避說出答案，或是迴避話題，時而打馬虎眼。但陽乃不允許模稜兩可的態度，不斷追究、譴責、彈劾我。

正因為是雪之下陽乃，我才相信即使事已至此，她也一定會質問。

我一直在等這個問題。

真是的。要在這種場合，當著這些人的面說這種話，真是糟透了。我羞愧得想狠狠地揍自己幾拳。

不過，這也是我唯一拿得出的手牌。

「……這部分的責任，負得起的話，我也打算負責。」

明明鼓起了幹勁，卻只發出連自己都覺得窩囊的微弱聲音。我不覺得自己的表情能見人，稍微低下頭。這時，我聽見含笑的吐息聲。

「喔……你果然是個笨蛋。」

她的語氣溫柔得驚人，我反射性地抬起頭。陽乃的眼神相當寂寞，嘴角卻帶著溫柔的微笑。

「……說這種話的時候，要表現得再帥氣一點喔。」

雪之下的母親打開扇子，掩住嘴角。就算看不見，我還是從眼神得知她在扇子底下笑著。不過，那絕非溫暖的眼神。而是感興趣和好奇，如同看見老鼠玩具的貓科動物。

我扭動身子，逃離她的視線。這時，一旁的平塚老師幫忙說話。

「既然是學生自發的活動，校方也不方便干預。我們當然會加以叮嚀，不過應該不會直接指導。」

「嗯，我想也是。」

聽了平塚老師的意見，雪之下的母親大方地點頭。但她的視線很快就轉回我身上。

「可是，雖說是學生自願舉辦，既然已經知道會失敗，我實在很難贊成……你真的覺得辦得成？」

「試過才知道。」

我聳肩回答，雪下的母親卻絲毫不移開目光。看來在我給予明確的答案前，她是不會罷休。

根據現狀，我比誰都清楚自己離成功有多遙遠。正當我想著該如何搪塞過去，張開嘴巴時，身旁傳來淺淺的嘆息。

「……連試都不用試。我們的預算幾乎用完了。而且，這不是學生會的活動，自然不能用預算補助，時間也根本不夠。再說，活動的規模變大了，之前家長擔心的風紀問題，我們完全無法控制。所以是不可能的。」

雪之下所言，跟我得到的結論幾乎一模一樣。

神情淡漠的臉龐上，明顯傳達出放棄的念頭。她的母親似乎也同意，輕輕點頭，測試性地對我說：

「她是這麼認為的喔？」

「嗯，我是沒那個能力啦。」

我老實回答，雪之下的母親也不怎麼感意外，點頭表示「我想也是」。她的反應讓我不是很高興，但因為是事實，也沒什麼好說的。

雪之下的母親見我無言以對，露出看好戲的眼神，彷彿在詢問我要怎麼做。

我同樣彎起嘴角，用賊笑回敬那抹期待著答案的微笑。

「……幸好，我們還有一位一手策劃過舞會的人。也就是您的千金。」

「咦，什麼？等一下……」

雪之下微微起身，抓住我的肩膀，大概是沒料到我會這麼回答。我抬手制止她，凝視正前方的人。

「還是說，您懷疑令嬡的能力？上次的舞會讓您有什麼疑慮嗎？」

我的態度彬彬有禮，甚至到了挖苦的地步。雪之下的母親苦笑著說：

「我怎麼回答，大概都改變不了你的結論。」

完全正確。

如果她沒有疑慮，我便可解釋成同意；如果她提出疑慮，只要放話讓雪之下藉此機會，好好證明自己的能力即可。

我的結論從一開始便沒有改變過。說了這麼多，只是為了製造這個狀況。我根本不打算跟雪之下的母親，以及雪之下陽乃交涉。

雪之下的母親似乎也察覺到，她合上扇子，微微一笑。

「我明白了。既然是不動用學生會預算的自發性活動，家長會應該也沒辦法強行干預。」

陽乃笑著追問一句。

「『家長會』是吧。那麼，以母親的身分來說呢？」

「什麼母親的身分……」

雪之下的母親露出頭痛的表情，撫著臉頰，吐出一口沉重的氣。

「若雪乃真的想學習父親的工作，應該選擇更適當的環境，吸收更實際的經驗。『凡事都是經驗』這種話是很好聽，但明知會失敗還去插手，對雪乃而言，一點好處都沒有吧。」

她用冰冷的語氣侃侃而談，雪之下的肩膀越垂越低。她的一字一句都很中肯，沒有反駁的餘地。

「以母親的身分來說，我反對。」

對於如此直截了當的結論，雪之下不可能有意見。她閉上眼睛，低下頭。

雪之下的母親像要追擊般，接著說道：

「所以，雪乃，由妳來決定……負責人是妳吧？」

她的語氣帶有責備的意思。雪之下猛然抬頭，眼前是彷彿在試探她的目光。

雪之下不知所措，瞬間語塞。但她立刻搖搖頭，端正神情。

「……想都不用想。答案早就決定了。」

沒錯。雪之下雪乃早已決定好答案，認為一切都告一段落。

我相信，不管其他人怎麼問，她都會這麼回答。

因此，我的對策只有一種。

能打出的只有這張王牌。

打從一開始，我的交涉對象就只有一個人——

——雪之下雪乃。

「……雪之下。」

我開口呼喚，雪之下的背顫了一下。

我想了許多該說的話。可是，那些話肯定都是錯誤的。所以，我選擇了自認為錯得最離譜的那句話。

「說實話，我沒把握成功舉辦這個舞會。時間、金錢，什麼東西都不夠，只有麻煩事不斷地增加。講白了點，問題點堆得跟山一樣高，甚至不能保證不會發生重大問題。沒有任何保障。這只是我出於個人理由的任性之舉。這是非常困難的企劃，妳不需要勉強。」

說到這裡，其他人不禁失笑，一副「都什麼時候了才講這些」的態度。連我自己都忍不住苦笑。

不過，比企谷八幡與雪之下雪乃的對話就該是這樣。

雪之下為難地垂下眉梢，露出泫然欲泣的表情，低下頭說：

「……真是膚淺的挑釁。」

她的聲音顫抖著，微弱得彷彿隨時會消失，而且像是在鬧彆扭，又像在生氣。不管怎麼樣，我就是為了聽她的聲音，才坐在這裡。

「抱歉啦，還是請妳接受吧。我知道這很強人所難，不過拜託妳幫我一把。」

雪之下靜靜顫抖著肩膀，吐出一口憂鬱的氣。她深深嘆息後，抬起臉。

「好吧，我接受。因為我是很不服輸的。」

她露出微笑，堅定地答道，接著輕輕擦拭眼角。那彷彿在說「拿你沒辦法」的淡淡苦笑，我已經好久沒見到了。

雪之下收起笑容，重新面向母親與姊姊。

「……我會以負責人的身分，盡全力處理好這件事。」

「是嗎……」

聽見她毅然決然的答案，母親帶著柔和的笑容點頭。

然後，輕輕閉上眼睛，再緩緩睜開。

這時，她的表情及語氣瞬間一變。冷澈如冰的眼神蘊含懾人的氣勢，我不自覺地畏縮一下，雪之下和陽乃卻不為所動。

「雪乃……我已經說了做為母親該說的話。即使如此，妳還是決定要做的話，便一定要展現成果。」

「……用不著妳說。」

雪之下撥開肩上的頭髮，露出勇敢且無畏的微笑。那模樣，跟令人畏懼時的陽乃重疊在一起。

× × ×

接待室的會談結束後，過了一會兒。

大家簡單討論完之後的計畫時，天色已經暗下。我離開校舍，走向腳踏車停放處，雙腿因極度的緊張與疲勞，步履蹣跚。

儘管如此，我仍然艱辛地牽著腳踏車，準備穿過校門。就在這時。我看見雪之下在前方不遠處，無精打采地走著。

她的步伐非常沉重，一面調整外套及圍巾，一面猶豫地來回踱步，似乎拿不定主意要回家還是留下。那模樣與平常颯爽的姿態截然不同。她走得很緩慢，我牽著腳踏車都能逐漸追上。

我不好意思直接走過去，但是打招呼又會覺得尷尬。畢竟，我不曉得現在該怎麼跟她開口。更重要的是，我不認為打聲招呼就能了事。

最後，我決定靜觀其變，同時思考該怎麼搭話。

我牽著腳踏車，慢慢來到雪之下的身旁。

雪之下看過來一眼，臉上閃過驚訝的表情，然後立刻垂下視線，默默地加快腳步。我也跟著加速追上她。

腳步聲與車輪轉動聲互相追趕，最後還是維持同樣的距離。

我們就這樣不發一語，走了好一陣子。在這個距離之下還沉默這麼久，想必是因為雙方都鬧彆扭，不肯先開口。另外還有一大原因，是單純覺得氣氛很尷尬。

途中經過好幾個公車站及轉角，我們都不看一眼，也不在意路過的行人，只是順著道路筆直前進。

好吧。提出那件麻煩事的是我，理應由我開啟對話。

我下定決心，在經過京葉線的高架軌道後主動開口，於是開始等待時機。

一步、兩步，不久後，電車從正上方的高架軌道駛過。有那麼一瞬間，街道的喧囂聲彷彿完全消失。

我吐出一大口氣，對走在半步前面的背影說：

「……抱歉，把妳牽扯進來了。」

「……那也沒辦法。」

我勉強擠出不失禮的臺詞。雪之下沒有回頭，用偏低的聲音冷淡回答。

「在那個狀況下，我怎麼可能拒絕得了。你到底想怎樣？真是莫名其妙。」

雪之下的語速及步調，隨著她的碎碎念加快。

「那已經是新興宗教跟上門推銷的做法了吧。」

「等等，沒有那麼誇張吧。我確實扯了一堆子虛烏有的事，也有一點煽動。但我又沒有提出解決方案，反而還拜託妳幫我耶。」

「連補救方案都沒有，比詐欺還差勁……你那樣更過分吧。」

事實上，捏造不存在的風險，煽動他人的不安心理，再提出解決方案，完全是典型的詐欺。最大的差異在於，我沒提出任何解決方案。從這一點看來，的確比詐欺更不如，更惡劣。

雪之下深深嘆息。

「親眼看到家人被哄騙，我甚至覺得恐怖。」

「我才沒有哄騙……如果那種程度就騙得了她們，我還有必要扯那麼大的謊嗎？她們願意讓步這一點，我反而覺得恐怖……」

說到這裡，我發自內心吐出一大口氣。

無論是雪之下的母親還是陽乃，都不可能相信我愚蠢的妄言。接待室的那段對話，徹底否定了聯合舞會的計畫。

她們或許覺得我拙劣的計策很有趣。即使如此，以雪之下家而言，他們根本不用背負這個風險。

雪之下當然也明白這一點。她還是老樣子，走在我的半步前面，背好肩膀上的書包，咕噥道：

「的確……媽媽和姊姊都不可能那樣就退讓。」

「對吧？最後真的很恐怖。那是怎樣，有什麼意圖？」

「我怎麼可能知道？」

她像在鬧脾氣似地別過頭，逕自快步向前。

從海邊延伸出漫長道路，即將接上國道。從這裡左轉，便會進入通往我家的道路。

不過，在談話的過程中，我錯過了道別的時機。

……不對。在走到這裡之前，明明也有分別的機會，只是我統統無視。

來到穿越國道的陸橋時，我踩著穩穩的步伐，毫不猶豫地將腳踏車往前推。

雪之下沒有回頭看我，走上樓梯。我也跟在後面。只不過，由於我要推腳踏車上坡，速度一定比較慢。一步、兩步，我們之間的距離逐漸拉開，雪之下先登上樓梯頂部。

我為了趕上她，一次跨兩層階梯，奮力推著吱嘎作響的腳踏車。在頂端駐足的雪之下瞄了我一眼。

她好像是在等我。我用眼神道歉，雪之下搖頭表示不介意。不過，我們的目光交會僅維持一瞬間。雪之下再度面向前方，快步離去。

我也加快腳步，勉強跟她並肩而行。始終隔著半步，在爬樓梯時增加到兩步的距離已然消失。

雙方的腳步聲重疊在一起。雪之下接續剛才的話題。

「媽媽當時的眼神，跟看待姊姊時一樣……」

「……意思是得到認同了嗎？」

「說不定是被放棄了。」

雪之下聳聳肩膀，自嘲地笑了。

「再說，我不認為她會因為之前的舞會，提高對我的評價。而我現在卻要做風險更高的事，正常人都會覺得愚蠢吧。」

她的語氣如同連自己都覺得愚蠢。我猶豫著該如何回應，腳步停頓下來。在這短短幾秒鐘內，雪之下又往前走了幾步。

「……抱歉。我知道外人不該插嘴家庭問題，還有未來的事，結果還是把場面搞得一團亂。給妳添麻煩了……我會負起責任。」

我慎重地思考話語，加快腳步。

「沒有必要。我做的選擇沒道理讓你負責。你該做的是其他事。」

我追上雪之下後，她略微放慢速度。

「……為什麼要那麼亂來？」

她像在猶豫般輕聲嘆息後，垂著頭喃喃說道。我看不清楚她的表情，但還是從細不可聞的聲音中，聽出哀傷的情緒。

我該如何回答她？

在兩輛車通過橋下的國道，雪之下前行三步的短暫時間，我停下腳步。

這不是為了思考，而是下定決心。

「……我沒有其他跟妳維持關係的方法。」

「什麼？」

雪之下倏地停下腳步，轉過頭來。她一臉震驚，半開的嘴巴明顯透露出不解。

「若少了社團活動，我們之間再也沒有關聯。我想不到其他把妳拖出來的藉口。」

「為什麼要這麼做……」

雪之下茫然地杵在陸橋中央，從遠方接近的車燈照亮她的臉龐，顯露出咬住嘴脣的模樣。

「……我們之間的約定呢？我明明要你實現她的願望。」

責備般的聲音顫抖著，低垂的視線彷彿感到懊悔。

我早已料到她會那麼說，露出那樣的表情。

即使如此，我還是決定任性到底，不顧造成他人困擾，說出下一句話。

「這也可以說是其中一環。」

雪之下對我投以納悶的目光，歪頭表示疑惑。陸橋上的橘色街燈跟那天的夕陽一樣眩目，我瞇起眼睛。

「……她希望平凡無奇的放學時間，能有妳在身邊。」

我說出她的願望，雪之下瞬間語塞。她別過臉，以免泛著淚光的雙眼被我看見。

「……那樣的話，用不著特地這麼做也能實現吧。」

「怎麼可能。就算我們能互稱熟人、認識的人、朋友，或是同學，我不覺得自己能好好維持那樣的關係。」

「你或許是那樣沒錯……但我會好好去做。一定會做得更好……所以，不用擔心。」

語畢，雪之下像要中斷話題，揮別過去似的，向前邁進。

她逞強的模樣顯得可愛。我揚起嘴角，泛起諷刺的笑容。

「雖然講這種話有點難聽，我跟妳的社交力都很低，性格過度扭曲，還很不擅長跟人交流。我可不覺得我們能做得多好。一旦拉開距離，別說是拉近了，我敢說只會越來越遙遠。所以——」

我跟在雪之下身後幾步之處。

看著逐漸遠去的背影，伸出手，心中卻產生一絲猶豫。

我很明白，若要持續對話，只要叫住她就行。就算兩人繼續走下去，也不難繼續交談。真要說的話，若沒有什麼重要的理由，我根本不需碰觸那隻手。

不過，理由確實存在。

唯一一個不能退讓的理由。

「——放開手後，就再也抓不住了。」

我像是要說服自己——不，是為了說服自己才這麼說，並且伸出手。

我的另一隻手牽著腳踏車，形成奇怪的姿勢。我不知道該出多少力氣，掌心還開始冒汗。

就算這樣，我還是拉住雪之下的袖口。

纖細得令人驚訝的手腕，被我納入掌中。

「……」

雪之下嚇得身體一顫，停下腳步，驚訝地來回看著我跟自己的手。

我踩下腳踏車的側腳架，靈活地用單手停車。感覺一旦把手放開，她就會像怕生的貓飛奔而逃。

「講這種話真的很難為情，現在感覺超想死的。不過……」

第一句話說出口後，接下來卻變成深深的嘆息。

雪之下尷尬地扭動身軀，似乎在做些微的抵抗，看我會不會因此放開手。那模樣有如不想讓肉球碰到水的貓，我是很想放手，但在把話說完之前，還是想好好抓住她。

「說要負責根本不夠。那不是什麼義務。該說我想負起責任，還是說，希望妳讓我負責……」

在自我厭惡之下，我的手逐漸失去力氣。講這種話的自己真的有夠噁心。抓著雪之下的手逐漸鬆開，無力地垂下。

不過，雪之下沒有逃走，而是留在原地。她撫平袖口，握住剛才被我抓住的部位。雖然還是不肯看我，至少願意聽我說話的樣子。我為此感到放心，緩緩開口。

「也許妳並不希望……但我想繼續跟妳保持關係。不是基於義務，是我個人的意願……所以，把扭曲妳人生的權利交給我。」

途中屢次差點閉上嘴巴。我每次都勉強自己吸氣，再三吐出淺短的氣息，為了避免說錯話，耗費漫長的時間說完每一個字，每一句話。

在這段期間，雪之下沒有插嘴，只是盯著袖口。

附近只有車聲與呼嘯而過的寒風。與其這樣持續沉默，完全沒有聲音都還比較好。

「……『扭曲』是指什麼？你講這句話是什麼意思？」

她忽然開口回問，並且瞄了我一眼。為了填補剛才的沉默，我滔滔不絕地說：

「我的影響力沒大到足以改變別人的人生。我們之後大概都會繼續升學，心不甘情不願地就業，過著算得上正常的生活。但如果跟對方扯上關係，可能會開始繞遠路，或是在原地踏步，產生各種變化吧……所以，人生會有點扭曲。」

我語無倫次的發言，終於讓雪之下略顯落寞地微笑。

「……這樣說的話，已經夠扭曲了。」

「我也有同感。相遇，交談，相知，分離……每經過一個階段，好像都變得更扭曲。」

「你本來就夠扭曲了吧……雖然我也一樣。」

這句話參雜玩笑及自嘲，我跟雪之下都為之莞爾。

過於乖僻的我，以及過於直率的她，在其他人眼中肯定都很扭曲吧。儘管彼此的差異大到看不出任何共通之處，以扭曲這一點來說，恐怕是相同的。每當我們有所接觸或衝突，都會不知不覺地改變形狀，再也無法復原。

「之後會更加扭曲。不過，既然要扭曲別人的人生，我當然會付出相應的代價。」

明知道空口白話沒有任何價值。

「……我幾乎沒有財產，能給的只有時間、感情、將來、人生，這些不切實際的東西。」

明知道這種約定沒有任何意義。

「我至今的人生沒什麼了不起，將來大概也沒有什麼前途……不過，既然要干涉別人的人生，不一起賭上自己的人生便不公平。」

即使如此，我還是揮動名為話語的鑿子，挖掘要傳達的訊息。

明知道傳達不出去，還是不得不說出口。

「我的一切都給妳，讓我干涉妳的人生吧。」

雪之下微微張口，一瞬間好像想說什麼，不過馬上就跟空氣一起吞回口中。

接著，她換上瞪視般的眼神緊盯著我，用顫抖著的聲音，擠出八成不是原本要說的話語。

「那樣不公平。我的未來跟前途，不值得你做到那個地步……你有更加……」

泛著淚光的雙眼垂下視線，雪之下的聲音中斷的那一瞬間，我揚起一邊的嘴角，盡可能露出自大，傲慢、一如往常的諷刺笑容。

「那我就放心了。我目前為止的人生也沒有多少價值，再也沒有跌價的空間，簡直就是壁紙股。就某種意義上來說，反而可以保證不賠。現在買最划算喔。」

「這是詐欺犯最常用的話術吧。真是最爛的推銷。」

我們帶著半哭半笑的表情相望。雪之下走近一步，敲一下我的胸膛，抬起視線，用淚水蕩漾的雙眸瞪我。

「……為何淨是說這些傻話。還有其他話可以講吧。」

「那種話我哪裡說得出口……」

我沒出息地笑著，臉都皺了起來。

一句話哪裡足夠？

就算把真心話、表面話、玩笑話、常用話術統統用上，都沒辦法完整傳達我的心情。

這不是如此單純的感情。一句話就能傳達的感情確實也包含在其中。不過，硬要用一句話概括它，就會淪為謊言。

因此，我不停訴說，拚命編造理由，從理由到環境到狀況一應俱全，不讓她找藉口，將外界的阻礙盡數排除，封住退路，終於走到這一步。

這些話不可能讓她明白。不明白也無妨。傳達不到也無妨。

我只是想告訴她。

雪之下凝視我窩囊的苦笑，最後終於不太有自信地開口：

「我覺得自己是一個非常麻煩的人。」

「我知道。」

「會一直添麻煩。」

「又不是一天兩天的事。」

「既頑固，又不可愛。」

「嗯，是啊。」

「希望你否定一下。」

「別強人所難了。」

「我覺得自己會事事依賴你，越來越墮落。」

「只要我變得更墮落就行。大家一起墮落，就不會有墮落的人。」

「還有——」

「無所謂。」

我開口打斷仍在尋找話語的雪之下。

「多難搞，多棘手都無所謂。那樣才好。」

「……什麼嘛，一點都不高興。」

雪之下低著頭，又捶了一下我的胸口。

「痛……」

其實一點都不痛，但還是裝個樣子比較禮貌。雪之下鬧脾氣似地噘起嘴巴。

「還有別的吧？」

「性格太彆扭，有時真的搞不懂妳，甚至被弄得不太高興。不過，我也覺得這些都沒有辦法，因為我自己也好不到哪裡……就算我嘴巴抱怨，大概都還是能跟妳好好相處。」

話說出口的瞬間，她又默默地搥了我一下。

我心甘情願地承受，輕輕牽起她纖細的手。

如果還有其他就好了，真的。但我只有這些。

如果有更簡單的言詞該有多好。

如果是更單純的感情該有多好。

若只是單純的愛慕或思慕，肯定不會讓人如此心焦，覺得錯過後再也得不到。

「雖然大概不夠做為扭曲妳人生的代價，我的一切都交給妳。不需要的話隨時扔掉都行，若嫌麻煩也大可忘掉。這全是我的自作主張，所以妳不必答覆。」

雪之下抽了一下鼻子，點點頭。

「我會說清楚。」

然後，將額頭輕靠上我的肩膀。

「請把你的人生交給我。」

「……好沉重。」

我從嘴角嘆出一口氣，雪之下又用額頭撞過來一下，以示抗議。

「有什麼辦法。我不知道還能怎麼說……」

她如同一隻小貓，用額頭撞我，揪住我的衣襟輕輕撒嬌。

言語無法道盡的心意，透過肌膚的溫度確實傳遞過來。

8 那扇門再次開啟。

倘若有時光機，我八成已經回去宰了昨天的自己。

光是回想起來，便覺得好羞恥，好丟臉，難堪到極點。

我不斷地詢問自己，難道沒有更好的表達方式，更聰明的做法，更帥氣的樣子嗎？

但是，不管再怎麼思考，都覺得那已經是我能做到的極限。即使不是最佳解，至少絕對沒有錯。唯有這一點我能保證。真要說的話，跟過去的自己比較起來，我甚至想稱讚自己克服了過度強烈的自我意識。

不過，這個跟那個是兩回事。不行就是不行。

昨天我淋浴時，躲在水聲中盡情大叫。洗完澡後立刻鑽進被窩，用棉被蓋住頭，在床上滾來滾去。

可以的話，我想請整整三年的假。不過——

明天見……

她對我說的那句話，在耳邊縈繞不去。

太陽下山後，我們同時踏上歸途。一路上，我們的目光幾乎沒有交會，盡聊些沒內容的話題，直到抵達車站，即將分別時——

她像一隻招財貓，生硬地揮著手小聲道別。人家都這麼說了，我自然不能不去學校。

老實說，基於各式各樣的理由，我非常不想踏進學校跟教室。

但既然已經做好覺悟，這次反而輪到自我意識不允許我逃避。儘管這個行為很遜，我有為了渺小的自尊心，不惜打腫臉充胖子也要顧形象的壞習慣。

結果，我跟自我意識達成共識，實施「在遲到前一刻趕到教室」這個妥協方案。待在教室的期間，我幾乎都趴在桌上，其餘時間則窩在廁所。

幸好只要撐過今天，明天就是一天假日。

假日後的隔天是結業典禮，不用上課，中午之前就能回家。接著就放春假囉！

現在已經不用上正課，所有人忙著賣教科書、拍個人照等學年末特有的活動所以這焦慮的心情，也只會再持續幾天。

半天很快地過去。到了下課時間，教室內充滿從課業解脫的興奮感。上，時間轉眼間就過了。

有人在討論去哪裡吃午餐，明天要去哪裡度過假期，也有人趕去參加社團活動。大家用各自的方式消磨時間。

我也無聲無息地起身，混進走廊上的人潮，離開教室。

首先來到中庭的自動販賣機前。春天的陽光及南風舒適宜人，我自然而然地買了一罐冷飲。

我輕輕搖晃ＭＡＸ咖啡，懶洋洋地走在通往特別大樓的走廊上。出於莫名的緊張，我感到口乾舌燥。不過，甜膩的咖啡只讓我變得更渴。

好了，該用什麼樣的表情見她呢？我一邊想，一邊慢慢前進，結果不消多久，便來到社辦前。

明明只有幾天沒來，這扇緊閉的門扉，卻好像許久未見。體感時間甚至長達一年左右。

我在門口呼出一大口氣，鼓足幹勁，伸向門把的手掌反覆開合。

從那天開始，一直維持冰冷的指尖，如今確實帶著熱度。

我握住門把，用力拉開門。

然而，這扇門文風不動，只發出巨大的喀噠聲。我又挑戰一次，結果還是一樣。使盡全力依然打不開。

「鎖著啊……」

我輕輕咂舌，靠著門坐到地上，將剩下的ＭＡＸ咖啡倒進口中。不久之後，走廊的另一端出現一個人影。

「哎呀，你到得真早。」

雪之下並沒有因為看到我便加快腳步，而是維持原本的徐徐步伐。

她往往比我早到社辦，今天還真難得。

她說不定也因為沒來由的尷尬或害羞，走得比想像中還慢。

「對不起，等很久了嗎？」

「……剛到而已。」

我在心裡想著「好蠢的對話」，還是說出標準答案。雪之下也難為情地面露苦笑。

「方便幫我開門嗎？」

她將鑰匙扔給我，我牢牢地接住。

我第一次觸碰到這把鑰匙。實際拿在手上，會覺得它只是個又小又輕，平凡無奇的金屬片。

不過，或許是雪之下一直將它握在手裡。掌中的鑰匙，仍然留著餘溫。

× × ×

不曉得是不是錯覺，久違的社辦顯得一片空蕩蕩。

我跟雪之下各自坐到桌子的兩端，也就是以往的固定位子。

本以為早已習慣的距離感，如今卻感到遙遠。

我坐立不安，忍不住瞄來瞄去，不小心跟雪之下四目相交。在我不知該說什麼，煩惱著如何化解尷尬時，雪之下忽然移開目光。

過了一段時間，她又瞥回來，彷彿在觀察我的反應。

……不妙。為什麼說不妙呢？總之真的很不妙。我開始出現心跳加速、出汗、體溫升高、心律不整、喘不過氣等各種症狀，偵測到類似感冒的異常狀態。

感冒的時候該怎麼辦？

答案很簡單。

感冒了就要工作！即使不舒服也不能休息。這就是日本社畜！

因此，我決定用工作開啟話題。

「……總之，開始討論吧。」

「嗯。」

我拿出印好的企劃書，滑給雪之下。但企劃書只滑到半途。雪之下嘆了口氣，起身將它拿起，順手拉開旁邊的椅子坐下。

「……那樣不好說話。」

她看著企劃書，咕噥道。

「喔，嗯。的確。」

我也把椅子挪到雪之下的旁邊。

隔著一張椅子的距離感，使我比剛才更緊張，呼吸不禁變得急促。每吸一口氣，洗髮精的香氣便搔弄鼻子。我翻開企劃書封面，以忽略那股香氣。

「這是之前給對面的企劃書。基本上是這種感覺。」

不管怎樣，談公事準不會有錯。在工作的期間，不用擔心沒有話題，還能化解尷尬和難為情。雪之下也點點頭，開始閱讀企劃書。烏黑亮麗的長髮隨之垂下，她用手梳理頭髮，勾到耳後。看著看著，耳朵的紅潮也逐漸消退。

「話說回來，這份企劃書寫得真隨便。」

「有什麼辦法。當時時間很趕，我拚了命才寫出來的。」

「是嗎？那麼拚命呀。」

雪之下愉悅地喃喃說道，哼著歌用紅筆批閱。您心情好是很好，但是趁著興頭東改西改，小的有點為難啊……

大致瀏覽過企劃後，雪之下用紅筆抵著柔軟的嘴唇，點了下頭。

「這本來就是棄子，所以實現的難度很高。預算跟人手完全不夠。」

「預算要看海濱綜合那邊了。至於人手，只能動用我們的學生了吧。」

「是啊。不曉得有沒有人樂意幫忙……」

雪之下望向我們之間的空位。

那個座位，一直是屬於由比濱的。

「……算了，每次都給她添麻煩，我也不好意思。找找看其他——」

「不，我去跟她說。」

雪之下打斷我的話，將手放到胸前，端正制服的領結。接著，她低頭望向那個空位，像在告訴自己般，慢慢說道：

「沒問題，交給我。雖然很不好說明，我想親自跟她說清楚……否則，她可能會氣我們沒找她。」

「……好。那我也去尋找人選。」

雪之下的語氣隱約透出憂鬱，但還是當作開玩笑似的，露出自信的笑容。

「嗯，麻煩了。」

看到她恢復開朗的語氣及微笑，我鬆了口氣，點點頭，繼續翻閱企劃書。現在的資料上多了她指出的問題。

「人手先暫定這樣，再來是預算啊。嗯……就用海濱綜合的經費……地點？咦，地點？」

「既然是自發性活動，便不方便使用學校的場地。再加上是兩校合辦，最好別選擇特定一方的設施。」

「啊……的確。」

「預算跟人手要視地點和內容而定，所以先決定地點比較好。」

「也對。即使決定好其他事項，沒有場地也沒意義。」

「嗯。先挑幾個候選的舉辦日期，尋找有空的場地。」

「場地啊……可是都已經跟對方講過，放出消息了。」

我一面附和雪之下，一面翻閱企劃書。她說的很有道理。我在設計這個企劃時，也考慮過地點問題。

當時的我絲毫沒想過可能實際舉辦，所以隨便編出空色水岸啦，夕日海濱這類浮誇的場景。

「這傢伙已經寫了是海灘活動耶……」

「不就是你寫的嗎？」

雪之下無奈地吐槽，我這才頭痛起來，嘆了一大口氣。到底是誰想出這個企劃的？不想活了嗎？考慮一下負責執行的人好不好……

「不曉得能不能使用海邊或沙灘。」

我猛然抬頭，發現雪之下早已拿出社辦的筆電，戴上眼鏡開始查資料。她用纖細修長的手指流暢地敲打鍵盤，不久之後得到結果。

「有些地方看起來的確會辦活動，但需要自治團體的許可。不如說，若不由他們擔任主辦或贊助，可能就很難舉辦。而且也不能用火，能不能得到許可，似乎視案件而定。」

雪之下將筆電轉過來，我盯著螢幕，歪頭思考。

「對喔，海濱公園有烤肉區……所以如果取得公園的使用許可，說不定能夠用火。」

我伸手敲打鍵盤。

「啊，這個這個。」

我開啟學校旁邊的海濱公園網站，打開園內地圖，雪之下歪過脖子看向螢幕。

「公園屬於公共設施，費用比較低廉……還有許多綠蔭，若打造成花園派對，或許不是不可能。」

雪之下似乎想到好點子，兩眼發光。她的表情太耀眼，離我又近，我忍不住扭動身體向後仰。她似乎也注意到這一點，迅速後退，然後摘下眼鏡，低聲補充：

「……但還是得實際去現場確認才知道。」

「喔，嗯……」

我點點頭，開始思考。

嗯，確實。列出舉辦地點後，還是得實際確認才知道能否使用，所以必須前往視察。不過，雪之下還不了解企劃的詳情內容，我則是對詳細的數字沒概念，無法評估可行性。這樣的話，兩人一起視察比較有效率。既然是工作，當然要重視效率。

很好。我的理論完美無缺。

「……那，那要不要去看看……反正很近，而且明天放假。」

然而，完美的理論一到嘴邊就開始崩解。

「說，說得也是……明天……」

我支支吾吾地開口邀約，雪之下也支支吾吾地回應，並且點點頭。我無法判斷那行為代表肯定與否，或只是單純的應聲，但還是跟著點頭。這段奇妙的時間持續了一陣子。

× × ×

假日天氣晴朗，海濱公園的人潮眾多。

分不清是足球隊還是五人制足球隊的團體，頻繁地進出修剪整齊的草地，停車場附近還有犬展，許多車輛來來往往。好不容易進入公園，看到的是把這裡當成自己家，昂首闊步的親子家庭和慢跑者。

市民們謳歌著春天，彷彿不好好享受公共設施的話，就對不起高得嚇人的居民稅。嗯，稅金真的很高呢。

比稅金更高的地方，飄著一串風箏。好啦，其實沒有稅金那麼高。

我看著風箏高高升上萬里無雲的藍天，坐在樹蔭下的長椅，品嘗ＭＡＸ咖啡，度過幸福的時光。

至於旁邊的雪之下，在拂過樹梢的清爽微風吹拂下，一副累壞的樣子，度過地獄般的時光。

她穿著帶有少女風的藍色針織衫，以及白色連身裙，搭配藤編包跟貝雷帽，頗有大小姐的模樣。可是，看到她垂下的肩膀及蜷曲的身體，似乎要再加上體虛的設定。

「我多買了一罐咖啡。要喝嗎？」

「謝謝……」

我把咖啡塞到雪之下虛弱伸過來的手中。她用雙手握著飲料罐，喝了一口。攝取水分和糖分之後，她終於打起精神。

「沒想到假日的公園這麼擁擠……說實話，我太小看它了。而且好大。真的好大。」

「妳累到連話都說不好了……」

雪之下深深嘆息，摘下帽子，解開兩條辮子的其中一條，叼著髮圈，仔細地用手梳理髮絲，重新綁好，最後用鏡子檢查一眼。那副模樣讓我感到一陣懷念。

剛才便一直在想，雪之下難得戴帽子，髮型也跟平常不一樣。我現在才想起，那正是之前和小町一起外出時的雙馬尾。

「好久沒看見這個髮型了。」

「是嗎……因為我上學時不會這樣綁。」

雪之下放下正要戴回去的帽子，像在想事情般，摸了摸頭髮。

「喔……原來是假日限定。也對，畢竟挺花時間的。」

我沒有這方面的經驗，所以不清楚。不過，維持兩邊馬尾的平衡感覺挺難的。到我這般境界，假日時永遠穿著運動夾克。若不會被小町看見，我甚至只穿T恤加內褲，視心情更換新裝扮的心思，我誠心感到佩服。

我仔細盯著雪之下看，她用帽子遮住嘴巴，小聲說道：

「……就算是假日，我也不常這樣綁。」

咦？這傢伙是怎樣……

這未免太可愛，我嚇了一跳。等等，真的好可愛。討厭，她是怎樣啦，超可愛的。雖然很難搞，可是這一點也很可愛……不對，反而該說就是這點可愛吧？算了，可愛就好（放棄思考）。

「熟悉的髮型能產生安心感，是很讚沒錯，不同的髮型也挺讚的。嗯，真讚……」

我將思考力及字彙力統統捨棄，像是看破一切的宅男，不停咕噥著「讚……」

雪之下壓低帽簷，別過頭，好像不喜歡我這樣。嗯，這個反應也很讚……

「看完一圈的感覺，由於不能破壞草坪，可能沒辦法搭鋁架舞臺。」

雪之下望向草坪，那裡只要事前申請就能租借。我也跟著看過去，扔到遠方的思考力及辭彙量立刻回歸。

「還得考慮音響跟電力。如果有地方接電就好了。不過我看，恐怕只能租發電機……更重要的是天氣。」

真希望有個一〇〇%的晴女。可惜這種天氣之子（註35）並不好找。

「搭帳篷不失為一個方法，但想必會影響來客數。而且路況也不好，穿禮服很難走這麼長的距離。」

雪之下晃著修長的雙腿，厚底涼鞋隨之發出啪噠聲。我努力地只用側眼偷瞄，避免大剌剌地看向那白皙的小腿肚，同時裝出理解的樣子點頭。

「是啊……動線也不好規劃。」

照這樣看來，公園並不適合做為會場，必須思考其他方案。

我迅速從長椅上起身。拍掉沾上褲子的塵沙，望向沙子的來源。

「姑且去海邊看看吧。」

「嗯，姑且。」

雪之下也站起來，踏出腳步。

越過青翠的草坪，道路的前方即是沙灘。

海水浴場尚未開放，所以還看不到游泳的人，但還是有些人在岸邊戲水。

無邊無際的白色沙灘，在晴朗的藍天下閃耀光芒。雖然海風仍然帶著些許寒意，隨著氣溫上升，這股寒意反而感到舒適。

註35 出自電影《天氣之子》。女主角擁有讓天氣放晴的能力。

這樣的天氣很適合在海邊漫步。附近還有涼亭，做為舞會的場地也很不錯。不過根據看板上的使用規範，可能還是有難度。但至少可以在活動結束後，繞過來散步。

我看著遠方的海平線，伸了個大懶腰。

「千葉的海萬歲……」

「這裡是東京灣就是了……」

雪之下不留情地潑我一頭冷水後，停下腳步。她壓著隨時可能被風吹走的帽子，轉頭望向我。

「你真的很喜歡千葉……你會一直待在這裡嗎？」

「不被趕出去的話。我也打算選擇能從家裡往返的大學。」

「你的確幾乎都是報考都內的學校呢。」

「妳怎麼知道我要考哪裡？好恐怖……」

我自己都還沒決定要報考的學校，為何她一副理所當然的樣子……對於我直率的疑問，雪之下不悅地說：

「你的成績跟我差不多，自然能過濾到一定的程度。」

「也對。我們的志願應該很類似。」

「嗯……所以，說不定還會進入同一所大學。」

「有可能。」

從高中同學變成大學同學的事情並不罕見。翻閱我們學校的榜單，便能發現許多實例。

「但未必會讀相同系所。再說，之後肯定還是會走上不同的道路。」

儘管只是毫無意義的假設，即使我們考上同一所大學，活動範圍大概也不會有交集。聽說不同科系的學生，平常根本見不到面。更何況，我不認為自己會乖乖上學，很可能碰到雨天便蹺課，無條件放棄早八，甚至只拿到「麻將大學」跟「豬大學」（註36）的學分。

雪之下當然也明白，深表贊同。

「之後呢？」

「還沒決定，看工作找得如何。」

聽到我這麼回答，雪之下睜大眼睛。

「打算去工作啊？還以為你又會開始說一堆歪理。」

「很遺憾，我好像頗有當社畜的才能……大概會無關自身意志，跟大家一樣拚命工作。」

我大大地嘆一口氣，雪之下露出愉快的微笑。

「可以想像你每天早上兩眼無神，擠東西線電車的模樣。」

「與其搭東西線，我寧願離開東京。」

註36「麻將大學」與「豬大學」分別為麻將館、豬肉蓋飯店名。

東西線是日本屈指可數的通勤路線，擁擠度直逼二〇〇%。儘管將來也許會在營運方的努力下改善，目前我可沒有勇氣每天搭那玩意兒上班。

再說，開始工作後，說不定會離開家裡。也有可能在大學時，便因為每天通勤太麻煩，索性搬出去一個人住。這不只是為了方便，也是透過這種儀式，踏入人生的下一個階段。

海面的另一端，遙遠的對岸，是模糊不清的高樓大廈。我望著自己遲早要前往的地方，忽然停下腳步。

她踩在沙灘上的腳步聲也戛然而止。我往那邊看過去，與雪之下對上視線。

「不過，總有一天會回來。我還是喜歡這個地方。這裡讓我有種歸屬感。」

「……是嗎？那就好。」

雪之下微笑著說，重新邁步而出。她的腳步比剛才輕快，步伐比剛才更小，走在我前面幾步，接著回過頭。

「你真的很喜歡千葉。」

「……對啊。」

雪之下帶著調侃的笑容，彷彿不想被察覺她是否理解我的言外之意。我不禁回以苦笑。

沙灘上留下我們並排前行的腳印。

不知不覺，我們走了大約一站的距離。沿海的道路前方，逐漸浮現一棟華麗的建築。

那是一間相當有設計感的餐廳，擁有可欣賞海景的陽臺，二樓鑲著玻璃，牆壁是沒上漆的水泥牆，一樓則是庭院環繞的露天座位。我看了看板才發現，這裡其實是複合式咖啡廳，餐廳位於不同店鋪。藍天下的咖啡空間放著柔軟的沙發，看上去相當充實。

雪之下默默指向那家店，歪頭問我要不要去。

我點頭回應，她滿意地微笑，快步走向櫃檯，離開前回頭看了我一眼。

「你可以先去找位子嗎？」

「好。」

我坐到離海最近，有舒服的風吹拂的沙發座。在等雪之下的期間，隨興觀察店內。

不愧是走時尚路線的店，連菜單都很時尚。除了珍珠奶茶等加了珍珠的飲料，還有無咖啡因橙香南非國寶茶、超級水果茶、蔬果冰沙等等，說多時尚就有多時尚。喂喂，這裡可是千葉喔。這麼時尚沒問題嗎……不行吧。這樣下去的話，千葉會站在潮流的最前端喔。

在我為千葉的時尚化感嘆時，雪之下拿著托盤小步走來，坐到我旁邊。

「來。剛才的回禮。」

她遞來一杯珍珠奶茶。看來是要抵銷我稍早請的咖啡。

「等等，差額有點大……妳不擅長算數？」

「比你擅長。下次你再回請什麼就行。」

雪之下心情很好的樣子，喝起珍珠奶茶。有那麼一瞬間，我為她會喝普通女生喜歡的飲料感到訝異，不過仔細一想，她就是個喜歡可愛事物的普通女生，例如貓咪和熊貓。雖然我不清楚珍珠奶茶可不可愛。

不管怎麼樣，這不是我平常會喝的飲料，所以我懷著拉麵送上桌的心情，拿出手機拍照做紀念。這就是所謂的美食照吧。

「啊。」

這時，雪之下驚呼出聲。我望過去，發現她茫然地盯著喝過的飲料。失落的表情如同在訴說「早知道也先拍一張……」

「啊，我的還沒喝。拍我的吧……」

我不禁心生憐憫，語氣溫柔起來。我將飲料推過去，雪之下立刻拿出手機。

「是，是嗎？謝謝……」

她整理一下瀏海，起身移動到我的身旁，輕輕勾住我拿著飲料的手臂。

然後，用自拍鏡頭按了兩次快門。

那出乎意料的舉動使我當場僵住。雪之下檢查完照片，靦腆一笑，低聲說「就是這種感覺……」把畫面給我看。

沒有後製或修圖的照片中，兩人明明勾著手臂，中間卻產生神祕的空間，光是用看的都覺得僵硬。

我不禁深深嘆息。不會吧，遠遠超出我的想像。對心臟不好耶……

「剛才那樣不行吧……」

我用雙手遮住羞紅的臉，半是抱著頭。雪之下略顯著急地試圖解釋。

「對，對不起。那個……」

「重拍一張。我眼神都死透了，根本不能看。」

這次換我拿起手機。雪之下先是一愣，然後急忙整理瀏海，檢查自己坐的位置，慢慢跟我拉近距離，一副做好覺悟的樣子，展開雙臂。

「請，請便……」

呃，用不著這樣啦，害我也緊張起來了。雖然這麼想，我跟剛才一樣伸出手臂。不過，這次比之前稍微縮短了幾公分。

「要拍囉。」

「好，好的……」

雪之下的聲音軟趴趴的，背脊倒是非常筆直。與我接觸的肩頭傳達出她的緊張，勾在一起的手臂甚至有點在發抖。好吧，我自己也抖得很厲害。

我決定相信手機的防手震功能，按下快門，直接把畫面秀給雪之下。她緊張地看過照片後，倏地綻開笑容。

「你還是一樣死魚眼啊。」

「放心，可以靠後製修掉。科技的力量是萬能的。」

我二話不多說，迅速下載修圖程式，俐落地操作。雪之下在旁觀看，不時發出各種讚嘆，好奇地在旁邊看。不過，她的臉蛋根本不需要修吧。

如此這般，我們在嬉鬧中消磨了不少時間，奶茶也在不知不覺間見底。

回過神時，大海及天空已染成朱紅，如熔爐燃燒般的渾圓太陽，也逐漸降低高度。

這說不定是我第一次在這麼近的距離看夕陽。

我和雪之下都默默看著夕陽。

不久後，一陣風吹過，教堂的鐘聲響起。

我轉頭望向聲音來源，地點似乎比想像的還近。

「去看看吧。」

雪之下馬上起身，踏上沿海步道，映入眼簾的是一群身穿鮮豔禮服的人。大家圍著穿著白西裝和婚紗的男女，以魔幻時刻的黃昏沙灘為背景拍照。

遠遠看過去，似乎是在辦婚禮。

餐廳的隔壁是一座像教堂的設施。再過去還有一棟建築物，可能是舉辦婚宴等活動用的會館。

我翻閱位於建築物的一角、入口附近的導覽手冊。這棟類似會館的建築名為宴會樓，二樓分成兩種風格各異的會場，一樓則是用木頭裝潢的休息區，休息區的深處有個面海的寬廣陽臺。

我實際瞄一眼陽臺，那裡開著暖爐，溫暖的火焰微微照亮四周。

喔……原來有這麼一個地方。由於跟婚禮太過無緣，所以從來沒聽說過。我單手拿著手冊，反省自己還沒將千葉鑽研透徹。這時，雪之下拉了拉我的另一隻手。

「怎麼了？」

「這裡不錯。就在這裡辦吧。」

雪之下扯著我的袖子，雙眼閃閃發光。看她半是感動半是興奮的表情及氣勢，我實在不敢問她要辦什麼。

問了大概會很麻煩……

因為，這裡是婚禮會場嘛。

「……這個，會不會，太急了？」

我慎選措辭，盡可能委婉地說，雪之下一臉疑惑。

她微微歪頭，下一秒赫然意識到我在指什麼，迅速放開我的袖子，按住太陽穴，無奈地大嘆一口氣。

「眼神和性格都那麼差了，要是連頭腦都變差，你還剩下什麼？看清楚。」

雪之下逐一指出手冊上的標示。

「有海，有營火，還有設備齊全的活動場地。」

「……喔，對喔。舞會。」

討厭，羞死人了！笨蛋笨蛋！八幡大笨蛋！蛆蟲！我以為自己很冷靜，其實早已樂得失去理智。去死好了？是時候去死了吧？

我彷彿被潑了桶冷水，大腦急速冷卻，思考能力終於恢復正常。從設施簡介看來，若要將我的企劃書在可能範圍內實現，這個環境挺理想的。

「的確。要辦的話就是這裡吧。」

「嗯。這裡的條件大概是最符合的。」

雪之下得意地露出信心十足的笑容。

出人意料的一面固然不賴，果然還是熟悉的表情最不賴。

×　×　×

舞會場地有了著落的隔天。

結業典禮一結束，我和雪之下便前往侍奉社。

我們很快地向會場方要資料，詢問可租借的日期，並且請對方報價。不過，這些不是當天就能知道結果，大概要過幾天才會得到答覆。

在等待的期間，還有許多要先準備的事。除了地點、日期，預算及人手問題仍未解決。

為了解決其中的人手問題，我跟雪之下找來各自召集的人，說明聯合舞會的詳情。

面對光榮的第一組貴客，三副排排坐的眼鏡，共計六面鏡片，我清了一下喉嚨。

「嗯──跟上次一樣，這次也要請各位放棄抵抗。」

我故作鄭重，煞有其事地說，相模弟、秦野、材木座紛紛推起眼鏡，發出不滿的嘆息。

「唉……」

「唉。」

「唔……」

嗯，非常好。大家都很有精神。

「這幾位便是期待的新戰力。」

經過我的介紹，雪之下立刻站起來。

「初次見面，我是雪之下。比企谷同學好像給你們添了許多麻煩，不好意思，同時也很感謝。這次也要麻煩各位了。」

她優雅地一鞠躬，彬彬有禮地問候，還附帶夢幻的笑容。雪之下給人的感覺變柔和了，很難跟以前的她聯想在一起。

遊戲社二人組只看過以前那如同利刃，任誰碰到都會受傷的雪之下，現在想必大受衝擊。

實際上，相模弟跟秦野都在瑟瑟發抖。

「她——」

「不記得——」

「我們！」

連材木座都在發抖。

三人詭異的舉動，使雪之下感到疑惑。那冰冷的眼神，隱約看得見以前的利刺。

「這個人好可怕！」

「果然很可怕……」

「八幡，想點辦法吧……」

他們靠在一起竊竊私語，最後由材木座來扯我的袖子請求幫忙。

「別擔心，你們遲早會上癮的。像我現在就中毒很深。迷上後的反差保證讓你欲罷不能。」

「……什麼東西？」

本以為我已經講得夠小聲，雪之下還是狠狠地瞪過來。我聳肩無視她的瞪視，用眼神問眼鏡三人組「對吧？」

這一次，三個人紛紛發出「沒錯」、「我懂」、「不能同意你更多」的讚美。做為再度不小心開啟新一扇真理之門的同志，我們互相擊掌慶祝。

然而，我們的喜悅在下一刻煙消雲散。

敲門聲輕輕響起，對方沒等我們應聲就直接開門。

「大家辛苦了──」

會這麼一派輕鬆地出現的，不會有別人，正是一色伊呂波。她的身後還跟著幾位學生會成員。

「一色同學，謝謝妳。」

「不會不會。我之前也受過雪乃學姊的關照，禮尚往來嘛。」

雪之下露出柔和的笑容，一色也得意地笑著。副會長跟書記妹妹八成是被硬拖來的，兩個人都神情憂鬱。

眼鏡三人組的怨恨也不輸他們。

「一色……」

「伊呂波……」

「伊呂波……」

一色對遊戲社及材木座展露微笑，點頭致意，然後直接無視。這個反應比徹底無視更惡劣，跟看得見卻看不見的京極夏彥推理作《姑獲鳥之夏》一樣。

三個人再度推了推眼鏡，嘟囔著「會上癮耶」、「好像漸漸體會了」、「這也沒辦法」，產生新的變化。相模弟的性癖是不是很扭曲？沒問題嗎？是不是姊姊害的？

在我擔心之時，又一扇新的真理之門被敲響。客氣的敲門聲傳來後，大門透出一條縫隙，縫隙外出現一雙窺探的眼神。

「請進。」

雪之下應門後，門緩緩敞開，穿著運動夾克的天使探頭進來。

「打擾了……啊，八幡。我來囉。」

戶塚露出燦爛的笑容，揮著手小步走過來。然後他環視社辦，疑惑地問道。

「這是什麼聚會嗎？」

「我找了一群添麻煩也不會心痛的人來。」

「這，這樣呀……」

戶塚用半是驚恐，半是同情的眼神看向那幾個人，然後猛然驚覺，歪頭指向自己。我苦笑著點頭。

「抱歉，太感謝你了。說實話，這件事超級麻煩，但還是拜託你連同自己把整個網球社借給我。」

「全部……嗯，好啊。」

我低頭拜託，戶塚雖然笑得有些為難，仍然輕輕拍了拍胸口。

那三個人會有什麼反應呢……我剛想回頭看時，突然有人粗魯地拉開大門。

「安啊——」

吵死人的聲音，如同永遠升遷不了的工讀生領班。伊呂波對他投以「你很吵耶」的眼神，還毫不掩飾地咂舌。讚。

不過，她的態度立刻一百八十度大轉變。

「啊，葉山學長。」

「嗨，伊呂波。妳也來啦。」

跟在戶部後面進來的葉山，一面和一色閒聊幾句，一面舉手對我打招呼。這幾個人怎麼也來了……我疑惑地看著他們，葉山則注意到遊戲社及材木座的存在，對三眼鏡揮揮手。

三眼鏡頓時進入本日最高潮，紛紛發出「咦！等等，我不行了」、「我不行了，好痛苦」、「太美妙了我不行了」等尖叫。你們未免太喜歡葉山了吧？

然而，他們的興奮很快地便消退。因為三浦穩穩占據葉山的身旁，一邊捲頭髮，一邊用銳利的視線威嚇其他人。

有幾個人被她的眼神嚇到，雪之下的反應更大。她瞄了我一眼，移動到我旁邊，悄聲詢問。

「是你找他們來的嗎？」

「……咦，不是妳嗎？」

雪之下困惑地輕輕搖頭。

這樣的話，找這些傢伙來的人是……正當我抵著下巴思考，又有一個人從戶部忘記關的門後出現。

「哈囉哈囉～」

海老名快活地跟大家打招呼，鏡片閃爍詭譎的光芒，她的身後還躲著一位川崎。川崎掃了社辦一眼，露出相當困擾的表情。雪之下開口搭話。

「川崎同學，謝謝妳來。」

「咦？嗯。稍微聽一下是沒問題……」

她侷促地扭動身軀，反手關上門，慢慢往室內的最角落移動，但是馬上被海老名牢牢抓住。她只好放棄抵抗，乖乖地被帶到正中央。

人數一多，社辦內便吵雜起來。

不過，跟往日的熱鬧相比，還少了點什麼。

雪之下看了時鐘一眼。

約好的時間已過。

她仍未出現。

有社團活動的人暫且不提，結業典禮已經結束，現在正式進入春假。之後若要煩勞別人，便得占用春假。不得不說，這是相當強人所難的請求。

她大可一口拒絕，而且理由要多少有多少。我不希望她再受我的任性之舉牽連。我如此對自己辯解。

我看了時鐘最後一眼。

「……該開始討論了吧。」

我小聲催促，雪之下點點頭。但她並沒有開口，只是用溫暖的視線，說服我繼續等待。

溫柔的目光落在門上。

她帶著確信的眼神，靜靜等待那一刻到來。

十秒，二十秒……終於，指針的轉動聲中，混入急促的腳步聲。

即使隔著一扇門，我依然能鮮明想像出畫面。

不停跳動的丸子頭，左右搖晃的大背包，發出匆忙腳步聲的室內鞋。

啊啊，是她。我一下子就明白。

社辦的門響亮地敞開。

「嗨囉——」

由比濱結衣微微喘氣，高高舉起手，展露比往日更加燦爛的笑容。

× × ×

隨著春假開始，聯合舞會終於正式進入籌備階段。

與此同時，雪之下也進入認真模式。

從安排會場到估價、調整日期、人員分配等等，她以驚人的速度解決課題。剩下的問題頂多只有預算。關於這一點，我們也打算在今天跟海濱綜合高中開會時，討論出大概的方向。總武高中方由我、雪之下，以及身為學生會長的一色出席。

既然是跟那群人開會，當然要前往我們熟悉的社區中心。

時序進入春假，聯合舞會又只是學生自發型活動，所以不方便使用學校空間。

今後得暫時借社區中心一用。雪之下早已租借好社區中心的會議室，直到舞會的那一天。由此也能看出她滴水不漏的作風。

會議室內，以材木座跟遊戲社為首的人員，正在製作導覽用看板等道具，以由比濱和三浦為中心的人員，則是準備宣傳事宜。

要大家每天報到實在有困難，因此我們配合各人的行程排定班表。而且，我們有了網球社、足球社，順便加上學生會雜工（主要是戶部和副會長）的協助，人力非常充足。拜戶塚的人望，葉山的領袖氣質，以及一色的專制所賜，勞力免費用到飽的工作環境才得以成形。在此對本校學生致上最深的謝意！

關於不涉及預算的部分，這樣就搞定了。

問題是在我面前用手指敲著會場導覽，心情愉悅的玉繩。

「很好，非常棒的會場。很符合企劃原意，也沒什麼好挑剔。」

玉繩大肆讚賞，「意」和「剔」還特別押韻。他將手冊滑給隔壁的折本，折本也說「喔～不賴嘛」，我跟一色頻頻點頭附和。見他們的反應不錯。雪之下乘勝追擊。

「不過，目前只有四月的第一週能租借……剛好是離職典禮當天。方便訂在這一天嗎？」

「當然可以。我們學校的離職典禮也剛好是那天，大多數的畢業生應該都有空，這樣比較容易吸引人參加。」

「很好啊！沒人來就麻煩了。」

折本也興奮地豎起大拇指。那麼，是時候進入正題了……

我清了一下嗓子，故作自然地提問：

「那麼就是預算的問題。可以指望你們的預算嗎？」

「這個嘛，就算兩校平分開銷，大概還是得稍微自掏腰包。但只要別太誇張，我想是負擔得起。」

「啊——其實，我們這邊手頭有點緊。」

「嗯？」

玉繩用非常平靜的語調回問，彷彿在說他沒聽見。一色傻笑著戳起手指，故意裝可愛，用笑容蒙混過去。

「那個，我們不方便動到學生會的預算……」

「嗯？」

然而，這招對玉繩沒用。他用跟剛才一樣的語調再次回問。雪之下大概覺得這段對話有蹊蹺，疑惑地歪過頭。

「難道比企谷同學沒提過？我們這邊不是由學生會主辦，而是學生自發的活動。」

「嗯……嗯？意思是，不能用貴校的預算？」

我們三個同時點頭，回答玉繩的問題。沒辦法，既然是不存在的東西，怎麼樣都生不出來嘛。玉繩聽了，露出明顯的假笑。

「……我，我們實在沒辦法負擔全額。哈，哈哈哈。」

「是嗎？原來這部分還沒有結論。」

雪之下小聲地自言自語，在桌子下用力擰我的大腿。痛痛痛！我無聲地扭動身子。一色也用眼神責備我「怎麼自己在那邊玩……」但她立刻露出「啊，他一直都沒人陪嘛。我懂了」的表情，一副理解似地點點頭，將視線轉回玉繩身上。

「這樣的話，還是收取參加費吧。」

「可能有點難度……一聽到要收錢，大家可能就不想來了。」

玉繩十指交叉，面露難色。好吧，我懂他的意思。以畢業生的立場而言，他們明明是被祝賀的一方，當然不能理解為何還要付錢。

可是，不收點錢的話，舞會的可行性會大幅降低。既然如此，只能讓他們改變想法。

「不然，改用Crowdfunding吧。招待願意投資的人來。」

聽我這麼說，玉繩立刻抬頭，低聲沉吟。

「……有道理。說不定可行。」

「我覺得可以！雖然聽不太懂。」

玉繩一表示贊同，折本便隨口附和。一色則疑惑地皺眉。

「……可行嗎？結果還是要付錢，不是跟參加費一樣？」

「不。感覺上有差。」

「感覺上有差？」

一色看著我的視線，彷彿在說「這傢伙在講什麼啊」。接著，她轉向雪之下，開口詢問「這個人在說什麼啊？」

「他要說的，應該是心理上的抗拒感，以及實惠感吧。」

「嗯，可以這麼解釋。簡單地說，兩者的差別如同用點數卡消費，跟用信用卡消費。」

「我越聽越不懂……」

「問題在於花錢的實感。有些人很抗拒付現金，卻很願意線上付款或刷卡。對吧？」

「喔……」

經過雪之下解說，一色發出不知究竟有懂沒懂的曖昧回應。玉繩則是逮到機會，開始比手畫腳。

「CF的好處不只如此。這更類似投資，或者說是贊助。願意出資的人比起單純的顧客，更接近合夥人。也就是說，有些人可能願意出比一般參加費更高的費用。」

「是喔——」

一色毫不掩飾興趣缺缺的態度，慵懶地隨口回應。

「問題在於獲得的回報……除了最基本的舞會參加資格，對於出資更多的人，必須提供更多好處……」

雪之下抵著下巴，陷入沉思。折本立刻舉手。

「我有點子！開高級轎車接送如何？超適合晒照！不覺得很讚嗎？」

「啊，不錯耶！很像『鑽石求千金』！」

「要安排是可以，但這也有成本，賺不賺得回來是個問題。」

雪之下對馬上贊成的一色露出苦笑。

不過在這種時候，女性的意見便顯得重要。無論是顯得多愚蠢的意見，考慮到舞會參加者以女性為眾，就不容忽視。

「高級轎車和白馬王子啊……」

我咕噥著翻閱會場資料，發現一個能結合這兩項要素的場所。

「……停車場。讓出資者免費使用停車場如何？對方剛從高中畢業，應該很多人會想開車來。」

「啊……有的男友說不定會開車接送。」

「的確也有那種需求。無論如何，我們不可能確保所有來賓都有車位，那不如賣得貴一點。」

千葉是僅次於東京的大都會（根據個人調查），但還是有很多人習慣以車代步。特別是木更津一帶，即使進入令和年代，還是看得到不少裝了空力套件，跟釣烏賊的漁船一樣閃亮的汽車。在高速公路上以最高速限行駛，照樣被逼車的案例也時有耳聞。這個汽車社會真不文明。

好吧，反過來也能說是大家對車很有感情。由此可見，汽車代表一種社會地位。有好車的人當然會想找個大場合炫耀一番。

會提到高級轎車、白馬王子之類的，代表女性客群追求的是奢華及名媛體驗，既上相又專屬於自己的特別待遇。

男性們則一股腦地爭奪那種特別感，好讓自己受那些女生歡迎。天啊，這裡是地獄嗎？

不過，既然知道客人的需求，自然就明白該提供什麼。

「還可以在休息室裡另闢貴賓區做為回饋，這樣甚至能零成本創造附加價值。」

「你如果當詐欺犯，一定會很厲害……」

「未必。我不擅長數學，完全不懂收支計算。」

坦白說，我也不確定自己的主意能不能當成回饋。畢竟過去辦活動時，一碰到實務，我就統統丟給雪之下。所以，我低頭表示「剩下就麻煩妳了」。雪之下輕笑出聲。

「這部分我來弄就好。總之，先把高級轎車這些華麗的東西列入選項吧。」

雪之下俐落地做筆記。一色瞄了內容一眼，清清喉嚨。

「大概先這樣囉？」

「……不錯。我開始覺得可行了。」

玉繩咧嘴一笑，吹起瀏海，臉上洋溢著幹勁及自信。不愧是玉繩大哥……既然你這麼可靠，就多拜託你一些事囉！

「我們可能還需要其他回饋方案，那就交給你了。說實話，對於 Crowdfunding 這種東西，我們還沒建構出 Knowhow，而你好像對這方面很熟悉……」

我迅速提出要求，玉繩高速眨眼，不久後露出微笑。

「……當、當然沒問題。」

他拍拍胸脯，一副放馬過來的模樣。但是看你狂冒冷汗，真的沒問題嗎……不過，現在只能選擇相信了……他可是玉繩，一定辦得到的！

我不知道玉繩會採取什麼手段。不過，既然他說沒問題，就交給他吧。現在的募資網站除了信用卡，也開放用智慧型手機參加，學生不再被拒於門外。只要玉繩鼓起幹勁，就可以把一堆工作塞給他。事到如今，已經管不著手段和事情經過。

「那麼，我把估價單及試算表傳給妳。你們大致擬定好之後，可以告知我一聲嗎？」

「了解——」

雪之下整理好文件，下達結論。折本精力十足地回應，玉繩也再三點頭。

「我們也會在最近幾天開始上工。」

「嗯，感謝。你們主要負責的是管理金錢，人手方面不必勉強。啊，至少活動當天要派人過來。」

「好，我會稍微找幾個人。」

折本輕鬆地作結，第一次聯合舞會預算委員會到此結束。

我目送兩人離開後，整個人靠到椅背上，嘆了一口氣。

「……總之，預算有頭緒了。」

「那還要募資順利才行……不夠的份怎麼辦？」

雪之下提出疑問，一色也深鎖眉頭。

「唉，如果只是一──點點錢，也不是不能考慮由學生會出……」

「完全感受不到希望的回應……別太誇張的話，最壞的情況就是我自己掏錢。但還是要看金額。」

我也皺著眉頭說道。雪之下驚訝地睜大眼睛。

「你沒有存款吧？」

「我沒有，但父母親有。我可以無息借款然後欠一輩子。這點出息我還是有的。」

「那稱得上出息嗎……」

我對苦笑的雪之下聳肩。

其實，我覺得多少賠一些也無妨。要是不小心有點營利，搞不好反而惹上麻煩。畢竟這只是高中生主辦的活動，我想要保持非營利的形象。更何況，來路不明的收入會引稅務署上門……

舞會都還沒舉辦，我就在想這些事，雪之下則已經敲起計算機。

「年紀輕輕就讓你負債，我也於心不忍。我會想辦法降低成本。」

「別扣到我的薪資喔？」

「放心。你的薪資本來就用0計算，也沒得扣。」

「好一個良心企業……」

好吧，我一開始就知道不會有什麼薪水，是沒差……在我們久違地上演固定的鬥嘴戲碼時，坐在旁邊的一色吁一口氣，露出「拿你們沒辦法」的表情。

「你們感情真好……」

接著，她四處張望，清了清喉嚨，壓低音量。

「……姑且問一下。你們現在是什麼關係？」

被這麼一問，我跟雪之下瞬間愣住。好吧，反正遲早會被問到。一色前幾天才看我們起爭執，現在卻突然一起辦活動，八成摸不著頭緒。

她冷冷地看著不知該如何回答的我們。

得說點什麼才行……我瞄雪之下一眼，結果發現她也在偷瞄我。兩人的目光只傳達出雙方都不知所措。

「是，什麼關係呢……」

我吐出一句只是為了填補沉默，毫無意義的呢喃，一色的眼神變得更加嚴肅。我害怕得別過頭，雪之下的嘴巴一開一合，想要說些什麼。

「這……這，這種事很難說明……」

她低下紅通通的臉，支支吾吾地接著說：

「搭，搭檔……之類的，吧……」

「對啦！哎呀，被這麼一問，我一時想不出來，不過大概是那種感覺。」

「對，對呀。雖然不太清楚，應該是那種感覺。」

我拚盡全力附和雪之下，雪之下也高速點頭。

一色一語不發，只是緊盯著我們。不久後，她疲憊地嘆一口氣。

「唉，是嗎？如果你們覺得那樣就好，是無所謂啦。」

然後，露出不懷好意的笑容。

「但我覺得，還是弄清楚比較好喔。」

一色露出意味深長的微笑，從椅子上起身，哼著歌，準備離開會議室。

然而，她忽然停下腳步。

三浦不悅地用手指捲著金髮，朝一色的前方走來。

她走到我們身旁，大嘆一口氣說道：

「我們可以去吃飯嗎？」

「可，可以。」

雪之下困惑地回答這意料之外的問題。

明明得到許可了，三浦仍然盯著我跟雪之下好一陣子。最後，她終於移開視線，望向一色。

「妳要一起來嗎？」

「咦？啊……不，我有點……」

或許是因為這個邀約太過突然，一色頓時不知道如何拒絕。若是平常，她大概會直接回答「啊？我才不去」，但現在比起對三浦的競爭意識，困惑的情緒似乎更加強烈。也是啦，這兩個人的關係並不好。忽然看到她們有所互動，我也很困惑……

我們都不知所措，三浦也不說一句話，只是瞥我一眼，便將目光移回一色身上，歪頭詢問她的意願。

看到這個行為，一色輕聲嘆息。

「……是可以啦，我正好也餓了。」

「嗯。」

三浦點點頭，轉身離去，用背影示意一色跟上。一色跟我們說聲「那我走了」，才加快腳步追過去。

她表現出那種態度的理由再明顯不過。什麼都不說，也什麼都不問，但她想必是在關心。不是關心我，而是關心我們三人。三浦果然是個好人……

三浦帶著一色，走向會議室門口。

門口是等著三浦的由比濱、海老名跟川崎，以及討論接下來要怎麼辦的材木座和遊戲社二人組。看來她也約了三名眼鏡男。三浦果然是個好人……

我忍不住看著他們離開會議室。

開始準備聯合舞會後，我經常看見雪之下跟由比濱交談。我自己是因為有很多工作要忙，從來沒加入她們。說實話，我是以工作為理由，將一堆事情擱置。

不過，總會有辦法的。

等一切都告一段落，平凡無奇的放學時光再次來臨，肯定有辦法解決。我內心的某處如此相信。

我撐著臉頰看著門口。這時，雪之下輕拍我的上臂。輕盈的力道產生搔癢感，再加上她出乎意料的舉動，我嚇得身體一顫。

我往旁邊看過去，她正帶著靦腆的笑容。

「……我們也去吃飯吧。」

「……好啊。」

於是，我們也起身離席。

× × ×

離舞會舉辦只剩下幾天，準備工作也漸入佳境。

關於幾乎扔給玉繩他們處理的預算問題，儘管可能會虧損一些，還是籌到一定程度的金額。再加上會場也確定下來，之後只要埋頭苦幹即可。

話雖如此，我們只有舞會當天，及前一天先行搬運東西時能使用會場，其他時間必須找別的場地工作。結果，我們到現在都還在社區中心沒日沒夜地忙碌。

我們主要是馬不停蹄地開會，以及製作道具。好在兩邊的學校都有集結不少人力，似乎有機會在最後關頭趕上。

只不過，這般狀況只持續到前一陣子。這幾天大家做事時，常常有意無意地停下手。

最大的原因在於突然造訪的春天氣息，氣溫也隨著工作人員高漲的幹勁直線上升。

坐在桌前的文書工作，會因為溫暖的天氣誘發睡意，勞力活則是汗流不止。不管做什麼工作，大家的心情都開始躁動。

再加上名為「期限」的人類惡，時時刻刻摧殘著我們的精神。

工作告一段落後，我拉開黏在胸口的襯衫搧風，自然而然地脫口抱怨。

「好熱……今天先做到這裡，回家吧。」

坐在對面的雪之下拿著能量飲料，歪過頭。她今天綁起高馬尾，頸部看起來很涼爽。

「你前兩天也回去了吧。今天也打算回去嗎？」

「為什麼不能每天回家？我還有地方可以回去。沒有比這更高興的事了（註37）。」

對不起……妳會體諒我吧？我隨時都能去見工作妳啊……我在心中說道，雪之下嘆了一小口氣。

「……好吧。反正你會把工作帶回家做，我也沒有抱怨的意思。」

註37《機動戰士鋼彈》的主角阿姆羅的臺詞。下文也是改自阿姆羅的臺詞。

什麼嘛，被妳發現了。妳是新人類（註38）對吧？

「妳不是也把工作帶回家？在妳撐不住前，先分一些工作給我。」

我略帶強硬地說，雪之下暫時停下手，像在反省般垂下頭，然後老實地答應。

「嗯……」

「呃，妳竟然答應……」

她肯定已經很疲憊，連話都說不好。

「還好嗎？是不是快不行了？」

「快不行了。完全趕不上。我覺得自己隨時都會死掉。」

雪之下精疲力竭，她講的話真的很危險。

她又開始閱讀文件，敲打鍵盤及計算機。稍微滑落的藍光眼鏡，以及額頭上的涼感貼布，實在讓人於心不忍。桌子前面堆滿用來緊急補充熱量，或是其他人提供的巧克力、仙貝等零食。

看到她忙到焦頭爛額，別說差一步就要到達極限，根本已經超出兩步，其他人紛紛伸出援手。

「小雪乃，這個由我拿走囉。」

「啊，那這個交給我——」

由比濱跟一色常常來關心她，每次經過都會連同零食將文件及計算機帶走。不

註38《機動戰士鋼彈》中的專有名詞，感知能力過於常人的人類。

愧是一起辦過幾次活動的同伴，大家擔心的事情幾乎都一樣。

至於我能做的，只有傳授她「比起能量飲料，直接吞咖啡因錠跟葡萄糖更快喔」之類的效率提升術。

再不然，就是硬搶走她的工作，要她休息吧……

那麼，該如何搶走她的工作，讓她休息呢？在我思考時，背後出現一個黑影。

原來是纏著頭帶，嘴裡叼著幾根釘子的材木座。他一邊用槌子敲肩膀，一邊撫摸下巴，模樣頗為奇特。

「八幡，材料不夠。」

「我去大賣場採買。你來幫忙拿東西。」

「唔嗯，可否順便繞去嚇一跳驢子？沒要幹什麼，喝一杯罷了。」

材木座作勢舉杯喝東西。

「是可以啦……不只咖哩，你連漢堡排都用喝的？」

這傢伙沒問題嗎……我露出憐憫的目光，材木座不知為何一臉得意。

「最近啊，我連豬排都用喝的……（註39）」

這未免也太恐怖……

我心生膽寒，一色聽見這裡的對話，悄悄走過來。

註39「嚇一跳驢子」為日本以漢堡排餐點為主的連鎖家庭餐廳。「咖哩是飲料」、「炸豬排是飲料」分別為日本的咖哩、炸豬排店。

「不錯呀~吃飯的時間也快到了。對不對?嗯?」

她眨了眨眼，對我使眼色。那是什麼意思?拋媚眼嗎?還是寂寞的熱帶魚（註40）?我還沒會意過來，她又意有所指地撞一下我的側腹。

好痛……我在心中抱怨，一色用下巴指向雪之下。原來她已經進入疲勞模式，呆呆地看著時鐘。原來如此，若要搶走她的工作，現在正是時候。

雪之下揉著太陽穴，疲憊地嘆氣。

「……都這個時間了，先吃飯吧。可不可以幫我買些什麼回來?」

「好……啊，不行。我要過一段時間才會回來。」

「為何?」

雪之下不解地歪過頭。我故作正經，緩緩開口。

「……我要去洗三溫暖。」

「什麼?」

雪之下顯得有點惱怒，彷彿完全不懂我在說什麼。

即使告訴雪之下，這是為了讓她休息，她絕對會說自己還撐得住。既然如此，只能用其他理由說服她。

我們打算去的大賣場旁邊，正好有一座複合式澡堂。三溫暖迷到了三溫暖附近，不可能不進去光顧。

註40 日本女子團體Wink的單曲。Wink為眨眼之意。

做為雪之下的搭檔，以及一名三溫暖迷，我懇切地叮囑她。

「妳聽好。這在工作上也是非常重要的事。泡三溫暖可以調理被打亂的自律神經，放鬆身心，藉此提升工作效率。這正是我們現在最需要的。反過來也可以說，三溫暖是給我們這些員工的福利，甚至應該為此使用經費。我會請店家開收據，先告訴我抬頭。」

「……這，這樣啊。」

雖然途中完全變成三溫暖迷的意見，雪之下還是被我激動的說明唬住。我的熱情化為熱浪，朝周圍擴散。

「……三溫暖，原來還有這種東西。」

「好想調理一下。」

「想去蒸一下……」

「嗯，是在說 Löyly 對吧。好像還有 Aufguss 這個名稱。」（註41）

以材木座跟遊戲社二人組為中心的男性，紛紛表示贊同。玉繩則用雙手攪拌空氣，動作有如熟練的熱波師（註42）。海濱綜合的男性組也舉雙手贊成，彷彿想再來一陣 Aufguss 捲起的熱風。

「懂得冷水浴的好之後，會立刻迷上三溫暖呢。」

註41　分別是芬蘭和德國的三溫暖。
註42　負責在三溫暖裡做動作，喊口號，以帶動氣氛的職業。

「的確。冷水浴反映出那家三溫暖的水準，所以很重要。」

「說到冷水浴，真想去一次Shikiji（註43）。」

現在，對流行敏銳的年輕人正出現三溫暖熱潮。海濱綜合高中的學生，看起來頗為靈敏，應該也都知道這類資訊。

所以不是說過好幾次，三溫暖動畫絕對會紅！得趕快去考三溫暖SPA健康顧問的證照，暖暖身子（因為是三溫暖嘛）做好準備！我可是已經考到三溫暖SPA專家的證照了喔？

看到在場的男性紛紛起身，雪之下按住太陽穴嘆氣。

「……先休息一下吧。可以告訴我地點嗎？」

雪之下說道，關上電腦。

×　×　×

露天澡堂的水面，在西斜的太陽照耀下熠熠生輝。

我們跟來自網球社、足球社，在外面做粗活的幫手，趕在最後衝刺前，到「湯煙橫丁」好好放鬆一下。

大家都在各自休息，我則一個人靜靜地享受蒸氣。

註43　位在日本靜岡市，有天然冷水池的三溫暖。

三溫暖內設有電視，但絕對不算吵。適度的噪音反而剛剛好。聲音滲入被熱氣蒸開的汗腺，與心跳同步化。聲音及熱度的組合，使心靈平靜下來。

高溫的空氣與一絲不掛的肌膚接觸，交換熱度，我開始覺得血液從身體內側沸騰。

盤踞在腦海的思緒融解後，流出體外，剩下的只有「空」。

在熱波裡置身一段時間，所有的理念、觀念、概念將消失殆盡，進而得到只能用「好熱……熱死了」形容的絕對體悟。剛開始還會胡思亂想，後來便開始感到無所謂，只覺得熱得要命。

以某種意義而言，這反而是終極的精神集中法，以及最棒的放鬆法。熱死了。

不過，三溫暖的醍醐味不僅限於烤箱內。在蒸氣浴之後用熱水沖掉身上的汗，再泡進冷水池，腦袋將瞬間清醒。不，不只是腦袋，全身的細胞都會一一甦醒。再加上因自己的體溫而升溫的水，如同薄紗似地裹住身體，驚人的安心感油然而生。接著，親手破壞這件薄紗時，人類才會知道勇氣為何物。離開溫暖的家，前往冷風吹拂的荒野之意志，誠可謂勇氣。熱死了……

真要說的話，冷水池之後的「外氣浴」才是三溫暖的最大魅力。身體被熱氣蒸過，再經冷水降溫後，坐在露天區域好好休息的瞬間，人類才會明白「調理完成」的意義。

原本蒸得熱呼呼的身體經冷水浴降溫後，血管會收縮。不過，外氣浴能讓身體慢慢休息，再次產生熱度，擴張血管，大量輸送氧氣。如此反覆下去，逐漸調理身心。

跟地球的歷史一樣。

從地函噴出岩漿的時代，到凍結一切的冰河期，接著是可以盡情呼吸氧氣的現代。在加熱及冷卻的反覆下，在冷靜與熱情之間，人類用赤裸裸的身軀感受「活著」的意義。用烤箱蒸過的身體，的的確確從內部產生熱度，再用冷水浴使身體緊繃，以免熱度散去，直到暴露於空氣中，再解放一切。從所有的壓抑中得到解放，進而獲得真正的自由。真的好熱。

我熱到有點精神恍惚，瞄向烤箱裡的時鐘。差不多過了五分鐘。

我習慣以烤箱七分鐘，冷水浴兩分鐘，外氣浴三分鐘，共計十二分鐘為一組，總共重複三組。這樣就能完美利用三溫暖裡的十二分制時鐘。不過，這只是我個人的理想形式，實際上會視室內溫度（最好在九十八度以上）、冷水浴的水溫（最好在十六度以下）、有無調理身心的區域（最好有能靠的躺椅）而改變時間。考慮當天人潮及身體狀況，做到最好，才算是優秀的三溫暖愛好者。

這裡有露天浴池，天氣又好，外氣浴肯定很舒服。像今天這種情況，延長外氣浴的時間也不錯。

啊啊，好想趕快進冷水池，調理一下身體……好熱，好熱，真的好熱。

最後，所有的思緒煙消雲散，與汗水一同流逝。

好熱……

「哇咧——好燙！不行不行不行！燙死人啦！」

連這種聽了就煩的聲音，都敵不過高熱而模糊，消失。好熱……

「喂喂喂，隼人，會死人啦！等等等等！最上面真的有夠燙！比企鵝，你在那邊怎麼待得下去？太強了吧——」

……戶部，你好吵。吵到我的集中力徹底瓦解。

我慢慢睜開眼，葉山、戶塚、材木座跟在他後面魚貫而入。

「八幡！一起蒸吧！」

呼喚著我的名字，坐到我旁邊的，當然是材木座義輝。

我可以理解戶塚用浴巾把身體裹得緊緊的，但為何連材木座都包成那個樣子？

我無視材木座，將整個身體轉向另一邊的天使。

「好熱喔……感覺會熱昏頭。」

戶塚用手往臉上搧風。每搧一次，珍珠般的汗水便從如白瓷滑嫩的肌膚滑落，在鎖骨的凹陷處停留一瞬間，綻放寶石般的光澤。戶塚似乎為此感到害羞，將浴巾拉高，難為情地移開視線。

看到這個舉動的瞬間，我差點失去意識。

不如說，我大概真的失去意識了。

「不覺得洗三溫暖很開嗎？」

我因粗野的聲音回過神時，數秒前的記憶已經消失。

「根本沒事做耶？要不要來辦忍耐大賽？」

「閉嘴。三溫暖不是給你玩的地方。」

我在努力取回失去的記憶耶。讓我專心好嗎？再說，三溫暖可不是忍耐的場所。該怎麼說呢，必須有自由的，被救贖的感覺才行（註44）。只不過，進冷水池前不先把汗沖掉，還有把毛巾裡的汗擰在桑拿石上的傢伙，毫無疑問都有罪。一旦被我發現，我可是會用鎖臂技予以制裁喔☆

好啦，雖然不會真的做到這個地步，我還是嚴厲地告誡戶部。然而，戶部似乎也屬於會失去數秒前的記憶的人。

「撐到最後的人贏。怎麼樣？」

他自顧自地提議，葉山也受不了制止他。

「大家進來的時間都不一樣，不公平吧。」

「對喔！那，先喊熱的人輸。發音類似的詞也不行，否則會沒完沒了。」

「知道了知道了。好，開始。」

葉山顯然懶得理戶部，他隨口應付，拍手表示比賽開始。

接下來，大家不再說話，沉默持續了一段時間。

然而，過沒幾秒，戶部便焦躁地開始撥弄長髮。

註44 出自《孤獨的美食家》之主角臺詞。

「也太無趣了吧……都不說話也不對吧？該講點話吧？」

「那你找話題啊。」

「咦，真的假的？啊……」

聽葉山這麼一說，戶部暫時陷入沉思。然後，他似乎想到什麼，打了個響指。

「好惹啦，比企鵝。你該不會在跟雪之下同學交往吧？」

烤箱內頓時掀起一陣騷動。

葉山和戶塚面面相覷，頭痛地嘆氣。材木座則湊到我的耳邊，用蚊子般的微弱聲音，連珠砲般地說「哎～呀，怎麼可能怎麼可能……不可能對吧？對不對？快否認啊。老實說沒關係。我不會生氣的。好嗎？」

「……」

見我保持沉默，戶部側身轉過來，逼我回答。葉山輕敲一下他的頭。

「別問這種問題……」

「對啊。之前不是說了嗎？就算你問了，他也一定會否定。所以默默地在旁邊看著就好。」

戶塚也壓低音量，對戶部說教。

咦，怎麼回事……原來大家早已隱約察覺到，只是出於體諒才刻意不提嗎？該怎麼說呢，還真是……

我在擦汗時，順便抬頭望向天花板。

啊啊，好想死……

我發自內心這麼覺得，深深吐出炙熱的嘆息。

然後不再猶豫，開口說道：

「戶部，你剛剛說了禁句，所以出局。」

「出局——」

戶塚和材木座也很配合。

「等等，為什麼！我又沒喊熱！」

吵死了。在我的能力「禁句」（註45）面前，這種藉口是沒用的。連續說出「好」跟「熱」兩個字，當然視為出局。剛才的「好惹啦」發音相似，所以也算在內。

我揮揮手趕走他，戶部心不甘情不願地站起來。材木座見狀，拍了一下大腿跟著起身。

「唔嗯，我也熱到受不了了！」

「我也是……」

材木座推著戶部離開，戶塚也搖搖晃晃跟在後面。

人數減少後，烤箱裡瞬間安靜下來。

現在只剩我跟葉山。葉山沉默不語，動都沒動一下，彷彿在冥想。

我們沒有交談，只有溼潤的吐息在彼此之間往來。

註45《幽遊白書》裡海藤優的能力。

我們像是在比耐力，一直被熱氣蒸著。過一陣子，葉山終於開口。

「所以到底是怎樣？」

他問得輕描淡寫，話中的壓力卻陣陣灼燒我的肌膚。他的背部甚至訴說，直到我回答前絕對不會動。

「才沒有……不如說，現在哪有那個時間。」

我嘆著氣說，葉山身體晃了一下，接著突然「噗哧」一聲捧腹大笑。

好不容易笑完後，他深深吐一口氣，站起身，半回頭轉向我，揚起嘴角，露出爽朗卻隱含嘲諷的笑容。

「……真火熱。」

葉山若無其事地說道，踏著悠閒的步伐走出烤箱。

×　×　×

好好調理一番後，身心都輕盈許多。

我神清氣爽地走向鞋櫃，同時傳簡訊告訴小町「今天不用準備我的晚餐」。過沒多久，便收到「了解！工作加油喔！小町也會去舞會」的回應。

不用來啦……我苦笑著換好鞋子，來到室外。

掀開門口的布簾，看見即將下山的夕陽，將大海的另一端染得火紅。

我一邊走著，一邊用剛買的MAX咖啡冰敷額頭及脖子。春風吹過熱呼呼的肌膚相當舒適，再加上耀眼的夕陽，我不禁瞇上眼睛。

「自閉男。」

我望向聲音的來源，由比濱坐在長椅上對我揮手。她身旁的雪之下解開工作時綁起的頭髮，臉頰微微泛紅，滿足地吁出一口氣。

坐在雪之下旁邊的一色，從她的肩膀後探出頭，露出責備的目光。

「學長，你好慢。」

「是妳們太快吧？」

明知自己是最後出來的，我還是故意裝傻，走向長椅。

「其他人呢？」

我環視周圍，沒看到任何人。雪之下簡短地回答：

「先去吃飯了。」

「是喔。」

對話到此中斷。她們並沒有去嚇一跳驢子跟大家會合的意思。

三個人仍然坐著不動，我也杵在原地，輕輕搖晃MAX咖啡，拉開拉環。

我靠上長椅旁的牆壁，啜飲咖啡。這段期間還是沒有人開口，一切顯得平靜而安穩。

我們一語不發，只是出神地望著夕陽，順便乘涼。

大家聚在一起，卻沒有任何對話，本來會顯得既無聊又侷促，拿出手機把玩以分散注意力都不奇怪。

但不可思議的是，我們都沉浸在平和、寧靜的氣氛中。

有點像以前放學後的那間社辦。

用不著多說什麼，也不會覺得厭倦，可以一直待下去。

一色哼著舞曲的旋律，配合節奏晃動雙腿，裙子差點掀起來。

不曉得是不是夕陽所致，斷斷續續的旋律有種懷舊感，聽起來像搖籃曲。

在這樣的旋律下，以及剛泡過澡的舒適感催化下，雪之下昏昏欲睡。她打了個小哈欠，頭靠到由比濱的肩上。

由比濱也將肩膀靠過去，似乎想珍惜從接觸的肌膚傳來的些微熱度。

忽然間，吹起一陣彷彿來自上個季節的冷風，我忍不住縮起肩膀。

我斜眼瞄向長椅，擔心她們著涼。不過，那陣風好像沒吹過去。

那裡仍然處在向陽處。

與盈滿餘暉的社辦相似，舒適的向陽處。

與大家眯起眼睛，凝望夕陽逐漸西下，照亮海面的那間社辦相似的向陽處。

我一定——

或者說，我們一定——

——一定是明白這樣的黃昏終將結束，這樣的時光不再復返，才想永遠留在那個向陽處吧。

然而，離開那裡的時刻來臨。

說不會捨不得是騙人的。不可能不留戀。確實會放不下。

我竟然會產生這種想法。

時至今日，我終於不得不承認，自己是如此地喜歡那個地方，以及那段時光。若不承認，我大概永遠離不開那裡。

太過明亮耀眼，深深烙印在心中，所以會留下痕跡。受損後化為瑕疵，所以無法忘懷。

未來的某一天，看見那道傷痕的時候，再想起確實發生過那種事，後悔莫及。

我在殘照消失前踏出一步，離開那個溫暖的地方。

「……該走了吧。」

我側身回頭，對她們出聲。還在打盹的雪之下睜開眼睛。

「嗯……」

她簡短地回答，撐起靠著由比濱的身體，小聲地跟她道謝，整理產生縐褶的衣領。一色沒有等她，併攏晃來晃去的雙腿，一口氣站起來。鞋子踩在沙上，以腳跟為軸心轉了圈。

「是啊……走吧。」

她露出溫柔的笑容，對面前的由比濱說道。

由比濱瞇細雙眼，望著背對夕陽的我們。接著，她靜靜閉上眼，輕點幾下頭，低聲呢喃。

「嗯，該走了……」

下一刻，她毫不猶豫地起身，踏出腳步，沒有回頭。她追上先行離去的一色，與她並肩而行，離開這裡。

長椅上剩下整理好儀容的雪之下。

我用眼神示意「我們也走吧」。她點頭回應，準備起身。

我不發一語，對她伸出手。

雪之下稍微歪頭，似乎不明白我的意圖。過了一會兒，她才露出淡淡的苦笑。

「我自己站得起來……」

「我知道。」

我知道她自己站得起來，也知道她八成會這麼說。

儘管如此，我還是會伸出手。

今後，我大概也會一直這麼做。

即將下山的夕陽，綻放更耀眼的餘暉，投射出墨色的影子。我們兩人的影子重疊在一起，已經分不出形狀。

在我們的臉頰，以及一切都染成朱紅色的世界中，她無奈地微笑，輕輕牽上我的手。

Interlude

聯合舞會即將開始。

開場的準備工作大致完成，接下來便是等待賓客抵達。

我負責接待工作，所以已經沒有什麼需要準備的東西，在入口處發呆。

我站在這裡，凝視過去待過的地方。

他跟她在休息區裡討論事情。不久之前，我也待過那裡。

不過在之後，那裡不再會有我的存在。

我只會跟以前一樣，從遠方看著我無法進入的場所。

「結衣學姊，怎麼了嗎？」

回頭一看，伊呂波走了過來。

「啊，沒事，沒什麼……」

我不小心做出怎麼想都不可能沒事的回應，反射性地打哈哈帶過。伊呂波一句話也沒說，只是笑著聽過去。

我不知道該說什麼，再度打哈哈起來，輕撫頭上的丸子。

「結衣姊姊——」

另一個熟悉的聲音使我轉移注意力。

小町穿著我們學校的制服，用力揮手跑過來。那身打扮使我產生莫名的感動，忍不住伸出手。

「小町！新制服！很可愛！我喜歡！」

「唔咕。」

小町在我的懷裡發出怪聲。伊呂波看了，發出「嗯——」的聲音。我回頭瞄了一眼，見她一臉疑惑，才想起她們好像沒見過面。

「啊，這位是自閉男的妹妹，名叫小町。」

我放開小町，幫忙介紹。伊呂波瞇眼看著她，然後點點頭。

「學長的妹妹……啊，那個米對吧。」

「嗯……大概吧。」

不知所云的說法，讓小町露出複雜的表情。伊呂波輕輕點頭致意。

「我是學長的學妹，一色伊呂波。請多指教。」

「啊，妳好，是伊呂波姊姊啊。哥哥一直以來承蒙妳的照顧。我是哥哥的妹妹，來收拾善——來幫忙的！」

小町將艱澀的辭彙簡潔地表達，可愛地敬一個禮，然後左顧右盼。

「那麼，哥哥在哪裡？」

我瞥向不久前還一直盯著看的地方。

「在那裡面……不過他們在商量事情，最好等一下再去。現在可能不方便打擾。」

「這樣啊……」

看見小町略顯寂寞的笑容，我想她也隱約察覺到事情的經過。說不定他已經好好說過了。

有種害人家操心的感覺，好討厭喔——我輕聲嘆息。

明明只是嘆了一小口氣，不知為何卻聽見好大的聲音。我望向旁邊，是伊呂波在打哈欠。

「打擾一下又不會怎樣。」

「咦？」

伊呂波講得一副理所當然的樣子，我忍不住歪頭，發出疑惑的聲音。她露出小惡魔般的笑容。

「不管別人礙不礙事，那兩個人都不可能維持太久啦。」

「是嗎……」

「是啊。他們兩個都很難搞，一定很快就會因為一點小事分了吧？」

「呃——以妹妹的角度說，這有點……」

「嗯……」

小町和我都不知該作何反應。伊呂波笑咪咪地說：

「還有啊，再過三年不就能喝酒了嗎？到時候假裝喝醉，然後這樣，再這樣，生米煮成熟飯，人就是妳的了！現在的他可是負責任魔人喔。」

「這，這有點……而且，三年後的事沒人知道……」

各種想像閃過腦海，現在我的臉一定漲得通紅。在我煩惱該怎麼結束這個話題時，小町不解地歪過頭。

「結衣姊姊不是兩年後就能喝酒了嗎？伊呂波學姊才是三年後吧？」

「閉嘴小米妳很吵喔。」

「小米？是小町啦！小町的名字是小町！」

「這個綽號很可愛啊☆對於初次見面的女生，不靠綽號分出地位高低，之後會起爭執的。」

「天啊，這個人的個性真糟糕——」

「哈哈，妳才沒有資格說。」

傷腦筋。伊呂波和小町好像合不來……如果她們能好好相處，我會比較開心，也比較輕鬆的說……

我想不到勸架的方法，總之先苦笑著用雙手阻止她們。

「好了好了……」

小町雙手扠腰，大嘆一口氣。

「唉～就是因為這樣，不懂自己只是個妹妹的學妹才讓人頭痛。聽好囉？哥哥是修行僧，那種伎倆根本不會管用。他會在真的喝醉前裝睡，藉此度過危機。」

小町晃著手指說明，我和伊呂波都不停點頭。說得對，他絕對會這麼做。伊呂波好像也抱持相同的意見。

「啊——玻璃心。」

「不對，是星乃咖啡的舒芙蕾鬆餅。」

「啊——那個很好吃，我喜歡。」

伊呂波一附和，小町也跟著點頭……她們到底合不合得來啊？搞不懂這兩個人。才剛這麼想，小町又對伊呂波露出嘲弄的笑容……果然合不來吧。

「只有這點程度，伊呂波學姊沒資格被小町叫姊姊呢。」

「啊？我又不介意也不需要好嗎……這個人是怎樣？」

伊呂波露出驚恐的表情，轉頭望向我。

「因為她有戀兄情結。」

「這還用說。妳們以為是誰十五年來一直愛著沒人愛的哥哥？他小時候真的超可愛……」

小町自豪地拍拍胸脯，興匆匆地掏出手機，大概是想展示照片。

「啊，想看想看。」

「哇……我沒興趣啦，不過有點想看。」

我湊過去看手機螢幕，伊呂波也一邊碎碎念，一邊探頭過來。小町在翻找照片時，問我們：

「眼神死掉前跟死掉後，還有腐爛後，要看哪一種？」

「嗯——我只想看可愛的時候。他真的可愛過嗎？」

伊呂波完全不相信的樣子。

「他自己是這樣說的……」

回想起之前兩人外出時，他說過那種話，我不禁感到辛酸，笑容跟著變得無力。

這時，伊呂波嘆了口氣。

「啊——的確有這種人。喜歡炫耀自己小時候很可愛，或是在二丁目（註46）很受歡迎。藉由偷換評價基準來提高自己分數的低級垃圾。」

「被罵得好慘！可是，好像沒那麼誇張……啊，妳看，小町就很可愛啊！」

我抓住小町的肩膀，把她推到自己的面前。小町一副扭扭捏捏的樣子，抬起視線看著伊呂波，一副難以啟齒的態度，手指戳來戳去。

「那個……」

「幹麼？」

伊呂波冷冷地睇眼看著小町，小町卻露出小狗般可憐兮兮的眼神。

「小町可以叫妳姊姊嗎？先從暫定姊姊開始。」

「為什麼？才不要！」

註46　新宿二丁目為著名紅燈區。

「嘿嘿。小町有點覺得，妳挺了解哥哥的。」

「啥？」

「小町總是覺得，跟哥哥相處的方式，只有從前面拉，或者從後面推……原來如此。還有找個同樣等級的垃圾一起相處這個選項呀。」

「啊？妳到底在說什麼……我說啊，我再怎麼樣也沒差到那個地步……他的長相跟腦袋都那麼差，個性更是渣到極點。」

「而且還是個垃圾！別說其他人的心意了，連自己的心意都會踐踏的垃圾！」

「小米妳是在高興什麼……」

小町興奮起來，伊呂波被嚇得後退幾步。她露出無法理解的表情，用視線向我求助。

「嗯──因為她是重度戀兄情結……」

我依然只能苦笑著這麼說。可是，小町害羞地嘿嘿笑著，然後行了漂亮的一禮。

「小町的哥哥就是這個樣子。所以，在他變得正經之前，請兩位再關照一下。」

「哎，我已經陪了他一年，是無所謂啦……」

伊呂波講話不再帶刺，但仍然表露出明顯的不滿，心不甘情不願地說，接著轉頭望向我。

「結衣學姊呢？妳打算怎麼做？」

「我……」

被她這麼一問，我頓時給不出答案。

「哎，結衣學姊的這個部分，我是挺喜歡的啦。」

伊呂波嘆了口氣，一副「拿妳沒辦法」的樣子，湊到我身旁，在耳邊說悄悄話。

「法律有規定不能喜歡有女朋友的人嗎？」

「咦……應該，沒有……」

「那就對啦。」

她說完後，抽離身體，像個成熟女性，露出大膽的笑容。

那抹笑容太過可愛，是我說不定也曾經露出過，墜入愛河的少女的笑容。

「……妳也一樣嗎？」

「啊？並不是我只是在想還有沒有機會釣到葉山學長。最壞的情況是不小心放槍給對家那也就算了我不會為了安全而換聽別張或拆牌。」

伊呂波露出非常厭惡的表情，拚命揮手否認。

「咦，那妳為什麼要那樣說……」

「這還用問嗎？」

伊呂波無奈地嘆氣。她撥開頭髮，將手放到臉頰旁邊。

「不用死心是女孩子的特權！」

她比出小小的V字手勢，得意地露出比任何人都可愛的小心機笑容。那笑容明明少女味十足，很明顯是在裝可愛，卻又帥氣到極點。

我不禁看得入迷，不小心脫口而出。

「是嗎……」

不是嘆息，不是有意義的句子。

而是我發自內心的聲音。

兩人聽了，不約而同地對我微笑。不同於剛才針鋒相對的態度，我的心裡產生一股暖意。

是嗎……我點了好幾下頭，仔細體會那句話。

看見我的反應，伊呂波和小町互看一眼，輕笑出聲。接著，她們稍微拉近距離，交頭接耳起來。

「小米，妳這樣就滿意了嗎？」

「呵，小町有自己的想法。」

「喔——」

「唔。這聽起來一點興趣都沒有的回應是怎樣？」

「我確實沒什麼興趣……」

「別這麼說，這對伊呂波學姊而言也不是壞事喔。耳朵借一下……」

小町附在伊呂波的耳邊講悄悄話，伊呂波露出非常厭惡的表情。

「咦……妳到底站在誰那邊？」

「當然是站在哥哥那邊。啊，這句話是幫小町加分的。」

「天啊，好噁心。」

「妳說什麼？沒禮貌！小町絕對不會站在伊呂波學姊那邊！」

「我又沒求妳。」

她們看起來感情不是很好，卻又挺合得來。看著看著，連我都忍不住笑出來。或許這是她們為人打氣的方式。

我覺得很高興，用力抱緊她們。小町用力地回抱我，伊呂波則別過頭，好像不太甘願。

雖然我完全沒整理好心情。

雖然我不覺得那是件好事。

雖然我明白這樣是錯誤的。

不過，我也許還可以再沉浸一會兒。

沉浸在那溫暖耀眼的向陽處。

「好！打起精神了！走吧！」

我摟住兩人的肩膀，跟她們剛才在背後推了我一把一樣，用力推著她們的背，向前踏出腳步。

奔向我想待著的那個地方。

9 時光流逝，那抹青藍仍未褪色。

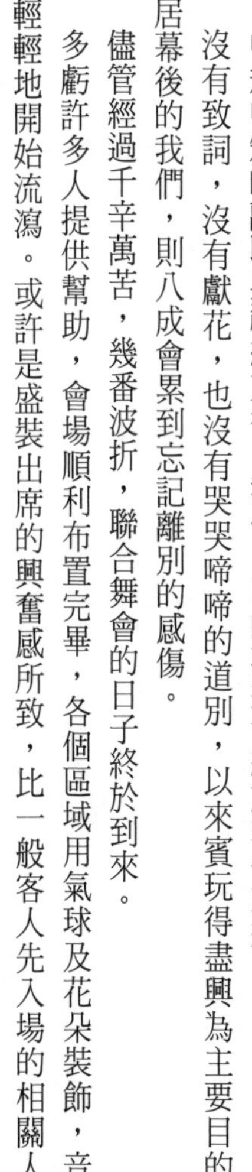

中規中矩的離職典禮結束後，我們自己的歡送會終於準備就緒。

沒有致詞，沒有獻花，也沒有哭哭啼啼的道別，以來賓玩得盡興為主要目的。身居幕後的我們，則八成會累到忘記離別的感傷。

儘管經過千辛萬苦，幾番波折，聯合舞會的日子終於到來。

多虧許多人提供幫助，會場順利布置完畢，各個區域用氣球及花朵裝飾，音樂也輕輕地開始流瀉。或許是盛裝出席的興奮感所致，比一般客人先入場的相關人士也在開心地交談。

我切身感受到自己越來越期待，在休息區的角落跟雪之下進行最後的會議。

「那麼，麻煩你統籌總武高中區域，以及管理服務人員。」

「好。」

「由網球社跟足球社負責的引導及保全工作，也要隨時跟戶塚和葉山同學確認。」

「了解。」

「還要注意外燴。休息區是開放給大家放鬆用的，所以請你跟材……材……跟他們互相配合。」

「妳放棄啦……」

「順便說一下，海濱綜合高中會為暫時離場的客人蓋章。但因為有些人會去沙灘，你要視情況更換地毯，別讓沙子進到館內。」

「遵命……我的工作會不會太多了？與其說管理統籌，根本是打雜吧？」

雪之下愣了一下。

「有什麼辦法？掌握整體狀況的只有我跟你。我還要負責場控，抽不出身……還是說，我的搭檔連這點事都辦不到？」

她用手背撥開肩膀上的頭髮，露出挑釁的微笑。被那麼好勝的眼神注視，我的回答當然只有一種。

「辦得到……」

儘管心不甘情不願，說得支支吾吾，不清不楚，既然被稱為搭檔，我便只能這麼回答。

雖然不曉得雪之下有沒有聽見，她輕輕一笑。

會議暫時中斷時，會場內也瞬間安靜下來。賓客們像蟲鳴般的交談聲戛然而止。

我回頭察看狀況，發現雪之下的母親與陽乃來了。一位是身穿高級和服的妙齡美女，一位穿著肩膀、背部、胸口都露出，腰部下方勾勒出美麗弧線的魚尾裙禮服。即使兩人沒有那個意思，還是散發出強大的氣場。而且，後面還跟著穿著西裝褲，身材高䠷又有魄力，被誤認成帥氣男性都不奇怪的平塚老師，怎麼可能不受到矚目。

三人在人群中開出一條路，走到我們面前。雪之下看了她們一眼，挑釁地笑了。

「哎呀，妳來啦。」

面對女兒無禮的態度，雪之下的母親依然掛著爽朗的笑容。

「嗯。我來看看你們的本事。」

然而，她的句尾透出近似敵意的魄力。討厭，這個人還是一樣恐怖……我躲在雪之下的背後偷偷發抖，陽乃毫不在意這股緊張感，開起玩笑。

「啊，我只是來喝酒的。」

「這裡不提供酒精飲料。」

雪之下語帶無奈，陽乃拉了拉平塚老師的手，勾住她的手臂。

「放心放心。我想喝的話，會跟小靜去對面的餐廳喝。」

「我是開車來的……」

平塚老師為難地說，卻沒有甩開陽乃的手。她維持那個有如大人約會的姿勢，依序看了看我跟雪之下，露出微笑。

「今天我也會好好享受。」

「雪乃，加油喔。比企谷也要努力……」

陽乃湊到我的耳邊，輕聲說出後半句話。

「……做好覺悟喔？」

「咦……」

她的話語及聲音，使我怕得背脊發涼，不小心發出膽怯的聲音。不曉得陽乃如何解讀我的反應，她滿意地微笑，把身體靠得更近，附在我的耳邊說：

「好啦，有什麼問題就跟姊姊說。我會幫忙的。」

「說實話，要應付妳就是最大的問題……」

難得她這麼好心，我便趁機諷刺。陽乃愣了一下，接著，她睜大的眼睛瞇成一條線，宛如盯上獵物的野獸。

「比企谷，你真的很可愛呢……我之後會用疼愛雪乃的方式，好好疼愛你。」

她講得好像至今為止都在手下留情。不會吧，還有更誇張的喔……

不過仔細一想，對方可是雪之下陽乃。她不可能那樣就服氣。將來她肯定也會繼續試探我，不會改變。

陽乃在我耳邊發出勾人的笑聲，彷彿要證明這一點。我反射性地扭動身體，結果不小心碰到她露出的肌膚。甜美的吐息搔弄著耳垂，花朵香水的氣味竄入鼻尖，使我的背部不停打顫。天啊，這個人果然很恐怖……

我嚇得瑟瑟發抖，雪之下上前介入我們之間，一把拍掉陽乃的手，豎起大拇指比向外面。

「姊姊，餐廳在那邊。」

「哎呀，生氣了。再見囉。」

陽乃俏皮地說，揮揮手，拿平塚老師當護花使者，悠然離去。雪之下嘆著氣目送她，再將視線移到母親身上。

母女對峙跟剛才的姊妹對峙截然不同，散發出冰冷的氣氛。雪之下的母親將扇子抵在下巴處，以冷澈如冰的聲音說道：

「……雪乃，挑戰新的事物時，必定會遭遇反抗。無論什麼樣的理由，都不可能讓所有人服氣，更遑論這場沒有可靠後盾的活動……結束後，八成會有人向校方——甚至向我們這邊投訴。」

「我想也是。」

「我已經忠告過，所以我不打算站在妳那邊……不管用什麼樣的奇策。」

冰冷的眼神直盯著我。大概是在牽制拿以前發生的事暗示她的我。

不過，她的眼神被突然伸出的手擋住。雪之下踏出半步，露出與那名女性相似的冰冷微笑。

「不必擔心。負起責任就是負責人的工作。我一開始就考慮到了。」

「是嗎？那麼，讓我看看妳的本事吧。」

雪之下的母親笑出聲來，露出好勝、愉悅的笑容。

從旁看來，兩人激烈的脣槍舌戰又有點像嬉鬧，如同野獸在教育小孩。當孩子準備離巢時，攻擊恐怕會變得更加激烈。

我想起陽乃之前說的話。

敵人的存在最能讓人成長。

雖然我之前就隱約發現了，如今終於確信。

對這對母女，或這對姊妹而言，對立是交流管道，敵對是教育手段。這家人是羅剎家族嗎？妳們一族都很難搞對不對？

最好別跟她們扯上關係！我悄悄後退半步。可是，雪之下的母親似乎察覺到我的舉動，對我微笑。

「比企谷同學，要給你添麻煩了，請你多多關照囉。」

「咦，啊，呃，好的。這是我的職責……」

她露出連我都會受影響的開心笑容，我實在無法回答「辦不到」，只能用意義不明的苦笑回應。

儘管如此，她似乎還是滿足於我這樣的回答，在扇子後面揚起嘴角，踏著優雅而輕快的步伐離去。

雪之下看著她的背影，深深嘆息。

「終於走了……繼續討論吧。」

「還沒結束嗎……」

我已經相當疲憊，雪之下也頭痛似地按住太陽穴。

「嗯。雖然很不想承認，她們指出了我疏忽的地方。」

「啊？」

是誰什麼時候在什麼地方為什麼用什麼方式指出什麼？在我打算把5W1H都問一遍之前，雪之下先一步開口。

「我沒考慮到酒的問題。會場本身的確沒有提供，但不代表沒人會帶酒進來。你巡視時順便留意一下。」

「工作又變多了……哎，了解。其他還有什麼？」

雪之下抵著下巴思考。

「我想想……」

她沉思片刻，目光左右游移，似乎在想該說些什麼，不久後喃喃說道：

「目前先這樣就行……我認為。」

「了解。那差不多該開始了。」

「嗯。」

雪之下抬起臉。我們對彼此輕輕點頭，一起走向後臺。

最後的派對拉開帷幕。

× × ×

舞會開始後，我不記得自己有好好休息過。

要處理的工作太多，時間轉瞬而逝。

每個角落都顯得色彩繽紛，七彩禮服四處移動的模樣，宛如春天裡隨風飛舞的花瓣。沒有比這裡更適合離別的場景。

會場各處播放著舞曲，許多熟面孔在其中忙碌地來回穿梭。他們一看到我，開口就是抱怨和怒罵。

這些全是拜「會場統籌負責人」這個爛頭銜所賜。儘管聽起來很了不起，其實只是負責處理投訴。各區之間聯繫時，衍生出來的問題都要由我解決。

此時此刻，我也在為了稱不上嚴重的問題東奔西走。忽然間，有人從背後叫住我。

「自閉男。」

會這樣叫我的，只有一個人。

我停下腳步回頭，由比濱站在那裡。

「喔，辛苦了。狀況如何？」

「我這邊沒什麼問題，差不多穩定下來了。不過伊呂波癱在休息室。你呢？」

「快要累死。一色那邊我之後再去看看。對了，餐點不太夠，休息室有沒有零食或其他食物？」

「有一些輕食。要拿出來嗎？」

「不好意思，麻煩妳了。材木座他們衝去採購，在他們回來前，要拚盡全力湊足數量。」

由比濱聽了，忽然笑出來。

「這樣呀。呵呵。」

「有什麼好笑的？」

她暫時斂起笑意。

「嗯……總覺得很像我們的作風。」

不過，她還是控制不住，再度露出溫暖的微笑。這讓我有一點良心不安地撩起頭髮，露出絕對稱不上好看的笑容。

「抱歉，結果又要請妳幫忙。」

「不會啦。」

她輕輕搖頭，要我別放在心上。接著，用溫暖的眼神環視周遭。眼前是穿著禮服跳舞，聊得有說有笑的客人，忙得到處奔波的雪之下，以及精疲力竭、橫屍遍野的工作人員。

她看著這般情景，微微一笑。

「因為，這就是我想看的景色。」

「……是嗎？」

我也忍不住跟著笑出來。

的確，這很像我們時常看到的光景。我們總是無法好好地結束，總是不斷起爭執，把事情搞得更複雜，折騰一番後，結果怎樣都行不通，最後不管三七二十一，硬是把鴨子趕上架。

不過，那樣的日子令人著迷，我可以說自己過得很愉快。

現在也是一樣。明明忙到想宰了提出這個無厘頭企劃的人，我還是滿喜歡這樣的生活。

「……對了。」

「嗯？」

她輕聲呼喚，我拿下耳機想聽清楚。

接著，由比濱搖搖頭，含糊其詞。

「沒事。下次再說。」

「喔，好……」

「好了，去工作吧！快快快！」

「喔，好……」

她催促著我，對我再度跑起來的背影，輕聲說了句「加油」。人家都這麼說了，我哪裡能不努力。

再說，我的原則是只要是工作，儘管嘴巴上抱怨，就算沒辦法做到十全十美，也會做到六十分左右，這樣才說得過去。

幾乎所有問題都離徹底解決差了十萬八千里，但如果只是要消除問題，勉強可以隨便講幾句大話說幾個謊，將問題拖到之後再處理。

我遲早會遭到報應，被迫把之前欠的帳統統還清，負起所有該負的責任吧。

不過，這大概是我自己希望的。

像現在這樣，拖著疲憊的身軀四處奔波，抱怨連連，卻還是在工作。

我想藉此用盡一切，後悔莫及，等老了以後，坐在緣廊跟小町的孫子不停抱怨「青春時代這種東西根本滿是錯誤，沒有半點好事」。

我碎碎念著老人總愛掛在嘴邊的話，完成一件又一件工作。

忙著忙著，太陽逐漸西斜，窗外的東京灣開始染上紅色。

有人到海邊去，有人在休息區放鬆，有人圍著營火談笑。

大家自由地度過這段時間，不久之後，逐漸集中到同一個舞池。

最後的舞會時間開始。

音樂、燈光都比之前的舞會更加絢麗，氣氛也更加熱鬧。避開人潮也得多費一番心力。

大型音響傳出經典舞曲，聚光燈四處跳躍，迪斯可球的光從上空落下。奔流的光束如同跑馬燈，每換一首曲子，都代表著結束時刻正一分一秒地接近。

我獨自待在狂熱的漩渦外，凝視此情此景。

一靠到牆上，便忍不住嘆出參雜疲憊及滿足的嘆息。

時下流行的電子舞曲、配合節奏擺動的身體、跟閃光燈一樣刺眼的燈光，都不符合我的喜好。不過，像這樣在舞池的陰暗一隅，沉浸於音樂的時間，我並不討厭。

然而，休息的時間並未持續太久。

對講機傳出我的名字，不斷下達指示，還順便罵了我一頓。我只應了聲「了解」，連喘息的時間都沒有，再度飛奔而出。

×　×　×

雖然聯合舞會從策劃初期就存在嚴重的問題，當天只發生一些小事件和意外，沒有重大的過失，可以說相對順利地畫下句點。

事實上，我覺得非常熱鬧。兩所學校的畢業生和部分在校生，以及少數相關人士也加入又唱又跳的行列，大家玩得不亦樂乎。

正因為如此，曲終人散後，會場散發出一絲寂寥。

活動結束後，人潮散盡。留在這裡的，只剩下我這個會場統籌負責人。

我又是撿垃圾，又是檢查遺落的物品，慎重地為舞會善後，並且環顧空蕩蕩的會場。剛才明明還充滿聚光燈、音樂，以及熱鬧的人聲，現在卻剩下刺痛耳朵的寂靜。

我慢慢地巡視每個角落時，聽見踩上油氈地板的腳步聲。

轉頭一看，是平塚老師。

「您還沒離開嗎？」

「嗯……忘了一樣東西。」

平塚老師一邊說著，一邊走向舞池中央。她的腳步卻沒有一絲迷惘，彷彿早已知道目的地。

不過，我才剛檢查過舞池有沒有遺失物。

「我已經巡過一遍了……」

我四處張望，確認是否看漏什麼。

「我忘記的是這個。」

平塚老師在我的面前停下腳步，伸出手。

她的手並沒有握住什麼，手上也沒有任何東西，就只是掌心朝上對著我。從手的方向來看，也不像是要跟我握手。最後，我還是搞不懂她的意圖，只能發出語意不清的沉吟。

接著，她的手向我伸過來。

「我忘記跟你跳舞了。」

她有如一名王子，恭敬地牽起我的手，露出非常有男子氣概的笑容。但事情發生得太過突然，我不知道該做何反應。

「啥？」

我目瞪口呆，盯著平塚老師。她大概是害羞起來，靦腆地一笑。前一秒明明還那麼帥氣，現在卻像個青春少女，這個落差差點讓我暈眩。

見我愣在那邊，平塚老師輕輕拉一下我的手，要我說點什麼。我猛然回神，把當下浮現於腦中的念頭說出口。

「……啊，呃，我沒學過跳舞耶。」

「我也是。」

平塚老師不予理會，一笑置之。

接著，牽著我的手轉了一大圈。

沒有開始的信號，平塚老師隨意地踩起舞步。

舞池裡沒有音樂，沒有聚光燈，沒有雷射光，也沒有煙霧。

只有平塚老師亂哼的曲調。

不過，有高跟鞋敲響的節奏，以及愉悅的歌聲，便感覺相當足夠。

反正我們都不會跳舞。不如自己加入在哪裡看過的動作，模仿根本不會跳的踢踏舞，開玩笑地拉開外套耍帥，還吹一下口哨。

好蠢……又蠢又愉快的時間。

兩人的身體忽然接觸，平塚老師像要把我推走般地放開手，華麗地轉一個圈。

我來不及反應，一個不穩，在原地踉蹌了幾步。

平塚老師在我摔倒前抓住我的手，用力一拉。

不久後，在我跳得愈來愈開心，哼起歌來的那一刻。

平塚老師的高跟鞋狠狠地踩中我的腳。

「好痛……」

我痛得失去平衡，就這樣跟平塚老師一起摔倒。背部受到強烈的衝擊，平塚老師則壓在我的身上。

她的身體比想像中還輕，柔軟的部分卻頗有重量。老師輕聲喊痛的聲音搔弄我的耳朵，扭動身體時跟著晃動的長髮，觸碰到我的頸部和臉頰，害我不敢呼吸。

平塚老師慢慢撐起跟我緊貼的身體，坐到地上，用手撩起凌亂的頭髮，展現出大人的從容，咧嘴一笑。

「算你賺到了。」

「……我可是被用力踩了一腳耶？」

我一屁股坐下來，摸著脹痛的腳背。真的求妳不要講這種話。這個人太粗線條了吧？妳太小看青春期男生脆弱的玻璃心囉？我那被踩到的腳和心都很痛的耶？不過，我其實也沒吃虧，所以無所謂。

「呼～累死了。真開心。」

平塚老師盤起伸直的雙腿，將我的背當靠墊。

或許是剛才跳得太激烈，平塚老師仍在重重地喘氣，好像真的很累。因此，我只能乖乖地當個靠墊，聽著老師的聲音從背後傳來。

「挺不錯的活動嘛。你在那麼重要的場合撒大謊時，我還在擔心最後會怎樣……」

平塚老師悶悶不樂地說，她指的是前一陣子在接待室的那一幕。在雪之下的母親、陽乃、雪之下都在場的情況下，假裝不知道聯合舞會舉辦一事，試圖唬過她們。不過，我也沒有說謊，只是裝傻而已。於是，我聳聳肩膀，故技重施。

「我沒說謊啊，裝傻倒是有。」

「真是個壞男人。」

平塚老師受不了似地嘆一口氣，把頭撞過來斥責我。雖然不痛，她的長髮接觸到的地方癢癢的，還飄來一股香氣。我忍不住扭動身軀，平塚老師愉悅地笑出聲來。

「……不過，這可以說是你度過青春的方式吧。」

「什麼？」

這種說法頗為特別，我不解地轉過頭。平塚老師也回頭瞄過來，露出淘氣的笑容。

「你沒聽過嗎？青春是一場謊言、一種罪惡……」

她豎起手指，不曉得在朗讀什麼。我思考半晌，然後立刻想到那句話的出處，忍不住又看了她一眼。

「天啊，現在聽起來超丟臉的……求您別說了。」

我忍不住用雙手摀住臉。再也沒有比面對自己以前寫的東西更羞恥的事。真的超想死的！

看見我的反應，平塚老師笑了一陣子，不久後才控制住笑意。接著，她輕聲問我：

「這一年過得如何？有什麼變化嗎？」

這個問題使我想起那一天寫的東西。

那太過青澀的青色書背，經過一段時日，已經被太陽晒得泛黃，有點褪色，失去光彩。

儘管如此，還是足以稱之為青色。

「……沒有變化。」

我回顧這十分短暫，卻又漫長至極的一年後，才開口緩緩回答。不過，平塚老師好像不滿意，再次往我的後腦勺撞過來。

「是我的問法不好……找到屬於你的真物了嗎？」

這次，我沒花多少時間就得出答案。因為老師曾經教過我。

經過思考，掙扎，抵抗，煩惱……我的答案已經很明顯。所以，我用頭撞回去，嘴角勾起笑容。

「誰知道。不是那麼容易找到的東西吧。」

「人家聽了會生氣喔。不然就是躲起來一個人哭。」

「怎麼這麼麻煩……拜託別說了，好有真實感……不過，您指的是誰？不是您想的那樣啦。」

「是嗎？或許不是我想的那樣吧。」

平塚老師笑得肩膀發抖，挪動身體坐到我旁邊。

「如果對一個女生產生共鳴、熟稔、憐憫、尊敬、嫉妒，以及在這些之上的感情，那肯定不只是喜歡。」

她把手撐在盤起的腿上托腮，扳起手指列舉好幾種感情，凝視著我。

「所以，無法分開、離別，即使隔著一段距離，依然會隨著時間互相吸引……那或許就能稱為真物。」

「難說喔。我是不清楚啦。」

我聳聳肩，露出諷刺的笑容。

我們的選擇是否正確，肯定永遠不會知道。搞不好現在也還走在錯誤的道路上。不過，就算其他人提出唯一的正解，我八成也不會承認。

「所以，我會一直懷疑下去。因為我跟她大概都不會這麼輕易相信。」

「雖然離正確答案很遠，我給這個答案滿分。你真的一點都不可愛……這才是我最棒的學生。」

平塚老師把手放到我頭上，粗魯地揉起頭髮。

在我的頭被晃來晃去時，耳朵裡的對講機發出雜音。經過幾秒，傳來雪之下的聲音。

『——比企谷同學，方便來陽臺嗎？』

我沒有馬上回答，而是轉向平塚老師。

「不好意思，我該走了。還有工作要做。」

「這樣啊。我也差不多要離開了。」

平塚老師一口氣站起來，向我伸出手，似乎是要拉我一把。

我笑著搖頭，憑自己的力量站起。

平塚老師露出有點寂寞的笑容，準備放下手。但在那之前，我緊緊握住那隻手。

接著，對她一鞠躬。

「感謝您的照顧。」

平塚老師瞬間語塞，顯得有點不知所措。發現我在跟她握手後，才輕笑出聲。

「是啊，真是個大麻煩。」

她拍一下我的手，然後放開手，插進口袋，單腳撐著身體，露出苦澀的笑容。

「……再見啦。」

「再見，老師。」

我也微微扭曲嘴角，裝出成熟的笑容。

平塚老師看了，滿意地點頭，緩緩走向出口。一步、兩步，我將她離去的身影烙印在腦海之後，同樣轉過身。

我握緊對講機的麥克風，迅速地說：

「抱歉，剛才在忙。現在就過去。」

雪之下迅速回答「麻煩你了」。我稍微加快腳步，前往另一端的出口。

我邁步而出，聽著背後的高跟鞋聲。

那個聲音突然停止。

「比企谷。」

我轉過頭，看見平塚老師側身回頭，把雙手放在嘴邊吶喊：

「現實充給我爆炸吧——」

「那句話太老啦。都十年以上了。」

我如此回應，再度踏出步伐。

可是，才走沒兩三步，我又忍不住回頭。

平塚老師已經揚起外套，轉過身去。

她踩著俐落又美麗的步伐，高跟鞋敲出響亮的聲音，毫不猶豫地前進。

明明不可能知道我在看著。

她還是默默地抬起手。

我對她行了一禮，然後轉身離去。

奔向她身邊。

×　×　×

我離開舞池，來到木製陽臺。

外面已經夜幕低垂。難得一見的海景，只剩下遠方水平線的零星船隻光芒。

雖然看不見海，沿著海岸線往左右兩邊看去，分別是京葉工業地帶，以及東京臨海地區的夜景，也挺美麗的。

好了，雪之下在哪裡呢……我左顧右盼，發現她在中央的暖爐邊整理文件。在吹起冷風的夜晚中，只有那裡顯得格外溫暖。

暖爐中的木柴搭成合起來的雨傘狀，微弱的火焰在裡頭燃燒。搖曳的火光照亮她雪白小巧的臉龐，散發比平常更夢幻的氛圍。

我好想就這樣一直看下去。不過，柴火突然發出劈啪聲響，雪之下隨之抬頭，同時注意到我的存在，在火光下微微泛紅的臉頰泛起笑容。

「哎呀，比企谷同學。辛苦了。」

「辛苦了。抱歉，讓妳等那麼久。」

我打招呼後，正要走向暖爐時，雪之下抬起手制止。

「等等。在那之前，先看看你的腳邊。」

「啊？腳邊……」

我的腳邊只有被沙子弄髒的墊子，其他便什麼都沒有……咦，這是猜謎遊戲嗎？

我疑惑地歪過頭，雪之下嘆了口氣，拿起文件在桌上輕敲幾下，整理成一疊之後，快步走過來。

她按住裙子，迅速蹲下，伸出手指劃過地面，豎起那纖細修長的手指給我看。

「看，這麼多沙。」

「喔……」

是啊。所以呢？給我看這個做什麼……這是在玩婆媳遊戲嗎？雪之下用溼紙巾擦乾淨手指，按住太陽穴。

「我不是說過嗎？要你適時更換墊子，別讓沙子進到館內。」

「啊──」

是說過沒錯，嗯。但因為太過忙碌，而忘得一乾二淨。我沒有開口，只用「慘啦」的表情回應她。

難道她叫我來，只是為了說教？

剛才的夢幻氛圍已經煙消雲散，眼前是充滿現實感的景象。本來甚至可以用如夢似幻形容的雪之下，如今變得如此強勢，說像是老媽子還不夠，根本是岳母的等級。她將手扠腰，極其冷靜地叮嚀我。

「那麼，離開前把那邊打掃乾淨。」

「是……」

我垂下頭應聲，轉身走去館內尋找掃把。雪之下又補上一句：

「啊，還有。」

還有喔……我回過頭，雪之下把手放在下巴，接著說道：

「雖然休息室裡應該只剩下我們兩人的東西，為了保險起見，還是請你再去檢查一次。我去付追加的餐點費用以及歸還鑰匙。交給你囉。」

「喔……工作又變多了……不過遵命。」

搞定這些工作即可解脫。照理說，這次是真的能收工了。既漫長又短暫的聯合舞會，總算告一段落。拂過臉頰的夜風，搭配遠方朦朧的夜景，使我感慨良多。

才剛這麼想，雪之下摸著嘴脣，再度開口。

「……還有，收工後的集合地點定在大門口可以嗎？如果你能在等我的時候，去巡視停車場會更好。若還有人在那邊逗留，就跟他們說一聲。」

「……遵命。」

我回應的同時，隱約有種不祥的預感。該不會一直聽她說下去，工作只會越來越多吧？果不其然，在我戰戰兢兢之時，雪之下好像又想到什麼，輕輕「啊」了一聲。

「還有……」

「還有啊？可以了吧？沒問題了吧？」

我不耐煩地問，雪之下走近一步，一臉乖巧。

「不，最後還有一件事要說。」

她這麼說道，將視線從我身上移開，清清嗓子。

剛才還那麼滔滔不絕，現在卻雙脣緊閉。好不容易開口，似乎準備要說話了，結果是在深呼吸，抱緊胸前的文件。

落在腳邊的視線緩慢上移，美麗的雙眸直盯著我。她總算開口輕聲呢喃，每一個字清晰可聞。

「比企谷同學，我喜歡你。」

由於事情發生得太過突然，我當場愣住。雪之下害羞地笑起來，還用文件遮住染上淡粉色的臉頰。她抬起視線瞄過來，觀察我的反應，但似乎受不了這陣沉默，慢慢退後。

最後，她不等我回應，逃跑似地飛奔而去。

喂，不會吧？這傢伙真的有夠難搞。

丟下一句話就跑，是要我怎麼辦？這樣我不是也得找機會好好說些什麼嗎？超痛苦的耶。真的有夠難搞。

——不過，難搞得要命的這一點，實在可愛得要命。

10 因此，比企谷八幡如是說道。

高中生活最後的春天來臨。

從新教室的窗邊俯瞰的櫻花，儘管尚未完全盛開，綻放的花瓣已拚命地彰顯存在感。

無論是在新石紀（註47）還是日常世界，都沒有比春天的起跑衝刺更重要的事。以這個意義而言，我的起跑可說是糟糕透頂。

具體來說，三年級的分班結果糟糕透頂。

我不介意新班級裡沒有認識的人或朋友。在教室裡打發時間和校外教學分組時，被當成孤兒硬是湊進其他組這種事，我也早已習慣。

跟交情不深不淺的人同班，才是最痛苦的。

註47 指作品《Dr.STONE 新石紀》。

根據這次的分班轉蛋結果，我抽中葉山隼人和海老名姬菜做為少數認識的人，順利爆死。跟戶部同班都還比較好……

每次碰面時，他們都會簡短地跟我閒聊幾句。這兩位容易受注目的人一來搭話，我自然也會被投以好奇的視線，滿痛苦的。再加上我本來就不擅長閒聊，巨大的壓力使我的壽命光速減少。為了減少待在教室的時間，每天放學的鐘聲一響，我便匆匆離去。

通往特別大樓的空中走廊下的中庭，花圃內的花訴說著春天的到來。

但是，不管是季節或年級的變化，都不會使過去的債一筆勾銷。因我的魯莽而產生的聯合舞會，還留下許多待處理的事項。

我跟雪之下仍然留在這間理應已經完成任務的社辦。

簡單地說，就是為聯合舞會善後。

多虧平塚老師的安排——或許是留給我們的餞別禮——以及學生會的允許，原本做為侍奉社社辦的教室，暫時可以讓我們使用。

以兩個人來說，教室顯得太過寬敞。為了填補這些空白，工作多到快要滿出去。面對一大堆相關請款單、收據，還有足以把人淹沒的報告書，我們還是按照順序，盡可能仔細地一一處理。

若是平常，應該能立刻解決這個分量的雪之下，動作也很緩慢。

或許她跟我一樣，想在這股餘韻中多沉浸一會兒。

「休息一下吧。」

「好。」

雪之下停下手邊的工作，敲幾下肩膀，靜靜地泡起紅茶。

我一直留在社辦的茶杯，以及雪之下雅致的茶杯，逐漸注入色澤鮮明的紅茶。

無人碰觸，仍然放在原位的馬克杯，雖然沒積灰塵，也洗得乾乾淨淨，卻沒有冒出蒸氣。

「請用。」

「謝謝。」

我接過茶杯，小口喝著。雪之下也喝了口茶，吁出一口氣。

「照這個情況，明天應該就能完成。」

「嗯，大概。」

「之後也得把這裡收拾乾淨了呢。」

雪之下環視自己的物品。儘管數量不多，茶具之類的東西還是頗占空間。

「我可以幫忙搬。這裡幾乎沒有我的東西。」

「是嗎？那就拜託你了。」

雪之下揚起嘴角，露出笑容。下一秒，她維持那樣的表情，說出讓我不得不在意的話。

「明天要不要順便來我家吃晚餐？方便的話，母親想請你來坐一下……她好像很中意你呢。」

「……不能拒絕嗎？」

「你覺得拒絕得了？」

「……啊，我明天有事。」

見我一副想起什麼的樣子，雪之下微微歪頭。

「小町要去挑社團，會比較晚回家，戶塚同學要去上網球課，財……財津？財津同學改天再約也行吧？」

她講得輕描淡寫，但卻很明顯地掌握了我身邊所有人的行程，未免也太恐怖。我所能想到的藉口統統被打回票，只能支支吾吾地，一句話都說不出來。雪之下把手肘撐在桌子上，凝視我的臉。

「好了。你還跟誰有約？葉山同學？」

「怎麼可能？不可能。絕對不可能。」

為什麼連放學後都得跟那個傢伙耗在一起？其他不管是誰都好，唯有這一點我絕不退讓。雪之下見我這麼激動，得意地笑出來。

「那就是什麼事都沒有囉。太好了。」

她開心地微笑，我已經無法反駁。

真的要的話，我其實可以實際上演逃亡戲碼。但這麼做並沒有意義。即使逃過了明天，之後還是會面臨同樣的問題。

我並不排斥跟雪之下單獨吃飯。不如說求之不得，我甚至會喘著氣，激動地問她「要去吃哪家拉麵？」但如果將對象換成她的家人，就另當別論了。

儘管已經排除外部阻礙，內部阻礙尚未解決。

怎麼辦，怎麼辦……我焦急不已，視線飄來飄去，尋找退路，最後落在社辦大門上。

好巧不巧，這時傳來響亮的敲門聲。

「請進——」

逮到這個好機會，我立刻回應。外面的人也一口氣打開門。

「午安！小町來入社了！」

一登場便如此高聲宣言的，是穿著嶄新制服的舍妹——比企谷小町。

「小町，歡迎。制服果然很適合妳。」

「雪乃姊姊！謝謝！」

小町撲向雪之下，雪之下顯得困惑，但還是任由她擺布。我判斷必須找個時機阻止她，叫住小町。

「小町，侍奉社解散囉。現在已經不收社員，也沒有社團活動了。」

「……是呀。現在只是隨便找個理由支配這裡而已。」

「天啊，好可怕的說法。不過別擔心。因為——」

小町回頭望向門口。

一色站在敞開的門外。她用手撐著門，氣喘吁吁。

「小米怎麼跑得這麼快……莫名其妙……」

「小米？那是什麼綽號？小町的確稱得上日本人的心沒錯啦……」

也就是說，繼世界之妹後，小町又得到日本人之心這個稱號。已經可以說是雙冠王了吧？不過比起這個，她們一起出現這一點，更讓人感到疑惑。正當我納悶著這兩個人怎麼會認識的時候，雪之下也提出類似的疑問。

「連一色同學都來了……有什麼事嗎？」

仍然被小町抱著的雪之下面露疑惑。一色大大地喘一口氣，喀啦喀啦地關上門。

接著，她走到我們面前，秀出一張紙。

那是一張社團創立申請單，「侍奉社」三個字躍於紙上，社長欄位寫著「比企谷小町」，下面還有雪之下和我的名字。

各項欄位也填得非常完整，連學生會的核可章都已蓋好。

「就是這樣。從今天開始，這裡就是侍奉社的活動場所。」

「啊？」

一色理所當然地宣布，我跟雪之下都發出錯愕的聲音。小町咧嘴一笑。

「這樣就沒問題了！趕快開始社團活動吧！」

「問題可多了……」

這是偽造文書吧？是犯罪吧？有罪吧？

「社團活動……但我們沒有事可以做……」

雪之下困惑至極的語氣，讓小町和一色面面相覷。一色聳聳肩，無奈地嘆氣。

「馬上就會有了。」

「會有什麼？」

我立刻回問，一色跟小町都不回答，只是賊兮兮地笑起來。

妳們的感情真好……妹妹跟學妹根本是最強組合。

身為哥哥兼學長，學妹和妹妹合得來，相處融洽，再讓人高興不過。可是……這兩個人不好對付，千萬不能大意。

小町的個性單純，卻是個鬼靈精，一色則是狡猾的人渣。那兩個人在聯手策劃什麼……不行，除了不安，還是不安。她們有何企圖……

這個問題的答案，伴隨突然響起的微弱敲門聲而來。

「……請進。」

門後傳來聲音，回應雪之下略顯疑惑的應門聲。

「打，打擾了。」

對方的聲音有點緊繃，不曉得是不是在緊張。

大門打開一條縫隙，一個身影從其間鑽進來，彷彿不想被人看見。

沒穿整齊的制服，帶點粉色的褐髮。她踏進社辦一步，頭上的丸子頭跟著搖晃。

「嗨、嗨囉……」

由比濱結衣帶著尷尬的笑容，輕輕舉起手，用熟悉的方式打招呼。

一看到由比濱，雪之下「喀噠」一聲從椅子上站起，雙眼還泛著淚光，感動得快哭出來。她用哽咽的聲音，愛憐地呼喚她的名字。

「由比濱同學……妳來了……」

「嘿嘿……我來了……」

由比濱害臊地把手放到頭上，撫摸丸子頭。

她光是出現在這裡，便感覺終於拼上這間社辦缺少的最後一片拼圖。

我發自內心覺得真的太好了，同時大口喝茶，思考該對她說什麼。

這個瞬間，我看見了──

滿足地呵呵笑著的小町，以及嘴角掛著賊笑的一色……

以及由比濱偷偷瞄過來的視線。

這三個要素加在一起，使我開始心神不寧。不，更正確地說，是擔心起來。

這種時候，我的預感大多會成真。

「那個……有事想委託你們，或者說想找你們商量？」

由比濱開口說道，雪之下微笑著點頭。炯炯有神的眼睛彷彿在訴說，不論任何困難都會幫忙。

與她充滿生氣的眼神相比，我感受到自己的眼神正逐漸死去。

不久後，由比濱輕輕吸氣，將手放在胸前。

「我喜歡的人，有個類似女朋友的對象，她也是我最重要的朋友……不過，我之後還是想跟他們當朋友。該怎麼做才好？」

由比濱意味深長地瞥了我一眼，我默默移開視線。

結果，換成跟雪之下對上目光，她的眼神冰冷到讓人不寒而慄。我尋找著還有哪裡可以逃，最後索性盯著手中的茶杯。

然而，這裡不可能有我的退路，只有盪起漣漪的水面。

「……說來聽聽吧。」

雪之下微微一笑，拉開在我跟她之間，久未使用的那張椅子。

「請坐。感覺會很花時間。」

「……嗯，可能會很久。因為不是只有今天一天，我希望明天、後天……之後會一直持續下去。」

由比濱凝視著雪之下，露出真誠的笑容。雪之下愣了一下，隨後揚起嘴角。

「……嗯。一定會持續下去。」

接著，琥珀色的紅茶注入一直空著的馬克杯。

室內瀰漫溫暖的蒸氣與紅茶香，開始西斜的夕陽照進室內。

春天和煦的向陽處於是誕生。那股溫暖卻使我背脊發涼，臉色鐵青。

原來如此，這就是青色的春天——我再次切身感受到，新的季節來臨了。

啊啊，果然——

除此之外，再也沒有其他說法。

——果然我的青春戀愛喜劇搞錯了。

終

後記

各位晚安，我是渡航。

太久沒寫後記，導致我徹底忘記之前都寫了些什麼。

本來想在寫這篇後記時重看前幾集，不過回去看自己以前寫的文章，是非常需要勇氣的行為。光是瞄個一眼，我就發出「嗚哇哇哇哇哇」的哀號，然後立刻闔上書。

應該也有極度冷靜，或是覺得「哇～以前的我好年輕喔～那個時候超開心的！」將樂觀的性格發揮到極致，看得很高興的人。那樣的你是本能的陽光樂天派，今天的幸運物是GALFY運動服。

雖然寫了上面那段話，我其實有點不安，有多少人看得懂「GALFY運動服」？白貓涼鞋會不會比較好懂？

幫那些一頭霧水的讀者簡略地說明一下。對我這個世代的千葉人來說，穿著GALFY運動服加白貓涼鞋，聚集在唐吉軻德門口的人，十之八九是混混之流。看起來很壞的人大多是朋友（註48）。這是超級嚴重的偏見就是了。而且，GALFY是很棒的牌子。

註48　日本搖滾樂團Dragon Ash所唱的〈Grateful Days〉中的歌詞。

不過，混混以外的人也會去唐吉軻德，小女孩也會穿白貓涼鞋，因此我認為光憑一句話、一個詞，沒辦法完美表達什麼東西。不過，穿 GALFY 運動服的人全是混混喔。

話雖如此，混混裡也有接近反社會派地痞流氓的非正派，以及會在假日跟家人去逛超市的溫和派前不良分子。兩者都會穿 GALFY 運動服，所以真的不好說。

就是因為這樣，說話才是一門大學問……

有些感受只要一句話就能傳達，有些心意無論如何都傳達不了。正因如此，人們才會試圖用各種手段使它成型。

小說就是最好的例子吧。

有些東西正因為沒有明言才得以傳達，有些東西則是寫再多都無法傳達。

儘管大部分只能交給讀者解釋，我每天寫作時，還是會祈禱，能盡量將這份心情傳達出去。

像這樣編織話語，聯繫心思，度過每個日子。

或者說，他和她也是。又或者說，他和她都是。

《果然我的青春戀愛喜劇搞錯了。》十二、十三、十四集，就是這樣的感覺。

本來應該要每集各寫一篇後記，但這三集可以說是最後一集的上、中、下篇，我認為在中間插入後記很不識趣，在整體呈現上也是沒有後記比較好，所以才統一寫在這一集。

由於是最後一集，應該談一些貫穿整部作品的話題。但這樣一來，篇幅可能會相當龐大，不如另外出一本《果然我的青春戀愛喜劇搞錯了。後記》。因此，恕我有點簡短，請讓我在此表達謝意。

第一集於二〇一一年三月出版，至今過了大約九年。

途中雖然經歷一段漫長的休息，總算順利將這部作品完結。該寫的東西、想傳達的想法，全都包含在這個故事中。

這部作品、這一本書、這個章節、這個段落、這一行字、這一句話。

我想我就是為了將其化為文字，才一直動筆至今。

對我來說，高中二年級是很久以前的事。我現在卻覺得，自己的高二生活終於劃下句點。

這是我的人生中最漫長的一年。

不論是跟八幡他們一起度過青春的讀者，早一步成為大人的讀者，還是即將升上高二的讀者。

若每位讀者都看得開心就太好了。

真的非常謝謝大家。

《果然我的青春戀愛喜劇搞錯了。》在此完結。

我是很想這麼說，不過還會再多持續一下喔。

來談談今後的果青吧。

首先，之後預定出版短篇集。雖然時期未定，但我還有很多想寫的故事，目前正在精心籌備中。

接著是《果然我的青春戀愛喜劇搞錯了。》小說合輯決定出版！想到能由自己超喜歡的幾位作家執筆，我好高興……陣容非常豪華，我開心得快要受不了。我自己也打算加入其中。傷腦筋，好多東西要寫。

此外，動畫第三期將於二〇二〇年春天，在ＴＢＳ等電視臺播放。這次也是超讚超好看的動畫。敬請期待。

還有。

關於之後的打算，我想等告一段落後再思考。不過，我希望能多看一下八幡他們的成長，偶爾寫寫他們的故事。

話雖如此，一切都還是未知數。雖然什麼都沒決定，希望之後還能跟各位分享其他新消息。

以下是謝詞。

ponkan⑧大神。

您真的是神。如果有人問我「你相信神的存在嗎？」我會回答「啥？我就在跟神共事啊」。正因為有神所繪的角色，我才得以寫出這篇故事。感謝您每一集的美麗插圖。為期九年的這段時間，真的辛苦您了。之後還要繼續麻煩您，未來也請多多關照。

責編星野大人。

哎呀，都最後一集了，時間一定很充裕啦。哇哈哈——回想起說這句話的日子，都那麼令人懷念……說實話，十年前剛出道時，我根本沒想到我們會合作這麼久，還以為GAGAGA文庫會先消失。每次都給您添麻煩了，真不好意思。謝謝您。下次也請您多多指教！哇哈哈！

以及川監督為首的動畫工作人員，與跨媒體製作的相關人士。

這部作品以內心獨白為主，文字數又多，應該很難做成動畫或漫畫吧。感謝各位總是將它用這麼美好的方式呈現。拜各位所賜，果青的世界才能擴展出去。動畫三期即將開播，接下來也要麻煩各位了。

還有，陪伴這部作品到最後的讀者。

大約九年的時光。實際換算成數字，真是長得嚇人。非常感謝各位陪伴了這麼長的時間。謝謝你們在簽書會等活動上，大聲告訴我喜歡的段落。我得到了許多勇氣。還有人來信分享感想及報告近況，我也非常高興。我總是心懷感激地反覆閱讀，想著總有一天要回信，結果還是沒有做到。真的很對不起。不過，這也成了我至少要把書送到各位手中的動力。即使沒有化為言語，化為聲音，化為文字，因為有大家的支持，這篇故事才會存在。因為有你拿起這本書閱讀，這個故事才會繼續下去。因為有你，才有果青的存在！

真的謝謝大家。未來也請多多關照。

接下來讓我們在《果然我的青春戀愛喜劇搞錯了。STARS！》見面吧！

十月某日　拿著ＭＡＸ咖啡，模仿《刺激 1995》高聲吶喊。

渡航

浮文字

果然我的青春戀愛喜劇搞錯了（14）
（原名：やはり俺の青春ラブコメはまちがっている。14）

作者／渡航　封面插畫／ponkan⑧　譯者／Runoka
執行長／陳君平　榮譽發行人／黃鎮隆　內文審校／森戶森麻
協理／洪琇菁　國際版權／黃令歡、高子甯、賴瑜妗
執行編輯／石書豪　美術編輯／陳又荻

出版／城邦文化事業股份有限公司　尖端出版
臺北市南港區昆陽街十六號八樓
電話：（〇二）二五〇〇七六〇〇　傳真：（〇二）二五〇〇二六八三
E-mail：7novels@mail2.spp.com.tw
發行／英屬蓋曼群島商家庭傳媒股份有限公司城邦分公司　尖端出版
臺北市南港區昆陽街十六號八樓
電話：（〇二）二五〇〇—七六〇〇（代表號）
傳真：（〇二）二五〇〇—一九七九
中彰投以北經銷（含宜花東）／楨彥有限公司
電話：（〇二）八九一九—三三六九
傳真：（〇二）八九一四—五五二四
雲嘉經銷／智豐圖書股份有限公司　嘉義公司
電話：（〇五）二三三—三八五二
傳真：（〇五）二三三—三八六三
南部經銷／智豐圖書股份有限公司　高雄公司
電話：（〇七）三七三—〇〇七九
傳真：（〇七）三七三—〇〇八七
一代匯集／香港九龍旺角塘尾道六十四號龍駒企業大廈十樓B&D室
電話：（八五二）二七八三—八一〇二
傳真：（八五二）二七八二—一五二九
馬新經銷／城邦（馬新）出版集團　Cite(M)Sdn.Bhd.
E-mail：Cite@cite.com.my
法律顧問／王子文律師　元禾法律事務所
台北市羅斯福路三段三十七號十五樓
二〇二〇年五月一版一刷
二〇二四年四月一版六刷

■中文版■

郵購注意事項：
1. 填妥劃撥單資料：帳號：50003021戶名：英屬蓋曼群島商家庭傳媒(股)公司城邦分公司。2. 通信欄內註明訂購書名與冊數。3. 劃撥金額低於500元，請加附掛號郵資50元。如劃撥日起 10～14日，仍未收到書時，請洽劃撥組。劃撥專線TEL：(03) 312-4212 ・ FAX：(03) 322-4621。E-mail：marketing@spp.com.tw

國家圖書館出版品預行編目資料

果然我的青春戀愛喜劇搞錯了14 / 渡航 著 ;
Runoka 譯.--1版.--臺北市：尖端出版, 2020.05
面 ; 公分.--(浮文字)
譯自:やはり俺の青春ラブコメはまちがっている。
ISBN 978-957-10-8871-6(第14冊：平裝)

861.57　　109003200